リミット

五十嵐貴久

祥伝社文庫

LIMIT

CONTENTS

プロローグ

1

PM05：43

店は混んでいた。

新宿《しんじゅく》の歌舞伎《かぶき》町にある漫画喫茶だ。駅から近いこともあって、今までも何度か利用していた。

客はそれぞれ個室に入っているため、すぐにはわからなかったが、レジに並んでいる客の様子で店が混んでいることを何となく察することができた。エレベーターを降り、無言で列の後ろに並ぶ。自分の番がやって来る。レジにいた金髪の男がうなずきながら伝票を打っている。

「禁煙ですか、喫煙ですか」

金髪が顔を上げた。喫煙、と答えた。喫煙、お一人様、と金髪がつぶやく。

「Cの七番席になります」

伝票を前に差し出した。それを受け取る。Cというのはですね、と金髪がレジから身を乗り出した。

「向かって奥から三列目がC席になります」

伝票を持ったまま、前に進んだ。既《すで》に自分の後方に、エレベーターを降りた数人の客が入ってきたのがわかった。

(そういう時間帯なのだろう)

時計を見ながらそう思った。午後五時四十三分。平日の今日、今の時間帯が一番混むのは想像するまでもなかった。

サラリーマン、OL、もちろん学生なども大勢いるはずだ。新宿という街の特性から言って、それは当然のことと思われた。

ゆっくり歩いた。焦《あせ》る必要は何もない。コミックス単行本が店中の棚を埋め尽くしていた。読みたい漫画本などなかった。必要なのはパソコンだった。

しばらく歩いているうちに、C列という標示板が見えた。そこから目を向けると、C－1という札のかかっている部屋があった。この店を利用したことは何度もある。C－7番席を見つけるのは簡単だった。

扉を開け、個室に入った。二畳ほどの部屋になっている。足を伸ばすことぐらいはできた。

目の前のデスクにパソコン端末があった。すぐにボタンを押して起動させる。鈍い音と共に、ウインドウズのトップページが開いた。

かぶっていたアポロキャップを脇に置いて、マウスをクリックした。何度かその操作を続けているうちに、目的のサイトに辿《たど》り着いた。フリーメールのサイトだ。そこからなら、匿名《とくめい》でメールを送ることもできる。

アドレスはしばらく前に取得していた。着ていたヨットパーカーのポケットに入れておいたメモ帳を開き、ＩＤとしてアドレスをひと文字ずつ入力していった。パスワードを打ち込み、メールの作成画面を呼び出した。

ここからだ、とつぶやきながら両手をキーボードに載せた。何と書けばいいのだろう。いや、思い悩む必要はない。思ったまま文章を作るだけだ。

それから一時間ほどかけて、メールを作った。そのメールを送信したのは午後六時三十三分のことだった。

2

伝票を手にしたまま、個室を出た。アポロキャップをかぶり直す。レジへと進んだ。金髪の男はまだそこにいる。いったいいつ休憩するのだろうと関係のないことをぼんやりと思った。

レジ周りには数人の客がいた。相変わらず店は混んでいるようだ。一番後ろに並んだ。早く立ち去りたかったが、待つしかなかった。

不意に、背後で声がした。振り返ると、そこに初老の男が立っていた。着古したワイシャツとスラックス。乱れた長い髪。そして伸ばし放題の顎鬚《あごひげ》。おそらくホームレスなのだろう。饐《す》えたような臭いがした。

「どけよ、ガキ」初老の男が言った。「邪魔なんだよ」

何を言っているのか、よくわからなかった。口から凄《すさ》まじい異臭が漂《ただよ》った。

「ガキ、どけ」男が手を伸ばして、ヨットパーカーの袖《そで》を掴《つか》んだ。「さっさとしろよ」

すいません、と反射的に頭を下げていた。なぜ頭を下げなければならないのか。

理由は何もなかったが、その方がいいだろうと思った。事を荒立てたくなかった。列から一歩逸《そ》れた。男が前に出た。

「生意気なんだよ。どっか行けよ」

「まあまあ、お客さん」金髪の男が声をかけた。「どうぞ。こちらです」

まったくよ、と口の中でぶつぶつ言いながらも男はレジに並んだ。伝票を受け取ってすぐ、奥の席へと消えていった。お待たせしましたね、と金髪が言った。

「どうぞ」

伝票を差し出した。受け取った金髪が数字をレジに打ち込むのをなんとなく見つめてしまう。三百円になります、とうなずいた。五百円玉をひとつ、レジ前に置く。二百円のお返しになります、と金髪が二枚の硬貨を返してきた。

「またどうぞ」

金髪の声が響く。エレベーターのボタンを押した。しばらく待っていると、エレベーターの扉が開いた。またどうぞ、と金髪がもう一度言った。

またはないのだ。もうこの店に来ることは二度とないだろう。エレベーターに乗り込んだ。ボタンを押す。すぐに扉が閉まった。

階数を表示するボタンが光っていた。五階から四階、そして三階へと下りていく。無意識のうちにヨットパーカーに触れていた。あの初老の男に触れられたためだ。汚いと体のどこかが感じていた。

嫌な思い出を遺《のこ》しておきたくはない。そう思っていた。目が点滅する光を見つめた。一階に着き、エレベーターの扉が開いた。ゆっくりした足取りで外へ踏み出す。既に、街は夜になっていた。

part1　メール

PM08：00

1

午後八時、エレベーターの扉が開いた。

安岡琢磨《やすおかたくま》が中に足を踏み入れると、二人の女子社員が黙って下を向いた。安岡も何も言わないまま、七階のボタンを押す。

途中、六階で二人が降りると、狭い箱の中で一人きりになった。構成表を抱え直した時チャイムが鳴り、七階に着いた。

正面に案内板があり、廊下を挟んで右側が編成局、左側が営業局と記されていた。ラジオ番組のディレクターである安岡に営業は関係ない。無言のまま、編成局へと進んだ。

途中、何人かの社員とすれ違ったが、誰も挨拶《あいさつ》はしなかった。ラジオ番組のディレクターを務めるようになって十五年ほど経つが、本番当日は無意識のうちに神経が尖《とが》ってしままう。それをわかっているからこそ、誰も声をかけてこないのだ。

一年前位からそれは更に顕著《けんちょ》になっていた。もちろん、安岡の側から挨拶をすることなどあり得ない。

安岡が勤務しているのは、テレビ・ジャパン系列のラジオ・ジャパンというラジオ局だ。JR有楽町《ゆうらくちょう》駅から歩いて五分ほどの場所に局舎がある。その七階、そしてスタジオのある五階が安岡の主戦場だった。

立ったまま、自席のパソコン端末に視線を落とした。いつでもメーラーは立ちあげっ放しだ。

マウスを動かしたが、新着メールはなかった。その代わりにというわけではないが、電話機の上にポストイットが貼ってあった。

〈タカプロ、小山《こやま》、tel あり。本人は九時に直接局へ入るとのこと〉

汚い字でそう書かれていた。お前か、と向かいの席で携帯電話をいじっていたADの渡《わた》辺《なべ》に尋《たず》ねた。

渡辺はこの三月で三十四歳になったばかりだから、安岡より五歳下ということになる。そうっす、と渡辺がだらしなく椅子《いす》にもたれたまま答えた。

「ってことは、十時か」

つぶやいた安岡に、でしょうね、と渡辺が口を曲げながら言った。タカプロというのは芸能プロダクションの名前で、高山《たかやま》プロモーションというのが正式名称だ。

本人、と記されているのは今夜午前一時から三時までの生の深夜放送、〝オールナイト・ジャパン〟のパーソナリティを務めるお笑い芸人、奥田雅志《おくだまさし》のことであり、小山というのは奥田のマネージャーだった。十時か、と安岡がつぶやいたのは、奥田が連絡してきた時刻より必ず一時間遅れて来る癖《へき》があるのを、番組に携《たずさ》わるスタッフ全員が知っていたためだ。

高山プロモーション自体はまだ新興の事務所と言っていい。設立されたのはちょうど十五年前だ。だが、歴史が浅いにもかかわらず、多くの人気タレントを擁《よう》していた。

その中でも奥田雅志、そして遠藤達郎《えんどうたつろう》のコンビ、パセリセロリは最も人気が高い。彼らは兵庫県尼崎《あまがさき》の高校の同級生だったが、約十二年前から東京に出てきていた。

その間、放言癖のある奥田が番組内でした発言がもとで干されたり、極秘にしていた遠藤の結婚が写真週刊誌によりスクープされるなど、さまざまなトラブルがあったが、六、七年ほど前から急激に頭角を現わし、今ではテレビで司会を務める番組が週に四本、深夜帯のミニコント番組、コマーシャルまで合わせると彼らの顔をテレビで見ない日はない、というほどの人気者となっていた。

もともと実力はあったのだが、新興事務所の悲しさで日陰の道を歩んでいた時期もあった。だが、その間の努力は無駄ではなかった。現在、パセリセロリの二人は、最も安定した視聴率を稼ぐことのできるタレントとして、各テレビ局からVIP扱いされている。

安岡は高山プロモーションの社長、高山基之《もとゆき》と親しかったことから、パセリセロリの二人がデビューした頃から彼らと面識があった。八年前、奥田の放言がもとでテレビ局各局から干されていた時も、深夜帯の三十分番組でラジオのパーソナリティとして起用し続けてきた。

安《やっ》さんにはあの頃の恩があるから、というのが奥田の口癖だった。だからこそ、決してギャラがいいとは言えないラジオの深夜番組のパーソナリティを務めている、という意味だ。

当初、安岡は高山に頼んで、〝オールナイト・ジャパン〟にパセリセロリの二人で出演のオファーをかけていた。だが、遠藤が一人で出演している整髪料のコマーシャルが、〝オールナイト・ジャパン〟のスポンサーとバッティングしているために、奥田が一人でパーソナリティを務めることとなった。

ただ、それは安岡の計算の内に入っていた。スポンサー問題で遠藤が出演できなくなるのは、最初からわかっていたことでもあった。

もちろん、万人受けするキャラクターの遠藤も起用すれば、番組は安定したものになっただろう。だが、安岡が目指していた方向性は、今までの深夜放送にない何かだった。そして、その何かを持っているのは明らかに奥田の方だった。

奥田にとっても、安岡のオファーは渡りに船と言うべきものだった。毒舌、暴言、放言、何でも構《かま》わない、という安岡の話に奥田は喜んで乗った。

テレビでは言えないことでも、ラジオなら言える場合がある。恩があるから、というのは一種の照れ隠しで、むしろガス抜きのつもりで番組のパーソナリティを引き受けた、というのが実際のところだっただろう。

これは奥田に限ったことではない。有名なタレントが意外な時間帯のラジオ番組を持っているのは、新聞のラジオ欄を見ればすぐにわかることだ。

彼らは皆、一様にある種のフラストレーションを抱え込んでいる。テレビという巨大なシステムの中で、彼らは一個の歯車に過ぎない。

だが、ラジオでは別だ。ラジオでなら番組そのものを自分の思う通りにすることも可能だった。

だから、彼らはラジオ番組のパーソナリティを務めることを厭《いと》わない。むしろ喜んで引き受ける。それがラジオというものだった。

現代において、ラジオはテレビやインターネットよりニッチだが、マニアックな面白さが出て、それだけに好む者は好む。特に奥田の番組はカルト的な人気があった。

五年前の四月、奥田雅志の〝オールナイト・ジャパン〟が始まった。奥田は安岡、そして社長である高山の了解のもと、過激な発言を連発した。

時には実名を挙げて、ベテラン芸人の悪口を言うことさえあった。ただし、最後に「……と遠藤が言うてたで」と、ギャグに仕立て上げることは忘れなかったが。

番組は回を追うごとに過激になり、時には番組の体《てい》をなさないことさえあったが、それでも安岡は奥田のやりたいように番組を続けさせると周囲のスタッフ、また上司などを説得し、その通りにした。当初はあまりに異様な番組の構成に戸惑っていたリスナーたちも、約束事から解放された奥田のトークに魅了されていくようになり、聴取率は上がる一方だった。

リスナー同士の連帯感も日を追うごとに強くなっていった。それは番組に寄せられるハガキ、メールなどからも明らかだった。

一度番組が始まれば、奥田をコントロールすることは誰にもできない。安岡ですらそれは不可能だった。ロデオマシンに乗っているようなものだ、と安岡は業界誌のインタビューで答えたことがあったが、事実その通りだった。

番組という枠、あるいは概念まで破壊しようとする奥田、最低限のラインだけは押さえようとする安岡たち番組スタッフ。そのせめぎ合いが番組に異様な緊張感を与え、人気は高まる一方だった。

何もかもがうまく行っていたのだ、と安岡は電話機のポストイットを剝《は》がしながら思った。あんなことさえ起きなければ。

いや、と頭を振った。ビジネスとプライベートを一緒にしてはならない。

そして、すべては終わってしまったことなのだ。もうどうすることもできない。時間を戻すことは誰にもできないのだ。

「安さん」渡辺が声をかけた。「どうしますか。作家のセンセイ方はもう集まってますけど」

渡辺は他の番組ではディレクターを務めることもある。年齢、経験から言っても十分に独り立ちできるディレクターだったが、奥田雅志の〝オールナイト・ジャパン〟に関してだけはあくまでも安岡を補佐するADとしての役割に徹していた。

一年前、二週間だけ安岡が不在だった時、代わりにディレクターとしてキューを振ったことはあったが、その直後に神経性の胃炎で入院していた。奥田雅志というのは、他人を意味なく不安にさせる男だ。それに耐えられるのが安岡しかいないというのは、誰もが認めざるを得ない事実だった。

「八時か」腕時計を見た安岡がつぶやいた。「センセイたちはどこにいる?」

「六階の第二会議室です」

「バイトに言って、すぐ弁当を手配させろ。おれとお前の分もだ。それに小山氏のも忘れるなよ。奥田はどこかで勝手に何か食ってくるはずだ」

そのまま安岡は構成表を手に、エレベーターホールへと戻った。階段でひとつ下のフロアへ下りようとしたが、折よくエレベーターが停まっていたので、それに乗って六階へ向かった。第二会議室にセンセイ、つまりラジオの構成作家たちが集まっているためだ。番組という概念すら破壊しようとしていた奥田は、自分の番組にコーナーは必要ないと番組の開始時に主張していたし、事実当初はその通りにしていたが、自然発生的にいくつかのコーナーが生まれていった。

もちろん、放送回数が二回も保《も》たないコーナーなどざらにあったが、しぶとく生き残るものもあった。そうなると、今度はネタを選ぶ人間が必要になってくる。集められていたのは、そのための構成作家たちだった。

コーナーの多くは、番組のリスナーから送られてくる投稿によって成立している。かつては葉書という形であったため、送られてくる数には限りがあったが、現在は〝オールナイト・ジャパン〟に限らず各番組がそれぞれのホームページを持っており、そこへリスナーがメールという形で投稿をしてくる。そのため、投稿数は飛躍的に増えていた。

特に人気番組として不動の地位を築いている奥田雅志の〝オールナイト・ジャパン〟は他の番組と比べて二倍以上、週に約一万通ほどの投稿があった。それらすべてを奥田、あるいは安岡だけで見ることはできない。番組の開始時に構成作家は不要だ、と主張していた奥田も、さすがにこの現実には勝てず、構成作家を入れることに同意するようになっていた。

ただし、ここでも奥田は自分のやり方を曲げようとしなかった。奥田雅志の〝オールナイト・ジャパン〟には星川政喜《ほしかわまさき》、大畑《おおはた》オサム、三池数也《みいけかずや》、鎌田一世《かまたいっせい》の四人の構成作家がいる。

通常、番組の構成作家は一人ないし二人というのが常識的な線だろう。ラジオの世界には、それほど潤沢《じゅんたく》な予算があるわけではない。特に構成作家たちに対しては十分なギャランティを払えない場合の方が多かった。従って、構成作家の数はどうしても少なくなる。

ラジオの構成作家のギャラは、テレビの構成作家のそれと比べて、桁《けた》がひとつ、あるいはふたつ違うと言ってもいい。それでもラジオの世界へ入ってくる人間が絶えないのは、そこからテレビの世界へとステップアップしていくのが最もスタンダードなコースだからだ。

奥田は構成作家を入れると決めた時点で、通常とは違う方法を選ぶと宣言した。それが四人という数に表われていた。

本質的に、ラジオ局は予算その他の理由で構成作家の数を減らしたい。そして同時に、構成作家の数が増えることは、番組の統一感がなくなることにも繋《つな》がる。

もちろん、番組の個性そのものはパーソナリティのキャラクターによって決まるが、その土台を築くのは構成作家たちだ。人数が増えればむしろ混乱が増すだけだろう。

だが、奥田が欲していたのはその混乱であり混沌《こんとん》だった。番組をカオス化すること、それが奥田のスタンスであり、深夜放送のパーソナリティを務めていく上でのモチベーションだった。

時として構成会議は罵声《ばせい》が飛びかう、戦場さながらの状態になることさえあったが、むしろ奥田はそれを望んでさえいた。そしてそれは安岡も同じ考えだった。予定調和の世界はいらない、というのが番組に対する二人の唯一の共通見解だった。

編成部長なども含め、局の上層部は予算管理の立場からさすがに難色を示したが、安岡はやる時には徹底的にやるべきだ、と説得に当たり、何とか同意を取り付けていた。その後、リスナーの間から優れたネタを書いてくる河田《かわた》という大学生と栗原《くりはら》というフリーターを、一種のアルバイト兼構成作家という役割でスタッフに入れ込んだのも安岡だった。

エレベーターのドアが開いた。安岡は素早い足取りで第二会議室へと向かった。

2

会議室の丸い窓から、四人の男たちの姿が見えた。何をしている、というわけでもない。漫画雑誌を熱心に読んでいるのは星川政喜だ。今年三十歳になる構成作家で、四人の中では最も年長者であり、まとめ役でもあった。

大畑オサムは盛《さか》んに携帯電話でメールのやり取りをしていた。小太りのその姿には独特の愛嬌《あいきょう》があった。番組のスタッフからはオサムさんと呼ばれている。

三池数也は二十個ほどのコーヒーの缶を、注意深く塔《とう》にしていた。元は塾の講師という、変わった経歴の持ち主だ。

最近、三池はテレビ番組の構成などもやっているとADの渡辺から聞いていた。事実、意外性のあるネタやコーナーを作らせると、三池の右に出る者はいなかった。

腕を組んだまま、目をつぶっているのは鎌田一世だ。鎌田の本業はプロ雀士で、いくつかの大会で優秀な成績を収めている。ラジオは単なる趣味だ、というのがこの男の口癖だった。

安岡がドアノブに手をかけた時、走り込んでくる足音が聞こえた。振り向くと、栗原が荒い息を吐きながら額《ひたい》の汗を拭《ぬぐ》っていた。リュックサックを背負ったその姿は、絵に描いたような〝オタク〟そのものだった。

「遅いぞ」

「すいません」栗原が息を切らしながら言った。「ちょっと、バイトの引き継ぎがうまく行かなくて……」

栗原レベルの立場では、ラジオのギャラだけで生活はできない。自宅近くのコンビニエンスストアでアルバイトをしていることは安岡も知っていた。ただし、それ以上のことは何も知らない。

安岡が求めているのは、優れたネタを書いてくる一種の職人だ。栗原はその最低のレベルを満たしていたと言っていいだろう。

「河ちゃんは？」

栗原が尋ねた。河田と栗原は、大学生とフリーターという違いはあっても、年齢はほとんど変わらない。その意味で栗原が河田に対してある種のライバル意識を抱いていることは安岡にもわかっていた。

それはそれでいいと思っている。互いに刺激し合えば、それだけ優れたネタが出てくる可能性が高くなるからだ。

ただ、安岡はあまり栗原を買っていなかった。単純に言って、栗原は古かった。ネタが、ではない。人間として古臭いと感じていた。今時、膝《ひざ》の抜けたジーンズ、ネルシャツで現場に現われる構成作家などいない。

確かに、栗原の仕事はひと昔前ならいわゆる葉書職人の見本のようなものと言えただろう。だが、時代は変わっている。ネタそのものの面白さより、そのネタを演者がどう膨《ふく》らませていけるかが問題だ。

実際問題として、ネタそのものに昔ほどの重要性がなくなってきていた。話を転がしていくための素材作りが構成作家たちの仕事となっている。その意味でも、明らかに栗原のやり方は古かった。

河田は既にテレビ業界から引き合いも来ており、そちらの仕事も順調にこなしつつあるという。おそらく、今後河田は自然な形でラジオの世界から離れていき、テレビの放送作家に転じていくはずだ。栗原は現状維持が精一杯だろうと安岡は予想していた。

もちろん、この予想に意味はない。外《はず》れるかもしれない。それに、安岡にとってどちらでもいいことだった。とにかく、今は奥田雅志の〝オールナイト・ジャパン〟の作家として、より優れたネタを作ってくれればそれでいい。

「おす」

ドアを開けて、会議室の中へ入った。煙草《たばこ》の煙《けむり》がいきなり安岡の全身を襲った。

他のマスコミもそうであるように、ラジオ・ジャパンもまた局内は一部の喫煙場所を除き、禁煙となっている。ただ、構成作家で煙草を吸わない者などいないと言っていい。従って、会議室などでの会議における喫煙は暗黙のうちに認められていた。

「ども」

星川が形だけ椅子を勧《すす》めたが、安岡は座らなかった。安岡がほとんどの場合、立ったますべての仕事をするのは有名な話だ。

着席を義務づけられている会議などの場合はもちろん別だが、極端な話、安岡は立ったままキューを振ることさえあった。立っている時の安さんは乗っている、というのは昔からのスタッフなら誰でもわかっていることだった。

おはようございます、とその場にいた全員が小さく頭を下げた。どうなの、と安岡が尋ねた。どうもね、と携帯電話を手から離した大畑オサムが言った。

「どうも、どうなんだ」

「どうも、しゃっきりしなくて」大畑の代わりに星川が言った。「あんまり、冴えたネタはありません」

「ありませんじゃ困る。ないんだったら、さっさと作ってくれ」

星川が他の三人を指した。もう始めている、という意味だった。三十歳というのは、世間のレベルだとまだ若手と言ってもいいかもしれないが、構成作家の世界ではベテランとさえ言える。

安岡も星川のバランス感覚には信頼を置いていたし、奥田もまた星川については自分のブレーンとしてテレビ番組の作家陣に加えるほど、その能力を買っていた。

「どうよ」

星川が小さな声で言った。まあ、何とか、と鎌田が答えた。番組に寄せられたネタを読んでいる。

「オサムは」

「本番までには」

そうっすね、と三池が顔を伏せたまま言った。異常なほど頬《ほお》がこけているのは、慢性的な栄養不良のためか、それとも体質なのか、それは誰にもわからなかった。

「本当のところ、どうなんだ」

確認するように尋ねた安岡に、頭は先週の続きで引っ張れると思うんです、と星川が答えた。

「今月は五周年記念月間って告知をしたじゃないすか。あれで、相当リスナーからもいろいろ来てるんで、まあいくつか選んで五年間を語ってもらうみたいなことでいいと思うんですよ」

「まあ、その線だろうな」

安岡が煙草の煙を手で払いながら言った。安岡自身も喫煙の習慣があるが、これほど煙の濃度の高い空間で煙草を吸う気にはなれなかった。

「後は？」

「ついさっき、奥田さんと電話で話したんですが、マジギレテレフォンと声でしか伝わらないモノマネのコーナーはいつも通りでいいんじゃないかって本人も言ってました。ただ、奥田さんも相当溜《た》まってるみたいですよ、いろんな意味で。頭の喋《しゃべ》りだけで、相当時間いっちゃうんじゃないかって思いましたけどね」

いいことだ、と安岡がうなずいた。パーソナリティのモチベーションが高ければ高いほど、番組のテンションは上がり、当然リスナーにもその熱気は伝わる。やる気がなければ、リスナーはすぐにそれを見破ってしまうだろう。その場合、彼らがラジオのスイッチを切ってしまうのは考えるまでもないことだった。今日び、ラジオ以外にも娯楽はたくさんあるのだ。

「そんなに奥田、気合入ってたか？」

「まあ、普段は静かな人ですからね。余計に目立つというか」

「そんなにか」安岡が立ったまま腕を組んだ。「モノマネとかやってる場合じゃないかもしれんな」

声でしか伝わらないモノマネというのは、奥田とリスナーとの間で電話を通じて行われる声だけによるモノマネのコーナーだ。普通と違うのは、モノマネの対象が人とは限っていないところで、例えば電車が走る時の音、ということでも構わないし、最近はそれがどんどんマニアックになっていた。

例えば、埼京《さいきょう》線が赤羽《あかばね》と板橋《いたばし》の間を通過する時の音であるとか、ダイエットコーラのプルトップを開ける時の音、というように瑣末《さまつ》なところに笑いを求める傾向が出てきている。

いかにもラジオらしい展開のコーナーだったが、本人がそれほどやる気があるというのなら、わざわざ今週もモノマネのコーナーをやらなくてもいいだろう。

「二時間、完全にフリーで喋らせてみたらどうかな」

安岡の言葉に、本人はそのつもりみたいです、と星川がうなずいた。

「なんで、コーナーとかは一応保険をかけておくぐらいのつもりで。どうしようもなくなったら、マジギレテレフォン突っ込めばいいと思いますが」

マジギレテレフォンというのは、テレビに出演する機会の多い奥田に対して、例えばネタの使い回しがあったとか、着ていた服がおかしかったとか、そういうことをリスナーが指摘していき、それに対して奥田本人が答えていくというコーナーだ。

時と場合によるが、リスナーがシャレにならない発言をしてくる場合もあり、そうすると奥田も徹底的に売られたケンカは買う、という姿勢で臨《のぞ》むところから、コーナーの名前がついた。

固有名詞などが出るため、生放送では非常に危険なコーナーだったが、そこはさすがに奥田も心得ていて、ギリギリのラインでかわすというところが異常なほどの緊張感をもたらすこととなり、リスナーからの支持が最も高いコーナーになっている。

「二時間、完全にフリートークっていうのは、楽でいいですね」鎌田が煙草をくわえたまま言った。「本人も、いろいろ言いたいこともあるでしょうからね。そういう週があってもいいんじゃないすか？　ねえ、ホシさん」

鎌田は星川のことをホシさんと呼ぶ。年齢はほとんど変わらないが、経験として星川の方が長いし、あえて星川を立てることで番組を円滑に回していこうという鎌田の配慮でもあった。いずれにせよ星川が番組のチーフライターであることは間違いなかった。

「まあ、本人が来ないと細かいところはよくわからないですけどね。あの人、仕手株《してかぶ》みたいな人だから。上がったり下がったりで」

星川が笑った。奥田雅志という芸人は、決して扱いにくい男ではない。もちろん、扱いやすい芸能人などいるはずもないことを安岡はよく知っている。逆に言えば、扱いやすい芸能人など、芸能人として失格とさえ言っていいのかもしれない。

ただ、奥田という男は別に面倒なことを言うタイプではなかった。芸人にはありがちなことだが、内向的な性格によるものだろうと安岡は考えている。

確かにわがままで、自己中心的な思考を持つが、これは芸能人なら誰もがそうだろう。奥田はそれをあまり極端な形で前に出すような男ではない。むしろ、売れっ子の割には謙虚な方かもしれなかった。

それでも、デリケートな部分はある。今言ったことと、一分後に言ったことが違う、などというのは日常茶飯事だ。それにどう対応していくかが番組のディレクター、そして構成作家たちの腕の見せ所でもあった。

「何時頃、本人来るんすか？」

大畑が顔を上げた。青のカラーコンタクト、金髪、両耳にはピアスを八個つけていた。

「九時にこっちへ来るとマネージャーから連絡があった」

答えた安岡に、じゃあ十時ですね、と全員がうなずいた。その時、会議室のドアが開いた。アルバイトの女子大生、中村良美《なかむらよしみ》が立っていた。

3

「安岡さん……ちょっと、いいですか？」

良美が遠慮がちに声をかけた。不倫だ、と鎌田がつぶやいたが、その冗談のあまりの陳腐《ちんぷ》さに、誰も笑わなかった。

「どうした」

「ちょっと、その……」

ここでは言いにくい、ということなのだろう。準備を頼む、と言い残して安岡は良美と共に会議室を出た。

いずれにしても、長居するつもりはなかった。廊下を早足で歩きながら、あの、と良美が口を開いた。

「辞めたくなったか？」

先手を打つように安岡が言った。ラジオ局のアルバイトは、大学生の間でも人気が高いてくる。もちろん、時給も悪くなかった。芸能人を間近で見ることができるという特典までつい。

ただし、労働条件は劣悪と言っていい。深夜残業、早朝出勤などは当たり前で、迂闊《うかつ》に休みを取ることもできない。

そして何よりも堪《こた》えるのは、ディレクターなどから人間扱いされないことだった。奴隷《どれい》以下の扱いに対し、怒って辞める者も少なくなかった。

ただ、中村良美という目の前の女子大生はちょっと違う、と安岡は思っていた。忍耐力もあるし、その割に度胸もすわっている。そう簡単に辞めるとは思っていなかった。

「そんな……違います」

良美が真剣な表情で言った。細面《ほそおもて》の均整の取れた顔に暗い影が差した。

「実は……さっきメールが番組宛《あて》に届いたんです」

「そりゃ、来るだろうさ」

来なけりゃ困る、と吐き捨てるように安岡が言った。昔も今も、深夜放送の命はリスナーからの投稿だ。メールであろうと葉書であろうと、その辺りの事情は変わらない。

「プリントアウトしてきました」良美が一枚の紙を差し出した。「読んでみてください」

廊下の途中で立ち止まった安岡が、ふたつに折り畳《たた》まれた紙を広げた。そこには次のような文章が記されていた。

〈ずっとずっと、悩んできましたが、もうこうするしかないと思いました。最悪です。最悪の人生です。最後に、一番好きだった奥田さんの〝オールナイト・ジャパン〟を聴いてから、死のうと思っています。番組だけがこの数年間の心の支えでした。いつまでも続くことを願っています。番組に迷惑をかけるつもりはありません。ただ、そういうリスナーがいることを知っておいてもらいたくて、メールしました。さようなら〉

「何だ、これは」

安岡が尋ねた。思わず声が尖《とが》る。リスナーからのメールです、と良美が答えた。

「つまり……今夜の番組を聴いてから、自殺しようとしている奴がいるってことか？」

安岡が再び歩き出した。だと思います、と良美が言った。

「それで？　おれにどうしろっていうんだ？」

「わからないので……相談をと思って……」

いきなり立ち止まった安岡が、無意識のうちにポケットに突っ込んでいた紙を取り出して、もう一度読んだ。小さなため息をついてから、君は自分の仕事に戻れ、と言った。

「安岡さん……どうするつもりなんですか」

脅《おび》えたような声で良美が聞いた。おれにもわからん、と安岡が時計を見た。八時半ちょうどだった。

「あと一時間半もすれば、奥田がこっちへ来る。その前に、どう対処するか考えておく」

「……どうするんですか」

「同じことを二度聞くな。それがこの業界のルールだ」安岡が首を振った。「そして同じことを二度言わせるな。君は君の仕事をしろ。おれはおれの持ち場に戻って、おれの仕事をする」

わかりました、と小さくうなずいた良美がその場を後にした。安岡は立ったまま、もう一度紙に印刷された文面を読み返した。

本気なのか。それとも、一種の愉快犯のようなものなのか。文章を読めば読むほど、わからなくなっていた。

どちらにしても、自分だけの判断で事を進めるわけにはいかない。それだけははっきりしていた。まずは上に相談しなければならないだろう。

(この忙しい時に)

思わず舌打ちをした。だが、万が一、このメールを送ってきた人間が本当に予告通り自殺をしたとすれば、大問題になる可能性がある。

どう対処するべきなのか。それを考えなければならない。そして、番組の時間は刻一刻と迫っていた。

(どうしろっていうんだ)

つぶやきながら、安岡は階段へ向かった。編成局へ戻るためだった。

4

七階にはエレベーターホールの側から見て編成局の右手奥から編成管理部、編成部、制作部、アナウンサールームがある。そして、廊下を挟んでいるが、同じフロア内の左側に営業局があった。運行センター、営業一部、同二部、営業促進部などだ。

夕方ぐらいであれば、社員を含め大勢の人間たちがフロアにひしめいているが、この時間になると席に着いている者は少ない。営業局の人間は皆、打ち合わせか帰宅しているかのどちらかだろう。

そして編成局に籍を置く者たちは、番組があればそれに立ち会っているだろうし、打ち合わせに入っている者もいるはずだ。用事がなければ、帰っている者がいてもおかしくはない。食事や酒を飲みに行っている者もいるだろう。

いずれにしても、安岡が捜《さが》している人間は一人だけだった。制作部で数人のディレクターが雑談をしているところに、声をかけた。

「おい、これいるか」

親指を立てた。内匠頭《たくみのかみ》ですか、とその中の一人が言った。

「ついさっきまで、自分の席にいましたけどね。トイレか、煙草でも吸いに行ってるんじゃないすかね」

間が悪い、と安岡は思った。本番までの時間はもう四時間半を切っている。

秒単位で仕事をするのがラジオのディレクターだと教わってきたし、自分でもそう思っていた。しかも、今自分が抱えている問題は、数分間の立ち話で済まないことは確かだった。

「捜してきましょうか？」

安岡の様子を窺《うかが》っていた男が腰を半分浮かせた。自分ではそれほどと思っていなかったが、やはり切羽《せっぱ》詰まった表情になっていたのだろう。

いや、いい、と手で制して代わりに自分の携帯電話を取り出した。番号を選んでボタンを押す。浅野《あさの》副部長、という文字が液晶画面に浮かんだ。すぐに相手が出た。

「はいはい、浅野ですけど」

「安岡です。今、どちらですか？」

「下の喫煙室。まったくなあ、総務もちょっとヒステリックになり過ぎだと思わない？昼間はともかくとしてさ、夜ぐらいいいじゃないのねえ、自分の席で煙草ぐらい吸ったって。あいつら、ラジオの現場ってものをちっともわかってないんだよ。だからあんなことを居丈高《いたけだか》に言うんだな。それにさ、あいつらと来たら……」

「副部長、ちょっと相談があるんですが」

浅野の長話は有名だ。遮《さえぎ》るようにして安岡が言った。今、火をつけたところなのよ、という答えが返ってきた。

「じゃ、そっちへ行きます」

「ああ、別にいいよ。せこいこと言いたくないけど、これもモッタイナイの精神ですよ」

浅野は編成局編成部の副部長だ。安岡にとっては二年ほど先輩にあたる。

若いディレクターが、内匠頭ですか、と言ったのは、浅野という名字《みようじ》からついたあだ名だったが、実際にはその巧妙な処世術を皮肉った蔑称《べつしよう》と言ってもいい。

浅野が副部長になったのは三年前のことで、まだ三十八歳という若さだった。それまでヒット番組を担当したことも、携《たずさ》わったことさえなかった浅野が一躍副部長に抜擢《ばつてき》されたというのは誰にとっても意外なことだったが、上司の命令は必ず守り、規律を重んじ、規則にうるさい性格は確かに管理職に向いていた。

浅野の処世術の巧妙なところは、上にへつらうだけでなく、下にもおもねるところだった。上と下を繋ぐ接着剤として、浅野以上の人材はラジオ・ジャパンにいなかった。そのために、三十八歳という年齢で副部長になったと言われている。

安岡はドアから階段を抜けて七階と六階の間の踊り場へ向かった。ラジオ・ジャパン局舎は数年前に大規模な改装工事が施《ほどこ》されており、各フロア階段などのスペースも広い。踊り場に喫煙ルームを設けるようにしたのは総務部だと聞いていた。詰めて入れば四、五人は入れるほどの大きさだ。社員の誰もが水槽《すいそう》と呼んでいるそこに入っていくと、浅野がのんびりした表情で煙草をくわえていた。

「どしたの、安《やっ》ちゃん。そんな深刻そうな顔して。うちの看板ディレクターなんだからさ、もっと明るく行きましょうよ、明るく、ね」

安岡が胸ポケットに入れていた紙を無言で差し出した。目を通した浅野が、煙草を灰皿でもみ消した。

「何、これ」

汚いものを避けるように、紙片を灰皿の脇に置いた。わかりません、と安岡が首を振った。

「本気なのか冗談なのか。ぼくはあくまでもディレクターで、こういう問題については上司の判断を仰《あお》ぐ立場にあります。番組内のことはぼくの裁量、ぼくの判断で進めて構わないと思っていますが、これはそういうわけには行かないと……」

「上司ったってさあ、そんな、歳も違わないんだし。おれに言われても困るって」

「困るのはこっちも同じです」

「そう言うけどさあ、安ちゃんさ、結局責任取らされるのは副部長のおれなんだぜ。まったく、面倒なことばっかりだよ」

大きなため息をついた浅野がもう一本煙草に火をつけ、参ったな、というように肩をすくめながら煙を吐いた。

「まあさ、今までもこんな葉書とかメールみたいなものって、なかったわけじゃないでしょ？　そういう時ってさあ、どうしてたんだっけか」

煙草を指に挟んだまま、浅野がこめかみを押さえた。確かに、ラジオはテレビと違い、番組とリスナーの距離感が近い。

そのため、番組に対する苦情などはもちろん、嫌がらせやクレームの葉書、また今回のように自殺をほのめかしたり、あるいは局のアナウンサーを殺す、というような脅迫文が来ることもまれではなかった。

もちろん、それらの脅迫文は九十九パーセント以上の確率で、たちの悪い悪戯《いたずら》に過ぎない。限りなく百パーセントに近いと言ってもいいかもしれない。

ただし、可能性がゼロとは誰にも言えない。放置しておくわけにいかないのは、浅野にもよくわかっていた。特に最近ではネットでの中傷や、殺人予告が話題になっているので誰もが過敏になっている。

「どうなの、安ちゃん。どう思うよ、これ」

「わかりません、わかりませんが……直感だけで言えば、どうも悪戯というだけではないような気がします」

「根拠は？」

「勘《かん》です」

話にならない、というように浅野が大きく両手を開いた。

「勘って。それだけじゃ動きようがないのは、そっちだってわかってるでしょうに。安ちゃんもこの業界長いんだからさ」

「もちろんです。だからこうやって相談に来てるんじゃないですか」

カリカリしなさんな、と浅野が言った。

「わかるよ、気持ちは。安ちゃん、あんなことがあったからね、こういう問題にデリケートになっちゃうのは、よくわかるつもりだよ。だけどさ、とにかくこのメール一本だけで動けって言っても、何をどうしろっていうのよ?」

「プライベートは関係ありません」安岡がそっけなく答えた。「ただ、このメールにはどうも悪戯っぽい雰囲気が感じられない、と言っているだけです。浅野さんが動かないなら、ぼくが直接松浦《まつうら》部長と話しますが、構いませんか?」

「待ってよ、安ちゃん。それ、マズイって、立場的に。段階踏んでよ、段階。松浦部長に報告するのはおれの方の仕事でしょうに」

「時間がないんです」

安岡が時計を見た。八時半を五分ほど過ぎていた。

「奥田雅志は九時にスタジオ入りするという連絡が事務所からありました。まあ、いつものことですが彼は確実に一時間は遅れてきますから、まだあと一時間半残っていますが、そんなのはあっと言う間でしょう。奥田が来る前に、こっちのスタンスを明確にしておかないと、番組が混乱します」

わかってるって、と浅野が言った。

「とにかく、事実確認が先だな。編成に誰がいた?」

「富山《とみやま》と広川《ひろかわ》、あと木村《きむら》がいましたね。他にも数人」

「まず警察だね。富山でいい。あいつ、報道局にいたことあったよな? 警察との対応も慣れてるんじゃないの? 富山に言って、警察に連絡させてみてよ。話はそれからだって」

「それから、どうしますか?」

「そりゃ、いろいろさ。警察の判断にもよるけど、とりあえずメールが送られてきたってことは、送信ログが残ってるってことだろ? ほら、ここに」

浅野がプリントアウトされた紙の上部を指した。アルファベットと記号から成るアドレスがあった。

「事件性があるとか、あるいは安ちゃんじゃないけど、ちょっとマズイって思ったら、警察がプロバイダに連絡を取って、そのアドレスが誰のものか、どこからメールを送ったのか、もしかしたらパソコンの持ち主もわかるかもしれないじゃない。このメールを送った本人が捕まれば、あとは警察の仕事でしょ？　とにかく、松浦部長にはこっちから連絡するから。ただ、あの人すぐ騒ぐからね。局長にまで話を上げちゃうかもしんないよ」

「それは部長の判断でしょう。副部長にとっては、その方がいいんじゃないですか？　局長にまで話が行けば、副部長の責任問題なんてどっかへ飛んでいきますよ」

皮肉のつもりで安岡は言ったのだが、それもそうだね、と浅野は真面目な顔でうなずいた。

「じゃあさ、とりあえず警察の方、頼むよ。安ちゃんは番組あるから、あんまり動かない方がいいと思うけどね。番組を無事に成立させてこそのディレクターでしょ」

「……それは、その通りです」

よし、出よう、と浅野が言った。

「あの中で煙草吸ってると、服とかに臭いが染み付いて困るんだよね」階段を上がりながら浅野が話し続けた。「かといってさ、おれが会議室とかで煙草吸ってるの、見つかったら総務は鬼の首でも取ったように大騒ぎするだろうしね。いいよなあ、安ちゃんはディレクターで。おれも現場に戻りたいよ」

中間管理職は辛《つら》いよなあ、と言った浅野の横から、安岡が七階のドアを開いた。中へ入っていった浅野が、富山いるか、と大声で呼んだ。

「何すか？」

さっきの三人が同じ陣形のまま話し続けていたが、そのうちの一人が顔を上げた。鼻の横にホクロがあった。

富山直彦《なおひこ》はまだ二十八歳と若い。若手ディレクターの中では仕事のできる男だったが、安岡や浅野の世代と比べると、どこか軽さが目立った。

「安ちゃんの指示に従ってくれるかな。おれはちょっといろいろ連絡とかしなきゃならないから、申し訳ないけど細かい話は安ちゃんに聞いてよ」

はあ、と不得要領な顔で立ち上がった富山が、安岡に近づいた。無言のまま、安岡が例のメールを富山に渡した。

5

安岡は六階の会議室に戻っていた。そこでは、星川を中心に今夜の〝オールナイト・ジャパン〟について、進行会議が始まっていた。

番組に関する打ち合わせは、可能な限り綿密に、徹底的に行う。それが安岡のスタンスだったし、番組のポリシーでもあった。

例のメールの一件について、安岡は構成作家たちに何も話していなかった。まず事実確認が先だろう、という浅野の言葉は正論であり、言われた通り後輩ディレクターである富山にメールの処理を任せた。

富山は報道局にいたことがあり、今でも警察に対し、ある程度は顔が利《き》く。すぐ相談してみます、と富山は言った。

浅野は自分の上司である部長の松浦に連絡を取っているようだった。松浦がどう判断するのかはわからない。

今の段階では、松浦もまた動きようがないだろう。おそらく、自宅から局舎へ戻ってくるだろうというところまでは想像がついたが、それ以上のことはわからなかった。

いずれにしても、安岡にとっては番組の方が優先されるべき問題だった。構成作家たちの話し合いが一段落ついたところで、安岡が立ったまま口を開いた。

「この四月は番組の五周年月間ということで行く。それについて、問題はないな」

ないです、とアルバイトの中村良美も含め、全員がうなずいた。

「それにともなって、フリートークを多くしたい、というのが奥田の希望であり、おれもそうしたいと思っている。さっきも言ったけど、極端な話、二時間すべて奥田のフリートークに充《あ》ててもいいとまで考えているんだが、みんなはどうかな」

「コーナーはどうします？」

星川が尋ねた。飛ばす、とひと言で安岡が答えた。全部ですか、とその場にいた全員が苦笑を漏《も》らした。

「わかりますよ、確かに奥田さんのフリートークが二時間ノンストップで続けば、そりゃ面白いでしょう。でも、あの人、必ず暴走しますよ」

「リスナーも、フリートークだけだと飽きませんかね」

「今週だけってことですよね？　四週ずっとっていうのはちょっとマズいんじゃないですかね？」

この半年ほど、奥田雅志の〝オールナイト・ジャパン〟の放送内容は、大ざっぱに言って六つのコーナーから構成されていた。

まず番組冒頭の二十分間は奥田による本当の意味でのフリートークだ。葉書やメールなどリスナーからの投稿や素材は一切使わない。奥田雅志がこの一週間に身の回りで起きた出来事を存分に語るというものだ。

次の二十分間は例のマジギレテレフォン、そしてその後の二十分間は声でしか伝わらないモノマネ・コーナーだ。マジギレテレフォンはともかくとして、最近安岡はモノマネ・コーナーを止めようと考えていた。

理由は、リスナーの技術が向上し過ぎたためだ。あまりに巧妙なモノマネは、むしろ番組のテイストに合わない、というのが安岡の考えだった。

二時台に入ると、再び二十分間ほどのフリートークが始まる。ただ、これは番組に投稿されてきたリスナーの葉書やメールなどがトークの材料として使われる。その意味で、奥田雅志にとっては楽なものだった。

そこから二十分間、イニシャルズというコーナーが入る。タイトルが示す通り、いわゆるイニシャルトークで、例えばXという俳優とZという女性歌手が車の中でキスをしているのを見た、というようなことを奥田が話していく。

実際に見た、などという場合はまったくと言っていいほどない。ただ、放送一回目だけは、奥田が実際に見たという有名な歌手同士のデートをイニシャルで話した。事実、この二人は後に結婚した。

それ以外は、はっきり言えば全部デタラメだし、いわゆるヤラセの場合さえあった。リスナーからの葉書などで、誰々と誰々がどこそこで会っていた、とか、俳優のYが吉原《よしわら》のソープに通っている、というようなタレコミ情報が入ってくることがあったが、むしろ本当だといろいろな意味で危険なので、その辺りは構成作家たちが適当に脚色していた。

安岡はこのコーナーもそろそろ劣化してきたと思っていた。ただ、女性週刊誌などでよく話題になるのがこのコーナーであることも事実で、その意味でなかなか止めにくくなっているのも確かだった。

最後の二十分間は、ザ・必勝塾、という半年前にできたばかりのコーナーだ。ジャンルは問わない。例えば合コンで必ずお持ち帰りできる必勝術、ナンパに成功するトーク、というようにテーマを決めておいて、それに対するリスナーの答えを紹介していくというものだ。

番組の性格、また奥田のキャラクター的なことも含め、女性をどうやって落とすか、というようなテーマにどうしても片寄りがちなのが悩みの種だったが、今のところは評判がいい。

また、ジャンルは何でもいい、とさんざん強調した成果か、最近ではカップラーメンをいかにしておいしく食べるか、一週間の食費を千円以内に抑《おさ》えるためにはどうすればいいかというような、ある意味で馬鹿馬鹿しいネタを取り上げることも増えてきていた。

安岡の提案は、この中でいくつかのコーナーを取り止め、二時間は言い過ぎだとしてもせめて最初の一時間は奥田にすべてを任せる形でフリートークをさせようというものだった。番組の構成としては乱暴であり、非常識とすら言えたが、奥田なら十分にこなせるはずだ、という読みが安岡の中にあった。

「五周年だぜ。少しはいつもと違うところを見せないといけないだろう」

「それはわかりますが……一時間のフリートークっていうのは……」

それだけ言って星川が黙り込んだ。他の構成作家たちも、どうしていいのかわからないように顔を見合わせている。そうだろうな、と安岡は思った。

逆に言えば、そうでなくてはならない。スタッフさえも混乱するようなこの状況こそ、安岡が、そしておそらくは奥田が望んでいるものだった。

ラジオの面白さ、特に生番組の面白さは、そのハプニング性にあると安岡は考えている。何が起きるのかわからない。何があるのか。いったいどうなるのか。

テレビが予定調和的なメディアであるとするならば、逆にラジオは徹底してゲリラ化するべきだ、というのが普段からの安岡の主張だった。そうでなければ予算にして百倍、スタッフの数だけでも数十倍はあるという物量作戦を展開しているテレビより面白いものが作れるはずがない。安岡はそう信じていた。

「まあ……安岡さんがそこまで言うんだったら……ですが、奥田さんの了解は取れているんですか？」

「それは本人がこっちへ来たらおれから直接話すよ。おれが何を狙っているのか、奥田だってわかってるはずさ」

その時、会議室の内線が鳴った。電話に出た良美が、富山さんからです、と受話器を渡した。

「安岡だ」

「富山です。ちょっと、こちらへ来ることはできませんか？　松浦部長と、丸《まる》の内《うち》署の生活安全課の刑事も来ています」

「生活安全課？」

「例のメールの件です……可能性がなくはない、というのが警察の見方です」

どう答えるべきか、迷っていたところに会議室のドアが開いた。入ってきたのは、もう一人のアルバイト兼構成作家、河田だった。

「遅れてすいません……あの、それで、下の駐車場に奥田さんが入られたそうです。すぐこっちへ上がってくるみたいで……」

反射的に安岡は時計を見た。九時五十五分。どうするべきなのか。受話器を持ち替えた。

「富山、すぐおれがそっちへ行く。ただ、タイミングが悪い。たった今、奥田本人がこっちへ着いたらしい。済まないが、スタジオで準備をしている渡辺に連絡して、本人の迎えを頼んでおいてほしい」

了解、という声と共に電話が切れた。どうしたんですか、と構成作家たちが問いかけたが、それには答えず、ちょっとしたトラブルだ、と言い残して会議室を出た。無意識のうちに、廊下を歩きながら煙草に火をつけていた。

part2　パーソナリティ

PM09：55

1

階段を上っていく途中、富山とすれ違った。

「やけに早く警察が来たな」

「地の利ってやつですよ」

ラジオ・ジャパンはJR有楽町駅から歩いて五分ほどのところに局舎があるが、通り道を一本挟んだ向かい側が丸の内警察署だった。富山が言った地の利とは、それを指していた。

「たまたま、報道にいた頃仲が良かった刑事が残ってましてね。本人は刑事課ですから、こんな件とは無関係なんですが、生活安全課の刑事を紹介してくれました。例のメールをファクスで送ったら、やって来てくれたってわけです」

「お前はどこへ行くんだ」

「五階のスタジオです。奥田さんが入られた件で、ナベさんがヘルプしてほしいって」

「おれはしばらく行けない」安岡は吸っていた煙草を靴の裏で消した。「渡辺を助けてやってくれ。とりあえず、奥田の接待だ」

「慣れてますよ」

富山が階段を下りていくのを見ながら、自分は逆に上っていった。七階の編成局へ入ったところで吸い殻をゴミ箱に放り込み、そのまま奥へと進んだ。通路の端に、ネクタイを外した浅野が立っているのが見えた。

「警察、来ちゃったよ」

「今、聞きました」

並ぶようにして二人が歩き出した。

「まったくもう、なにもわざわざ来なくてもいいじゃないの。そう思わない？　面倒になるだけだって」

「来ちゃったものはしょうがないでしょう。それに、直接話した方が早いこともあります」

「安ちゃんはいいよねえ。その辺、気楽で。警察の相手をするのはおれなんだぜ。そっちはいいよ。状況を説明して、後はよろしくお願いしますで番組に戻ればいいんだから。こっちはそうはいかないっての。松浦部長も、戻ってきたのはいいけど、すぐ、どっか消えちゃうしさ。ああ、失敗した。さっさと帰ればよかった」

「帰ったって、呼び戻しますよ」

「携帯なんて、誰が発明したんだ」浅野が悪態をついた。「畜生、携帯なんか捨ててやる」

「これも仕事じゃないですか」

「こんなの仕事じゃないって。番組上のトラブルだったら、そりゃおれだって前に出ますよ。副部長だもんな、しょうがないさ。でも、これは違うって。こんな悪戯メールで右往左往させられたんじゃたまんないよ」

「悪戯かどうか、まだわかりません」

「決まってるって、そんなの。悪戯か、そうじゃなけりゃ悪ふざけだ。だいたい、おれたちにそんな責任があるのかね。いいじゃないの、死にたいって言ってるんだから、勝手に――」

浅野が気まずそうに口を閉じた。警察はどこに、と安岡が尋ねた。奥の特別応接室、と浅野が答えた。

「とにかく、警察の意見を聞こうじゃないですか」

まあそうだね、と浅野がうなずいた。二人はフロアの奥にある特別応接室へと向かった。

2

扉を開くと、中村良美が立っていた。視線が右に逸れた。特別応接室のデスクに、太った男が座っていた。五十代だろう。ネクタイが外れかかっていた。

「丸の内署の森《もり》さんって刑事さんです」

良美が囁《ささや》いた。わかった、とうなずいた安岡が、自分の名前を言ってから小さく頭を下げた。森という男も、同じように挨拶を返した。

「こんな時間に、申し訳ないですね」

そう言いながら浅野が座った。安岡は立ったままだ。

いやあ、と森が首を振った。体に似合わない、甲高《かんだか》い声だった。

「事件なんてそんなもんですよ。九時から五時までって決まってれば、こっちも苦労はしませんよ。まだましな方ですな」

お前も座れ、と浅野が言ったが、安岡は首を横に振った。その代わり、中村良美を浅野の隣に座らせた。

「メールは見ました」森が口を開いた。「参考までに伺《うかが》いますが、ああいうメールはよく来るんですかね」

「よく、ということはないと思いますけど」浅野が言った。「そりゃ、ラジオですから、リスナーからのメールは随時受け付けていますが、自殺予告のメールってのは、あんまり聞かないですね」

だよね、と安岡の顔を見た。そうですね、と安岡がうなずいた。

「メールを発見したのは彼女ですか？」

森が尋ねた。はい、と良美が不安そうにうなずいた。

「通信記録によりますと、メールの送信時間は今日の午後六時三十三分となっています。ここですがね」

森がメールのコピーを指した。一番頭の部分に、送信時刻が刻まれていた。

「うちにそちらの局員、富山さんって言ったかな、その人から連絡があったのは八時半を過ぎた頃です。ずいぶん連絡が遅かったですな」

「いや、そうは思いません」安岡が腕を組んだ。「番組宛のメールは一週間で一万通ほど来ます。特に放送当日はその数が跳《は》ね上がります。今日はどれぐらいだった？」

「だいたい……三千通ぐらいです」

良美の答えに、そうだろうな、と安岡がうなずいた。

「むしろ、二時間で見つかったのは早いぐらいだと思いますね」

「そんなに来るもんですか」

感心したように森が言った。確かに、十年ほど前までこんなことはなかった。どんなに人気のある番組でも、週に二千通ほどの葉書があれば多い方だっただろう。

だが、パソコンの普及によって状況は劇的に変わった。リスナーはメールという形で番組に対して、ネタはもちろんのことながら、さまざまな情報を寄せてくるようになった。

葉書を用意する必要も、切手を貼る必要もないメールという手段を手に入れたことによって、リスナーとラジオの距離は飛躍的に縮まったと言えるだろう。この数年はそれに加え、携帯電話からのメールが多用されるようになったため、送られてくるメールの数は増える一方だった。

「それを、あなたが一人で?」

森が尋ねた。まさか、と良美が首を振った。

「他にもアルバイトの子はいますし、番組を構成する作家の人とかもいます。みんなで手分けして、メールを読むんです」

「安岡さんも、メールは読むわけですか?」

「時間があれば。ですが、基本的には彼らに任《まか》せています」

「ねえ、刑事さん、そんなことどうでもいいでしょう」焦《じ》れたように浅野が言った。「問題は、このメールを送ってきた奴が本気なのか、それとも悪戯なのかってことじゃないですか?」

「ひとつひとつ確かめていくのが、わたしたちの仕事でしてね」森が微笑んだ。「まあ、そう焦《あせ》らずに。お嬢さん、あなたがこのメールを見つけたのは何時ぐらいでしたか？」

「八時過ぎだったと思います」

「それから、どうしました？」

「番組を担当しているのはディレクターの安岡さんです。だから安岡さんに報告しました。どう対処するべきか、指示してもらおうと思って……」

「安岡さんは？」

「浅野副部長にすぐ相談しました。悪質な冗談や悪戯であれば、仕方がないと諦《あきら》めもつきますが、もし本気だとしたらラジオ局的にはいろいろと問題が出てきますので」

「道義的責任ってやつです」

浅野が言葉を添えた。なるほどね、と森が太い首を傾《かし》げた。

「それから？」

「先ほども話に出ましたが、うちのディレクターに富山というのがいます。もともと報道局という部署にいたこともあって、警察に知り合いがいることはわかっていました。彼に頼んで、連絡を取ってもらったというわけです」

「そしてわたしがここにいる、と。流れはそんなところですかな」

森が言った。そういうことになります、と安岡がうなずいた。

「で、どうなんです？　このメールは本物ですか？　それとも悪い嫌がらせ？」

浅野が尋ねた。そりゃ、わかりませんな、と森が真面目な顔で答えた。

「警察は占い師じゃありません。これだけの文面、今あるだけの情報で、このメールを送った人間が本気なのかどうかは判断できませんよ。それができるぐらいなら、もうちょっと我々も楽ができるんですがね」

「またそんな、悠長なこと言って」浅野が苦笑した。「どうなんですか、確かめる方法はあるんですか」

「このメールはパソコンから送られてきたものです。携帯メールではありません」森がメールのコピーを広げた。「ここに通信ログがありますがね、携帯ならｄｏｃｏｍｏとかｅｚｗｅｂとか、そういうドメインが入っていますが、これは違います。つまり、パソコンから送られてきたものだと断言できます」

「それで？」

「プロバイダに連絡を取りました。プロバイダからなら送信の軌跡《きせき》を辿ることができます。従って、持ち主を調べることは決して難しくないと言えます。おそらくは三十分以内に結果が出るでしょう」

「つまり、パソコンの持ち主がわかるということですね。それがわかれば、メールを送ってきた人物の身元も割れると？」

浅野の問いに、理論的にはそうなりますな、と森が答えた。

「ただし、他人のパソコンからメールを打ったりとか、もしくは匿名でメールアドレスを取得していたりとかいうことも十分考えられます。まあ、その可能性は考慮に入れておかんとならんでしょうな」

「メールそのものから何かわかったことは？」

安岡が尋ねた。それが困ったところで、と森が顔をしかめた。

「何しろメールってのは、年齢、性別、その他何も識別《しきべつ》できないようになってます。当然ですが、このメールを送信してきた人物も名乗っているわけじゃありませんから、判断は難しいところです。ただ、年齢的にはかなり若いと考えてもいいんじゃないですかね。つまり、深夜放送ってのを聴いてる……リスナーっていうんですか？　その手の人種は働いていないと思うんですよ。少なくとも、まともなサラリーマンなら夜中の二時とか三時までラジオなんか……」

失礼、と森が手を口元に当てた。安岡と浅野が顔を見合わせて苦笑を浮かべた。

「とにかく、彼らは夜中にラジオを聴いていないと考えられます。常識的にはね。そう考えると、やはり学生という可能性が高いように思えますな。文体から考えても、少なくとも三十代以上ということはあり得ないでしょう。二十代前半、もっと言えば高校生か大学生か、その辺りではないですかね」

「刑事さん、確かに深夜放送というのは、若い層が聴くものです。我々もターゲットをそこに絞《しぼ》っていることも事実です。しかしですね、例えばタクシーやトラックの運転手、夜勤のある職業に就《つ》いている者、警備員とか、看護師とかですね、そういう人も聴いていないわけじゃないんですよ。今、あなたが言っただけの根拠で、学生に絞るのはちょっと……」

浅野の言葉に、それもそうですな、と森がうなずいた。自説に固執《こしつ》するタイプの男ではないようだった。

「つまり、このメールだけじゃ何もわからんということです。とにかく、今はプロバイダからの連絡を待つしかないでしょう。パソコンの持ち主、つまりメールの送信者がわかれば、我々警察も動きが取れるようになります。未成年者であっても、親と連絡を取ることは可能ですからね。それまでは待機しているしかありません。まったく、迷惑なもんですな。文明の進歩ってやつは」

ところで、と森が安岡と浅野を交互に見つめた。

「あなたたちはどう考えておられるんですか？　このメールについて」

「悪い悪戯ですよ」

浅野が吐き捨てた。どちらとも言えませんね、と安岡が答えた。

3

　待機しているしかない、という森刑事の言葉は確かにその通りだった。安岡は浅野と相談の上、今いる七階奥の特別応接室を連絡所と定めることにした。何かあればお互いに報告をし合う。

　ただし、統括するのは浅野の担当となった。職制から言って、当然のことだ。いずれにせよ、特別応接室をコントロールセンターにする、というのが二人の同意事項だった。

　森刑事のことは浅野に任せることにして、安岡は中村良美と共に特別応接室を出た。

「中村、お前は今日までに来たメールをもう一度見直してみてくれ。大変なのはわかってる。河田や栗原たちにも手伝わせるし、他の番組のバイトとかも使おう。同じ奴からメールが来てないかどうか、確認するんだ」

「ないと思います」通路を歩きながら良美が言った。「あんなメール、あれば必ず気づくはずですから」

「念には念を、ということだ。別に内容まで確認しろと言ってるわけじゃない。同じアドレスからメールが来てないかどうか、それだけ調べてくれればいい」

「でも……」

「でも？」

「番組の方はどうされるんですか？　奥田さんやスタッフのケアがわたしの仕事です。それなのに、メールの確認なんて……」

「お前、何か勘違いしてないか？」安岡が足を止めた。「番組のディレクターはおれだ。他のことは知らん。だが、番組についてだけはおれの判断が絶対だ。お前はおれの命令に従っていればそれでいい」

「安岡さん、どうしてそんなにこだわってるんですか？　浅野副部長のおっしゃってることは、もっともだと思います。あんなメール、悪戯に決まってますよ。そんなことのために本来の仕事を二の次にするなんて……」

中村、と安岡が立ち止まったまま煙草に火をつけた。

「お前、今三年生だったよな。就職とか、考えてるのか」

「いきなり、何ですか？」

「考えてるのかと聞いてるんだ」

「そりゃあ……考えてます」

「どうしたいと思ってる」

「できれば、このままラジオ・ジャパンに就職できればって思ってます」

ラジオ・ジャパンだけではなく、他局でもそうだが、大学生のアルバイトを採用するに当たっては将来性もその考慮の中に含まれている。アルバイトとして採用し、その適性を見るということだ。

もちろん、単純に普通のアルバイト先としてラジオ局を選ぶ者も多いが、就職先として考えている者も少なくない。中村良美もその一人だった。

「それなら、ひとつだけ教えてやる。ラジオってのはな、スタッフだけのものじゃない。パーソナリティだけのものでもない。基本的にはリスナーのものだ。ただし、リスナーだけいても意味はない。パーソナリティ、スタッフ、リスナー、その三つが揃《そろ》って初めて番組として成立する。お前の言う通り、例のメールは九分九厘悪戯だろう。だが、万にひとつでも本物という可能性がないわけじゃない。もしそうだとしたら、このまま放っておけば最悪の場合リスナーの一人が死ぬことになる。いいか、おれたちラジオ屋はな、リスナーを見殺しにするようなことはしない。それだけは覚えておけ。それがわからない奴にラジオ番組を作る資格はない。おれたちとリスナーは、一種の運命共同体なんだ」

わかりました、と良美がうつむいたまま答えた。後は頼んだぞ、と言って安岡が再び歩きだした。

4

五階へ下りた安岡の耳に、笑い声が聞こえてきた。廊下を挟んでスタジオの向かい側にあるタレント控室からの声だった。

ドアをノックすると、どうぞ、という声がした。失礼します、とひと声かけてから、安岡はドアを開けた。

手前から順に、富山、渡辺とディレクターが座っていた。その奥にいるただ一人背広を着た男は高山プロモーションのマネージャー、小山だった。そして年齢順に構成作家たちが座り、控室の一番奥では奥田雅志が椅子にもたれるようにしていた。

奥田は異常なまでに瘦《や》せている。テレビではあまり目立たないが、身近にいると骸骨《がいこつ》が服を着ているような男だった。

短く刈った髪、鋭《するど》く尖った顎《あご》も特徴的だが、やはり印象に残るのはその大きな目だろう。どこを見ているのかよくわからないような目。意味もなく他人を不安にさせる奇妙な目の持ち主だった。

「何してたんよ、安さん」

奥田が声をかけた。まあ、いろいろありまして、と安岡は奥田の近くへ向かいながら答えた。ここでも安岡は座らない。

「何やねん、いろいろって。本日のパーソナリティが来たっちゅうのに、どこ行ってたんよ」

冗談めかして言ったが、その目は真剣だった。芸能人というのはつくづく難しい人種だ、と安岡は思った。

彼らは誰も信用しない。信じているのは自分の才能だけだ。

そして、その才能がいずれは枯渇《こかつ》してしまうことを、本能的に知っている。才能がなくなった時、それまで彼の周りにいて彼を称賛《しょうさん》していた人間たちが、あっと言う間に消え去っていくこともわかっていた。

だからこそ、彼らは常にスタッフの動きを見ている。自分を裏切る気配はないか。見捨てて逃げるつもりはないか。もっと才能のある若手タレントと結びつこうとしているのではないか。猜疑《さいぎ》心は彼ら芸能人にとって、いくら拭っても落ちない汚れのようなものだった。

今、奥田は芸能人としてそのピークにいる。テレビ、ラジオ、出版、その他あらゆるメディアから引く手あまたの状態だ。

だが、ピークにいる者ほど、そこから転落していく時の恐怖感は強いだろう。奥田にとって、〝オールナイト・ジャパン〟は決して重要な仕事ではない。少なくとも、ギャランティに関して言えば、もしかしたら最も割の悪い仕事かもしれなかった。

だからこそ、奥田はラジオのスタッフたちの動きを注視していた。ラジオのスタッフはテレビのスタッフと違って勘が鋭い。大型船ではなく、丸太舟に乗っているからこそ、勘を鋭くしていなければ海を渡っていけないからだ。

そのラジオのスタッフが自分の周りからいなくなるようなことがあれば、それは滅びの兆候《ちょうこう》だ。奥田はそれをよく知っている。だからこそ、自分を迎えに来なかった安岡に対して、厳しい目で見ているのだ。

「まあ、ええけどな」

奥田が言った。安岡の様子を見て、何かを察したのだろう。決して自分のことをないがしろにしていたのではなく、どうにもならない事情で現場に来るのが遅れたのだと、その鋭い洞察《どうさつ》力で悟《さと》ったようだった。

「そんで、今日、どないすんの？」

奥田が誰にともなくつぶやいた。安岡は時計を見た。午後十時半。番組が始まる午前一時まで、まだ二時間半ある。打ち合わせには十分な時間だった。

「センセイ方、ご意見は？」

安岡が構成作家たちに向かって聞いた。星川が肩をすくめた。

「奥田さん次第ですけど、どうですか、さっきの方向で」

聞いてますか、と安岡が尋ねた。ちょっとな、と奥田が答えた。

「二時間、全部オレにフリートークで行けっちゅう話やろ。まあな、たまにはええかもしれんな」

「コーナー、全部飛ばすことになっちゃいますけど、大丈夫ですか?」

そう言った渡辺の足を安岡が強く蹴った。奥田の能力を信じていないような発言は極力控えなければならない。生放送の本番直前というこの時間ならなおさらだった。

「一応ですね、リスナーから取ったアンケートがあるんですよ」星川が言った。「この五年間で、何が一番印象的だったか、みたいな」

「うん」

「フリートーク自体は全然問題ないと思うんですけど、こっちとしては一本柱があった方が番組の構成をやりやすいのは確かなんです」

「うん」

奥田が生返事を繰り返した。どちらでもいい、という意味だ。二時間のフリートークぐらい、何も材料がなくてもやれる、という自負が奥田の表情から感じられた。

「何もなくても行けるでしょうけど」安岡は奥田の心理に沿って言葉を選びながら言った。「リスナーもやっぱり、そういうところを期待してるとは思うんですね」

「せやろな」

「ベストテンとか、順位付けの問題じゃないんです。この五年間をランダムに振り返るというか。たまには、ちょっとノスタルジックなトークもいいんじゃないかって」

「どんなんあった？」

奥田が正面を向いた。乗ってきた時の表情だ。

安岡が目だけで合図した。うなずいた星川がリストを取り出した。

「やっぱり、一番反響が大きかったのはですね、一周年記念の時の全裸オールナイト・ジャパンなんですよ」

全裸オールナイト・ジャパンというのは、放送一周年を記念して何かをやろうとなった時、奥田の発案で始まった企画だった。何も特別なことをしたわけではない。

ただ、奥田をはじめスタッフ全員が全裸になって番組を作っていっただけのことだ。当然、リスナーからその姿は見えない。

ただ、本当に人間が素っ裸になった時のテンションの上がり方というのは、リスナーにも伝わるもので、その後もまた全裸オールナイト・ジャパンをやってほしいというリクエストが相次《あいつ》いだ。ある意味で伝説の企画だった。

「他には？」

奥田が身を乗り出した。安岡はそっとマネージャーの小山の肩に手をかけ、ちょっと、と外へ誘った。立ち上がった小山が安岡の後に続いた。

5

控室から少し離れた通路の陰《かげ》で、まず安岡は奥田を迎えに行けなかったことについて、非礼を詫《わ》びた。気にしないでください、と小山が言った。小山は高山プロモーションでも中堅クラスのマネージャーだが、東京出身のため標準語を話す。

「実はその……それとは別に話があるんですが」

なぜ自分が奥田を迎えに行けなかったのか、安岡はその理由を話した。例の自殺予告メールの一件だ。それは大変でしたね、と小山が表情を曇《くも》らせた。

「警察にも来てもらっています。もちろん、悪ふざけの一種だと思いますし、九分九厘それで間違いないでしょう。ただ、問題は残りの一厘です。もしメールを送ってきた人間が本気だとしたら……」

「いや、それはないんじゃないですかね」小山が言った。「そんなねえ……自殺予告メールなんて、普通あり得ないでしょう」

「そう思います。ですが、絶対嘘と言い切れないところがあるのも確かなんですよ」

「そりゃ、絶対かどうかは何とも言えませんけど」

小山が肩をすくめた。背広姿の小山は安岡より一歳下の三十八歳だが、かなり恰幅《かっぷく》がいい。律義《りちぎ》にはめた背広の前ボタンが今にも弾《はじ》け飛んでいきそうだった。

「それでですね、小山さん……ぼくとしてはこの件について、番組で触れたいと思ってるんですよ。つまり奥田さんに、このメールを送ってきた人間に対して、自殺を思い止まるように呼びかけてほしいんです。事実関係は今警察も調べているところで、本番が始まる午前一時までに完全な悪戯だとわかれば、そんなことをする必要もなくなるわけですけど」

本気ですか、と小山が渋い顔になった。本気です、と安岡がうなずいた。

「もちろん、奥田さんにはぼくの方から直接説明をしますが、その前に小山さんの了解を得たいと思いまして……」

「いや、それ、困ります。止めてもらえませんか」

小山がはっきりした口調で言った。安岡としては半ば予想していた通りの答えだった。

「小山さんの立場はわかります。繰り返しになりますが、悪戯だとわかればそんなことをする必要はなくなります。ですが、何しろ人命が懸《か》かっているんで、我々としても放置しておくわけにはいかないんですよ」

「いや、だからこそ止めてください。だって考えてみてくださいよ、そんなことをして、うちの奥田にどんなメリットがあるっていうんですか？」

「……これはメリットとかデメリットの話じゃなくてですね……」

「安岡さん、安岡さんはラジオのプロです。それは私もよくわかっています。ですから、こんなことを言うのは釈迦《しゃか》に説法ですけど、確かに番組は奥田と安岡さんをはじめとするスタッフのものです。内容に口を挟むつもりは、事務所としてもありません。ただね、表に出るのは奥田なんです。あなたたちじゃない」

「……それは、その通りです」

「それなら、こっちの立場もわかってくれるでしょ？」小山が空咳《からせき》をした。「だいたい、そのメール自体がまだ本物かどうかわかってないわけですよね。申し訳ないんですけど、茶番に付き合わされるわけにはいかないんです。勘弁してください」

「もちろんです。あくまでも、もし本物だったらという話をしているわけで……」

「いや、この際そんなことどっちでもいいんです。本物だろうが偽物だろうが、こっちには関係ない。私がしてるのは奥田にとってのメリットの話です。いいですよ、もし、万が一、そのメールが本物だったとして、番組の終わりに自殺する人間が出たとしましょう。だけど、それって奥田に止められる問題じゃないですよ」

「ですが、止められる可能性はあります」

「止めたからって、それが何なんですかって話ですよ。冷たいこと言いますよ。ひどいことを言いますけど、奥田雅志がリスナーの自殺を止めたってことになれば、それは確かに一種の美談です。いい話です。でもね、安岡さん。奥田のファンはそんなこと奥田に求めちゃいませんよ。奥田のキャラクターと違ってることぐらい、わかってるでしょ？」

「それは……そうですが……」

「こんなこと言ったらあれですけど、奥田のキャラクターだったら、自殺をけしかけるぐらいでちょうどいいぐらいですよ。でもね、それはさすがに不謹慎《ふきんしん》過ぎる。というか、常識的に考えてまずいでしょ。ラジオ・ジャパン的にも、そんなのオンエアできないでしょ？」

「まあ……そうですね」

「だから、止めましょうって言ってるんです。仮にそのメールが本物だとしても、奥田にそれを止めるような発言はできません。そんなことをしたら、キャラクターがおかしくなっちゃいますからね。奥田のパブリック・イメージっていうのは、シニカルで、ブラックで、何を考えてるのかわからなくて、でも面白い男ってことですよ」

小山の言う通りだった。安岡としても、うなずかざるを得なかった。

「そんな奥田がですね、顔も名前もわからないリスナーの自殺を思い止まらせようとしたら、何だ、本当はいい人だったんじゃないかってことになっちゃいますよ。いや、奥田が悪い奴だなんてことは私も思ってません。苦労している分、思いやりとかもちゃんと持っている男です。だけど、それを表に出すわけにはいかない。わかってもらえませんか」

「わかります」

「だからといって、自殺をけしかけるようなことを言ったら、そりゃやっぱり問題でしょ。さっきも言いましたけどね、そんなことしたら世論の袋叩《だた》きに遭います。だから、どっちにしてもできないってことなんですよ。無視する以外、奥田にはやりようがないんです」

「それは……そうなんですが……」

安岡が視線を下に逸らした。小山が言っていることは、一般社会ならば多少問題のある発言だったが、芸能界という特殊な世界の中では真っ当な正論と言ってよかった。

タレントにとって最も重要なのはキャラクターであり、それは誰にとっても同じだ。奥田はパセリセロリというコンビでの活動を通じ、自己のキャラクターを確立するため十年以上の時間を費《つい》やしていた。

奥田のキャラクターは、自殺者を止めるようなものではない。むしろ逆に、首を吊ろうとしている人間の足を引っ張るぐらいの方が似合うだろう。

そのキャラクターを崩《くず》すことはできないから、自殺予告メールについて関与しない、というマネージャーの小山の意見は正しかった。もちろん、だからといって本当に自殺をしようとしている人間に対して、それをけしかけるようなことは言えないというのも事実だ。

言えば多くのリスナーは喜ぶだろうが、さすがにそこまで無茶なことをすれば、テレビ、雑誌などで叩かれるのは目に見えていた。また、ラジオ局としても、そんな発言を認めるわけにはいかない。無視するしかない、という小山の意見はその通りだった。

それは安岡もよく理解していた。だが、諦めるつもりはなかった。

言葉を尽くして説得すれば、小山ならわかってくれるのではないか、という思いがあった。小山は業界のマネージャーだが、決して社会的な常識をすべて捨て去っているわけでないことを安岡はよく知っていた。

「小山さんの言う通りです。ですが、逆に、もし例の自殺予告メールが本物だとしたら、ただ無視していたっていうんじゃ、これもまた世論の非難を浴《あ》びますよ。いったい奥田雅志は何をしていたのか、ただ放っておいたのかってね」

「それは奥田の責任じゃありませんよ。私も含めたスタッフサイドの問題です」

「しかし、表に出るのは奥田だと、小山さんはさっき自分でも言ってたじゃないですか。その通りですよ。どちらにしても叩かれるのは我々じゃない。奥田さんです」

それは、と言ったきり小山が口をつぐんだ。その時、控室のドアが開いた。

出てきたのは奥田本人だった。トイレトイレ、とつぶやきながら二人の横を通り過ぎて洗面所の方へ向かっていった。

「……安岡さん」奥田の姿が見えなくなったところで小山が口を開いた。「おっしゃっていることはわかります。確かに、ただ黙って見過ごしていた場合、叩かれるのは奥田でしょう。ですがね、その自殺をした人間と奥田を結び付ける線が出てこない限り、何の問題も生じないと思うんですよ」

「結び付ける線？」

「ラジオ局のスタッフは、この件についてマスコミその他に何も話さないでしょ？　それは安岡さんがそう命じれば済む問題です。そして事務所サイドからも、絶対に漏れません。そうなれば、自殺をした人間と奥田を結ぶ線は何も出てこないですよね」

「それはそうですが、仮にその人物が遺書《いしょ》を書き、番組に自殺予告メールを送ったとそこに記していたらどうなります？　くどいようですが、法的には奥田さんにも、ラジオ局にも何の責任もないんです。ただ、道義的な問題は発生しますよ。この道義的な問題っていうのが一番厄介《やっかい》なのは、小山さんもよくおわかりでしょ？」

「ですから、奥田は何も知らなかった。番組スタッフもそのメールに気がつかなかった。そういうことにしてほしいんですよ。確かに、知っていて何もしなかったら、例えばですけど、自殺を思い止まるように呼びかけるとかね、そういうことを何もしていなかったら、それは安岡さんの言うように道義的な責任が発生するでしょう。ですが、知らなかったらどうしようもないでしょう？」

　小山の声が低くなった。しかしそれは、と言いかけた安岡に、待ってください、と小山は片手を上げた。

「番組にはかなりの数のメールが来ると聞いてます。それを全部処理できるはずがないのは、世間も理解してくれるでしょう。だから奥田には問題のメールについて何も話さなかった。だから何もコメントしなかった。することができなかった。そんなメールが来ていることを知らなかったからです。そういうふうに処理するしかないじゃないですか、この場合」

安岡が制作部に配属され、ADとして働くようになったのは二十四歳の時だ。既にそれから十五年が経つ。業界歴は長いと言っていいだろう。

その意味で、タレントの権益を守るのが事務所及びマネージャーの仕事であることはよくわかっていた。その観点から言っても、小山の論理は正しい。

だが、このまま放置しておいていいのか、という思いが安岡の頭から離れなかった。もちろん、事実確認が何よりも先決なのはよくわかっていたが、万が一、本物であった場合、それを無視していいのかと考えていた。

ヒューマニズムで言っているのではない。そんなつもりではなかった。ただ、自殺しようとしている人間を放っておいていいのか、という単純な意識があっただけだ。

同時に、ラジオマンとしてのプライドもあった。自殺しようとしているリスナーを止めることができないで、ラジオマンと名乗る資格があるのか。

奥田にしてもそれは同じだ。ラジオのパーソナリティとして、リスナーを説得できないとしたら、それはパーソナリティと呼べるのか。それを小山に伝えようとした時、何やの、と後ろから声がかかった。奥田だった。

「何を二人で……こそこそ話しとんのや」

「いや、別に……こそこそってことはないですけど」

小山が目を逸らしながら答えた。嘘つけ、と奥田が短く笑った。

「おかしいやないか。こんなところで番組のディレクターとタレントのマネージャーが深刻そうな顔して話しとったら。隠し事か？　いや、そんなはずないわな。オレがそんなん一番嫌いやっちゅうことは、小山、お前がよく知ってるはずや。安岡さんもせやろ。ちゅうことは、何かあったってことや。違うか？」

「いえ……何も」

安岡が答えた。奥田本人にメールの件を伝えるのは簡単だったが、自分がそれを言えば、小山の面子《メンツ》が立たなくなる。

この五年間、小山とは誠実に付き合ってきた。今さらその信頼関係を崩すことはしたくなかった。

二人の顔を交互に見つめていた奥田が、小山の前で視線を止めた。話せや、と言った。

「話せや、小山」

「いや、これは……ちょっと違うんです」

「違うも何もあるか、アホ。そんな妙な顔しやがって……全部話して、楽になれや」

小山が安岡の方に目を向けた。安岡はうなずいた。

奥田は芸能人の多くがそうであるように、粘着気質の人間だ。話さなければ、いつまでもそれにこだわり続けるのはわかっていた。

最悪の場合、番組をボイコットする可能性も考えられた。ここまで来た以上、話さざるを得ないだろう。小山が肩をすくめた。

6

夜が深くなっているため、会議室や控室に空き部屋が多くなっていた。安岡はその一室に二人を案内した。ドアを閉めると、三人だけの空間になった。

椅子に腰をおろした奥田の前で、小山が自殺予告メールについて状況を説明した。ドアの近くに立っていた安岡は、最小限の補足説明をしただけだ。

自分が話すつもりはなかった。小山の立場を守りたいという気持ちと、自分が話すことで問題にバイアスをかけることを恐れたためだ。じっと小山の話を聞いていた奥田が、そやな、とうなずいた。

「安岡さん、小山の言う通りやと思う。安岡さんには申し訳ないかもしれへんけど、オレも小山の意見に賛成や。考えてみい。オレが自殺しようとしている奴のことを止めようとしたら、全部がおかしくなってまうやろ」

「そう思います」

小山が言った。そういうこっちゃ、と奥田が肩をすくめた。気にしないでください、と安岡が言った。

「すいません、勝手なことばかり言って……奥田さんの立場はわかっているつもりです。その上で、お願いしようと思っていましたが……やはり難しいですか」

「うん……あのな、安岡さん、オレの番組聴いてる奴らはな、そんなうっとおしい話、聴きたくないと思うねん。真面目に取り上げたら、リスナーはそんなん奥田雅志と違う言うて、どっかへ行ってしまいよると思うのや。かといって、冗談半分にいじるには危なすぎるネタや。地雷みたいなもんやな。小山やないけど、あんまりオレたちが触れてええ話と違うと思うねや。安岡さんも、そこはわかってくれてるんやろ？」

「もちろんです……ただ、どうもその……気になるというか……」

立ったまま安岡が答えた。去年はキツかったな、と奥田が鼻の辺りを手でこすった。関係ありません、と安岡が首を振った。

「そうではなくて、ぼくにはどうしてもこのメールが悪ふざけに思えないんですよ」

「根拠、あるんか？」

「いや……それはないですけど。ただ、何ていうのか、追い詰められた人間の切迫感みたいなものが、行間に込められているような気がして……ですが、それは根拠じゃないです。正直なところ、単なる勘でしかありません」

「思い込みやって。な、小山。お前もそう思うやろ？」

「まあ……そういうことになるのかもしれないですね」

せやな、とうなずいた奥田が胸ポケットから煙草のパッケージを取り出して、一本くわえた。

「安岡さん、あんた十年前のオレらのこと覚えてるか？　別に苦労話がしたいわけやない。せやけど、しんどい時期もあったわな、正味《しょうみ》な話。もう一回やり直せるか、そう言われたら、ちょっとどないしたもんかな、と思うような時期も確かにあった。そんなんも含めて、こういうことにオレは関わりたくないんや。ええか？」

使い捨てのライターで煙草に火をつけた奥田が、大きく煙を吐いた。わかりますよ、と安岡はうなずいた。

「気を悪くせんといてや。その自殺予告がホンマでもフカシでも、オレにはどうしようもないんや。それにな安岡さん、あんたはマジかもしれんていうけど、オレはフカシやと思うわ。オレをからかっとんのやな。よくある話や」

そうならいいんですが、と安岡が答えた。決まっとるやないかと言った奥田が、くわえ煙草のまま会議室を出ていった。そういうことです、と小山が神妙な顔で言った。

「本人も取り上げるつもりはないわけですし、これ以上こじれると、面倒なことになりかねませんから」

諦めてください、と小山が頭を下げた。いいんです、と安岡が慌てて手を振った。

「ぼくが奥田さんでも、同じようなことを言ったでしょう。仕方ありません」

すいません、ともう一度頭を下げた小山が会議室を後にした。一人残された安岡は、腕を組んで例のメールについてもう一度考え始めた。

7

番組は奥田雅志による二時間のフリートークと決定した。基本ラインは、五年間を振り返るというものだったが、そのために構成作家たちにはやらなければならない仕事があった。つまり、この五年で何があったかを思い出すことだ。

簡単に言うが、五年というのは長い。当然だが、奥田は〝オールナイト・ジャパン〟だけをやっているわけではない。テレビ、オリジナルビデオ、ライブ、舞台、コマーシャルからＣＤまで手掛けている。何があったのか、覚えていることの方が少なかった。

そしてそれは構成作家たちにとっても同じだった。彼らは奥田の番組の専属というわけではない。他にもいくつかの番組をかけもちしている。

奥田雅志の〝オールナイト・ジャパン〟は彼らにとってメイン級の番組ではあったが、何もかもを覚えているわけではなかった。

コーナーをすべて飛ばすことが決定した以上、二時間のフリートークに耐え得るだけの素材を探さなければならない。そのためにはリスナーからの葉書やメールなどによる投稿をもう一度洗い直すしかなかった。地味な作業で手間もかかるが、手段はそれしかないと言っていいだろう。

しばらく寝ると宣言して、奥田は控室の奥で横になっていた。素材を探すのは構成作家たちの仕事であり、その素材をどう料理するのかは自分の仕事だ、という割り切った態度だった。

無論、不満を漏らす者はいなかった。奥田本人にネタを探させるわけにいかない、ということは誰もがわかっていた。

安岡もその作業を手伝っていたが、三十分ほど経ったところで内線電話が鳴った。七階の特別応接室にいる浅野からだった。

とにかくすぐ来てくれ、という命令には従うしかない。後を渡辺と構成作家たちに任せて、安岡は七階へ上がった。

特別応接室のドアを開けると、例の森という刑事と浅野がデスク上のメールのコピーを挟むようにして座っていた。安ちゃん、と浅野が顔を上げた。

「パソコンの持ち主がわかった」

「今日初めて、いい話を聞いたような気がしますよ」

安岡が言った。そうでもない、としかめ面のまま浅野が首を振った。

「どういう意味です？」

「わたしから説明しましょう」森が垂れ下がった頬に手を触れた。「パソコンの持ち主について、プロバイダに捜してもらっていたのですが、つい先ほど連絡がありましてね。結論から言いますと、そのパソコンなんですが、個人のものではありませんでした」

「というと？」

「漫画喫茶と言うんですかね。繁華街《はんかがい》によくあるじゃないですか。あの手の店から送られてきたメールでした。場所の特定はできています。新宿に〝マンガ・キングダム〟という店があるんですが、この店は約五十台のパソコンを店内に備え付けています。メールが送られてきたのは、そのうちの一台からでした。メールアドレスも匿名で取得していました」

考えておくべきだったよねえ、と浅野がつぶやいた。

「そうだよねえ、漫画喫茶とかインターネット喫茶とか、最近じゃ図書館とかホテルなんかでも無料でパソコンを使わせてくれるところもあるしね。そういうところからメールを送ってくる可能性があるってのは、確かに考えとくべきだったよ」

「メールの送信者は……当然、もう店にはいませんよね」

安岡の問いに、ええ、と森がうなずいた。

「メールが送られてきたのは午後六時半前後のことです。今でもその店にいるようなら、それは明らかに悪戯ですな。ですが、店に問い合わせたところ、問題のパソコンは今、別の客が使っているということです」

「メールを送信してから、そいつは店を出た」安岡が煙草をくわえた。「それから、どこへ行ったんでしょう？」

わかるわけないだろ、と半ば投げやりな調子で言った浅野が、そういえば、と森の方を向いた。

「聞いたことがあるんですがね、ああいう店ってのは客の監視用にビデオとかを回してるんじゃありませんか？」

「それは確認しました」森が答えた。「その〝マンガ・キングダム〟という店ですが、やはり他店と同じくビデオで客の姿を撮影しています。ただし、一台のパソコンに一台のビデオ、というわけではありません。店では五台のビデオを回して、客の動向を監視しているそうですが、今、わたしの同僚が現場に向かっています。確認まではしばらくかかるでしょう」

「浅野さん、ビデオって言っても、あんまり当てにはならないと思いますよ」安岡が煙を吐いた。「最新式の機材を使ってるわけでもないでしょうし、画像だって粗《あら》いはずです。個人の特定ができるかどうか、それさえ怪しいと思いますね」

わかってるよ、そんなこと、と浅野がうるさそうに手を振った。

「店員はその客の顔とか、年齢とかを覚えてないのかな」

電話での確認だけですが、と森が額をこすった。

「はっきり言って誰も覚えていないそうです。ただ、店の入口にレジがあるそうなんですが、そこにも監視用のカメラがあるようで、もしかしたらそこに映《うつ》っているかもしれないということでしたが」

「どうなんでしょうね」安岡が頭を掻《か》いた。「メールを送ってきた客の入店時刻ははっきりわかるでしょうが、ああいう店の店員はその辺の兄ちゃんですよ。単なるバイトがいちいち客の顔なんか覚えているとは思えませんね」

「安ちゃん、あんたは物事を悪い方へと捉える天才だ」

浅野が呻《うめ》いた。ですが事実です、と安岡が言った。

「とにかく、とりあえずはうちの刑事の報告を待ちましょう」森がメールのコピーに目をやった。「ビデオに本人の姿が映っていれば、それで問題はないわけですし、その他にも調べれば何か出てくるでしょう。今ここで、我々がどんなに議論をしても消耗《しょうもう》するだけで、何の意味もありません」

その通りです、と安岡が答えた。それにしても、と森が言った。

「厄介な事件ですな、これは。本人が本気で死ぬつもりだという確証がない以上、警察もうまく動けるかどうか何とも言えません。しかも、もう夜中です。捜すといったところで、人が集まるかどうか……」

その時、特別応接室のドアが開いた。真っ青な顔をした中村良美が立っていた。

「ノックぐらいしろよ」

浅野が舌打ちをしたが、良美は何も答えずに安岡の側へ近づいた。

「どうした？」

「また来ました」震える手で一枚の紙片を差し出した。「たぶん、同じ人からだと思います」

「着信時刻は？」

鋭い声で森が尋ねた。午後十時二十分です、と良美が答えた。

「……悪戯にしては、念が入り過ぎてるな」

安岡が紙片を森に渡した。まったく、と森がうなずいた。弱ったねえ、と浅野が頭を抱えた。

「安ちゃん、もしかしたらマジかもしんないよ。どうするね？」

「相談しましょう。その前に、森さん、このメールがどこから送られてきたのか、それを調べてもらえますか」

もちろんです、とうなずいた森が自分の携帯電話を取り出した。安岡は時計を見た。午後十一時半を回ったところだった。

part3　過去

PM11：33

1

警察としてはどう考えていますか、と安岡が尋ねた。森が太った腹を撫《な》でるようにした。

「難しいところですな……悪戯の可能性は多分に残っていますが、それにしてはどうもくどいような気もします。少なくとも最初のメールの時より、信憑《しんぴょう》性が強くなった感じを個人的には受けていますが」

「安ちゃん、それ、何て書いてあんの」浅野が手を伸ばした。「見せてよ」

安岡がメールのコピーを渡した。そこには次のように記されていた。

〈あと三時間弱で、奥田さんのオールナイト・ジャパンの始まる時間ですね。もう少しでいろいろなことが終わってしまうのだなあと思うと、何て言うか、ちょっと寂しいような気がしています。番組は、あらゆる意味で支えでした。でも、もうどうにもなりません。本当に、ずっと助けてもらっていたような思いで一杯です。どうもありがとうございました。自分がいなくなっても、ずっと番組が続くことを祈っています。どうもありがとうございました》

「いやだねえ、こんな」浅野が汚れたものに触れた時のように手を拭った。「気色悪い。勘弁してよ、安ちゃん」

「ぼくが出したメールじゃないですから、そんなことを言われても困ります」

「そりゃそうだけど。ああ、気持ち悪い。嫌だね、こういうの。ホントに嫌だ」

「逆にお尋ねしますが」森が口を開いた。「まだ安岡さんは、このメールを書いた人物が本気で自殺を考えてると?」

「悪ふざけですよ」

浅野が横から茶々を入れるように言った。わかりませんね、と安岡が首を振った。

「ただ、単なる悪戯でないことは明らかになったような気がしませんか。悪戯だったら、最初の一通だけでいい。二通目を送ってくるというのは、どう考えてもおかしいでしょう」

「そうですね。わざわざ念を押してくるような話じゃありませんからねえ……悪戯にしては、やっぱり手が込み過ぎているというか」

「今度も、また漫画喫茶のような店からですかね」

「可能性は十分にあるでしょうな。あの手の店は二十四時間営業がひとつの売りですから」

もういい、と浅野が指を振った。

「そんなの、どっちだっていいんですよ。どこから、誰が送ってこようが、悪戯だろうが本気だろうが、何もかもどっちでもいい。とにかく、番組の進行を邪魔するものは排除していく。これがラジオ・ジャパンの方針だ。それでいいだろ、安ちゃん」

「いや、それじゃ困りますな」森が大きな顎を前に突き出した。「もしこのメールの送信者が本気で自殺を考えているとしたら、警察としてはそれを未然に防《ふせ》がなければならない。ここのところ、自殺者が増えているのはご存じの通りです。警察としても、まだ正式にではありませんが、万が一の事態に備《そな》えなければならんのです。ご理解いただけますね。番組もいろいろとあるとは思いますが、ここは何とかご協力を」

「刑事さん、あのねえ、こんなの悪戯に決まってるじゃないですか。それに、もしですよ。もし、仮に本気であったとしても、どう協力しろっていうんですか。番組っていうのはね、そんなふうに都合よくできちゃいないんですよ」

難しいところだった。メールの送信者がどういうつもりで二通のメールを送り付けてきたのかは不明だが、少なくとも自殺の意図があることを明言している。ただし、浅野が言うように悪い悪戯であったとすれば、これを番組で取り上げることはできない。一度それをしてしまえば、今後、他の番組も含めて、模倣《もほう》犯、あるいは愉快犯が続出するだろう。軽々しく扱える問題でないのは明らかだった。

だが、森が示唆《しさ》したように、もしメールの送信者が本気で自殺を考えているとはっきりすれば、警察としてはそれを止めなければならなくなる。同時に、あくまでも道義的な意味でだが、ラジオ・ジャパンも問題をこのまま放置しておくわけにいかなくなるだろう。

両者にとって使えるものは番組以外にないことも確かだ。ただし、どういうふうに番組を使うのか、それはまだ今のところわかっていないというのが現実だった。

「止める止めるって刑事さん、あなたねえ、あなたは簡単におっしゃいますけど、どうやって止めるっていうんですか？　ラジオで奥田雅志の口から直接言わせますか？　そんなことしたらねえ、明日からとんでもないことになりますよ。どの番組にも自殺予告のメールやら電話やらがやたらと入ってくることになる。そんなことになったら、誰がその責任を取るっていうんですか。警察が取ってくれるんですか……？　おい、安ちゃん、どこへ行く？」

ドアの方に向かっていた安岡が振り向いた。

「奥田と話してきます」

「ふざけんな」浅野がデスクを叩いた。「自殺予告のメールがまたあったなんて、ひと言でも口にしてみろ。明日からお前は会社に来なくていい。少なくともディレクターの椅子はなくなると思えよ。どこか別の部署に飛ばしてやる」

浅野さんの言ってることもわかりますがね、と安岡が吸っていた煙草を灰皿で押し潰《つぶ》した。

「奥田本人も、メールについては触れたくないと言ってます、当然でしょう。本人のキャラクターから考えたら、そんなことできるはずもない。ただ、何か妥協《だきょう》案はないか、それを話してくるだけです」

「安ちゃん、本当に無茶すんなよ。松浦部長がさっき下りてきて、佐伯《さえき》局長と連絡を取るとか言い出しているんだ。これ以上面倒なことになったら、どうにもならなくなるんだぞ。聞いてんのか、おい」

安岡は一瞬立ち止まってから、特別応接室を後にした。

2

五階でエレベーターを降りると、廊下の端の方で大畑オサムと三池数也が不機嫌そうな表情で葉書、メールの整理をしているのが見えた。控室を出てきた星川が大きな欠伸《あくび》をした。

「ああ、安岡さん。お疲れさまです」

「お疲れ……奥田はどこにいる？」

星川が親指で控室を指した。休んでいる、ということなのだろう。マネージャーの小山も一緒だという。わかった、とうなずいた安岡が、入りますよ、とひと声かけてから控室のドアを開いた。

「どんな感じ？」

背中を向けたまま奥田が尋ねた。まあ、ぼちぼちです、と安岡が答えた。

「安さんがぼちぼち言うんやったら、まあまあ何とか進んでるっちゅうことやろ。な、小山」

そうですね、と小山がうなずいた。それはいいんですが、と安岡がすぐ本題に入った。

「実は、例の自殺予告メールなんですが、二通目が届きました」

ふうん、とつぶやいた奥田が体を起こした。安岡がメールのコピーを渡した。目を通していた奥田が、それで、それで、と言った。

「それで、どないせえっちゅうの」

「奥田さん、これは局からのというより、ぼくからのお願いです。このメールを送ってきた人間を……自殺させないでください」

「どうやって？」

「必要なら、番組から呼びかけてでも。今、警察がこのメールの送信者の行方を追ってますが、番組終了までに間に合うかどうかはわかりません。警察としても、ラジオ・ジャパンとしても、リスナーが自殺するのを放置しておくわけにいかないのは言うまでもないことですし、ぼく自身もそんな事態は何としても避けたいと考えています。奥田さん、他に手はないんです。あなたが直接呼びかける以外に——」

「それはせえへんて、さっき言うたやないか」

「二通目のメールが来るまでは、それも仕方がないと思ってました。ですが、こうなってくるとそんなことも言っていられません。もちろん、奥田さん本人の口からそれを言うのが難しいのはよくわかってるつもりです。その場合、局アナを使うことも考えています。とにかく、自殺を思い止まるように、番組の中で何か手を打たないと」

「局アナが何か喋るっちゅうんなら、そうしたらええがな。オレは関係ない。安さん、これはあんたの番組や。あんたの好きなようにしたらええ。せやけど、オレの喋ることだけはオレが決める。そういう約束やろ」

「それは……確かにそうなんですが……」

「……小山、ちょっと外せ」

奥田が言った。ゆっくりと立ち上がった小山が、控室を出ていった。

「安さん、座れや」

立ってられると喋りにくい、と奥田が苦笑した。安岡は狭い控室の中で、奥田と向かい合わせになるような形で座った。

「……あんな、安さん、こんなこと言うて、思い出させたくはない。ホンマにそう思ってる。せやけど、あんたがそこまで言うからには、オレかて言わにゃならん。安岡さん、あんた、子供の死について……考え過ぎてへんか」

「そんなことは――」

言いかけた安岡の目が曇った。

3

一年前。

安岡の息子、裕一《ゆういち》が死んだ。自殺だった。小学校五年生だった裕一は、自らの意志で命を絶ったのだ。

その時何があったのか、一生忘れることはないだろう。朝だった。徹夜明けで局からタクシーで帰宅した時、家の前にパトカー、そして救急車が停まっていた。妻の優子《ゆうこ》は半狂乱になって何かを喚《わめ》いていた。

何かが起きているのはすぐにわかった。そして、それが息子である裕一の身の上に起きた出来事であったことも。

予兆はあったのだ。その数ヶ月前、裕一は書店で万引きをして補導されていた。盗んだのは何ということもないマンガ本だ。書店の側も警察沙汰にするつもりはなく、母親が呼び出され、本の代金を支払う形ですべては終わっていたはずだった。

だが、確かにそれは予兆だった。なぜ裕一はあの時マンガ本を万引きしたのか。優子も、そして安岡自身も裕一に対して何度も聞いた。スリルを求めてのことなのか？　単なる出来心か？　それとも他に理由があったのか？　なぜだ？　なぜ万引きなどをしたのか？

いくら問いただしても、裕一の答えははっきりとしなかった。なぜあの時、答えを明確にさせなかったのだろう。その後、どれだけ悔やんだかわからない。

万引きはサインだった。助けてほしいという意味のサインだったのだ。

裕一の死後、クラスの友人が訪れ、事情を話してくれた。半年ほど前から、裕一はクラスの一部の生徒からいじめに遭っていたという。

その理由は、父親が——つまり安岡が——ラジオ局に勤めていて、芸能人に会っているからだということだった。そんなことが理由になるのかと思ったが、それは事実だった。

裕一は安岡のためにいじめを受けていたのだ。

裕一をいじめていた生徒が誰なのか、その友人は教えてくれようとしたが、安岡は聞くことを拒否した。聞けば自分が何をするかわからないと知っていたからだ。そして、何をしたとしても、裕一が帰ってくるわけではない。そうである以上、どうでもいいことだった。

むしろ、安岡にとっては父親としての自分の責任の方が重かった。万引き事件はいじめグループの誰かから命じられたものかもしれなかったが、自分の意志でやった可能性もあった。どちらにしても、裕一は誰かに自分の現状を訴《うった》えたかったのだろうと考えられた。

自分が今、いじめに遭っていること。誰か、誰でもいいから助けてほしいということ。その表われが万引きだったのではないか、と安岡は考えるようになっていた。

万引き事件があった後に、裕一は学校に行きたくないと何度か優子に訴えたという。安岡自身も本人の口からそれを聞いたことがあった。

それもまたひとつのサインだったのだろう。裕一は誰かに自分を救ってもらいたかった。話を聞いてほしかったのだ。

だが、自分も優子もその努力を怠《おこた》った。中途半端に、息子の言葉を聞き流した。その結果が裕一の自殺だった。それは一種の罰だったのかもしれない。

裕一は繊細《せんさい》で感受性の鋭い子供だった。小学校五年生とは思えないほど大人びた子供でもあった。なぜ万引きをしたのか、なぜ学校に行きたくないと言ったのか、もっと突っ込んで聞いてみるべきだった。

もちろん、安岡も優子もそれをしなかったわけではない。なぜなのか、理由は何度も聞いた。だが、今になって考えてみると、もっと別のアプローチの方法があったはずだった。

にもかかわらず、自分たちは無策だった。ただ理由を問いただし、答えが返ってこなければそれ以上何もしなかった。

結果として、安岡も優子も、裕一を覆《おお》っていた薄い一枚の膜を破《やぶ》ることができなかった。どうせ、たいしたことではないという思いがあった。

最後の最後まで粘《ねば》ってでも話を聞くべきだったが、それをしなかった。安岡も優子もだ。

もし、あの時、とことんまで粘って話を聞いていれば、裕一の心を開かせることができただろうか。そして、そうしていればどうなっていただろうか。

仮定の話はどこまでもできる。しかし、結局安岡は何もしなかった。少なくとも、息子の心の中にどんな闇が広がっているのか、それを知るためそこに飛び込んでみようとはしなかった。

言い訳ならいくらでもある。小学校五年生とはいえ、裕一は普通の子より早熟《そうじゆく》だった。その心の中に土足で踏み込んではいけないと思ったのも事実だ。裕一を一人の男として扱ったということだ。

だが、どんな言い訳をしても無意味だった。あの夜、真夜中、裕一は自分の部屋で首を吊《つ》って死んだ。

その約半年後、安岡と優子は離婚した。互いの責任を争ってのことではない。むしろ逆で、どちらも裕一の死を自らの責任と考えようとしていた。その結果が、離婚という形になった。

もともと安岡は仕事熱心な男だったが、厳《きび》しさが増したのは離婚してからのことだ。息子は自死し、妻とは別れた。安岡にとって、守るべきものは仕事以外になくなっていた。

「去年はキツかったな」

少し前、奥田がそう言ったのは、この一年間の安岡の苦闘を横で見ていたという思いから来る言葉だった。確かに、この一年は苦しかった。精神的にも肉体的にも、限界を超えるような毎日が続いていた。

眠れぬまま、酒に逃げたこともある。睡眠薬に頼ったこともあった。それでもどうしようもない夜を幾晩も過ごしてきた。

奥田の言う通りかもしれなかった。安岡の中に、子供と死を結びつけて考える傾向が強いのは確かだった。

4

「でもね、奥田さん。それとこれとは関係ないんです。関係がないと考えないといけないと思うんですよ」

安岡が煙草をくわえた。苛立《いらだ》つような目で奥田が見た。

「何やねん、そのわけのわからん言い方は」

「いや、要するに、ビジネスとプライベートは分けて考えなきゃならないっていう原則論の話です。確かに、ぼくの息子は死にました。小学校五年生でしたがね。ただ、だから感情的になってこの自殺予告メールを送ってきた人間を救わなければならないと言ってるわけじゃないんです」

「ほな、なんなの」

奥田もくわえた煙草に火をつけた。煙が舞った。

「ラジオマンの矜持ってやつですよ。リスナーの一人も救えないで、ラジオ番組作ってますなんて、そんな偉そうなこと言っちゃいけないですよね。少なくともぼくはそう考えてますよ。奥田さんはどうなんですか。言葉は悪いかもしれませんが、口先だけで自殺しようとしている人間を思い止まらせてこそ、トークのプロなんじゃないんですか?」

「安岡さん、その話はさっき済んだはずや」奥田がくわえ煙草のまま両手をこすり合わせた。「オレにはそもそも自殺を止める気がない。一般論やで。知り合いの子供が死ぬ言うたら、そりゃ止めるわな。けど、結局リスナー言うても顔も名前もわからんような奴や。そんな奴が死ぬのを、何でオレが止めなあかんのや」

「顔も名前もわかりませんが、リスナーは確かにいますよ」

「そんなことはわかってる。せやから、一般論って言うたやろ」

二人の声が高くなっていた。どうしましたか、と扉の外で小山の声がした。大丈夫や、と奥田が怒鳴った。

「すぐ済む」

「すぐには済ませませんよ」安岡が奥田の右腕を摑んだ。「奥田さん、あんたわかってるはずだ。この自殺予告メールを送ってきた奴が死ぬのを止めることができるのは、あんたしかいないってことを」

「離せや」

「離しませんよ。少なくとも、あなたがその事実を認めるまで、離すつもりはありません」

「そうかい。わかったわ、ほんなら認めたる。このメールを送ってきた奴が本気で自殺しようとしているのやったら、それを止められるのはオレだけや。オレのここだけや」

奥田が自分の唇を指した。安岡が腕を離した。

「けどな、安岡さん。オレはな、そんなことにこの舌を使いたくない。自殺したいなら、勝手に死んだらええやないか。オレと何の関係がある？　知り合いか？　オレとそいつは知り合いか？　知らんて、そんな奴」

「あなたにとってはそうかもしれない。でもね、このメールを送ってきた人間にとって、奥田雅志は単なる知り合いよりもっと深い意味での関係性があったんです」安岡がメールを突き付けた。「理由は知らないが、この何年か、あんたのラジオだけを支えに生きてきたと自分で書いているんだ。もちろん、リスナーなら何でも許されるってもんじゃないのはわかりきった話です。でも、少なくともぼくは、ぼくの目の前で誰にも死んでほしくない。そして、今回の場合は違う。単なるリスナーとパーソナリティという関係だけではない何かがある」

「何でそんなことがわかるんや」

「勘です」

「そこまで偉そうに能書き垂れて、最後は勘かい！」奥田がテーブルを蹴った。「勘だけやったら、そら何でも言えるわな」

「奥田さん、聞いてください。確かに根拠は何もない。勘しかないのはその通りです。ですが、何かがこのメールにはある。普通の悪戯メールとは違う何かが。そして、それをあなたも感じているはずだ」

「感じられへんな」

「いや、感じている。だからこそ、このメールをトークのテーマにしようとしないんだ。そうでしょう？」

「違うわ、アホ！」

扉が開いて小山が入ってきた。不安そうな表情で二人を等分に見つめていたが、結局は安岡に声をかけた。

「安岡さん、本番前です。あんまりゴタゴタすると……」

「ゴタゴタ？」

「ええ、そうです」

「そんなつもりはありませんよ。だいたい、奥田雅志ともあろうものが、これぐらいのトラブルでどうにかなるわけないでしょう」

「安岡さん、今日のあなたはどうかしてる」小山がため息をついた。「奥田の言う通りですよ。自分も言えませんでしたが、あなたはあなたの息子さんの死に囚《とら》われてる。そりゃ当然ですよ。小学生の息子さんが自殺したんですから、どんなにショックだったか、自分たちにわかるはずもありません。ですがね、安岡さん、それとこれとは違いますよ。ビジネスとプライベートは分けてください」

「ぼくは分けてますよ。ごっちゃにしてるのはそっちの方だ。裕一の死とこのメールの件は関係ない。ぼくはこのメールが本物だという確信を持っている。このメールを送ってきた人間が、本気で死のうとしていると思っている。そしてそれを止められるのが奥田雅志以外にいないことを知っている。それなのに、このまま放置して、見て見ぬふりなんかできませんよ。きれいごとで言ってるんじゃない。リスナーは身内なんだ。身内が死のうとしていたら、止めるのは当たり前でしょう。自殺すると予告してきた人間を止めるのは、人として当然のことじゃないですか」

「そういうのをな、屁理屈《へりくつ》って言うんや」奥田が吐き捨てるように言った。「安岡さん、見損なったで。根拠も何もないくせに、よくそこまで言えたもんやな」

「ラジオマンが自分の勘を信用できなくなったら終わりですよ」

「もうええ。とにかく二人とも出ていけ。ここはオレの控室や。出てけ！」

安岡の肩を押さえ込むようにして、小山が控室を出た。扉が閉まる激しい音がした。

5

控室から出たところで、小山が詫びるように頭を下げた。そういうことじゃないんです、と安岡が言った。

「謝ったりとか、そういうことじゃない。小山さん、そんなことをされても困ります。ただ、ぼくとしては、どうしてもこのメールを送ってきた奴が自殺するのを止めたい。ただそれだけなんです。そのためには奥田さんの力がどうしても必要だ。それはわかるでしょう？」

「わかりますよ。ですが、その件は先ほどお断りしたはずです。奥田にそんなことはさせられません」

「お願いです、小山さん。小山さんの方から、奥田さんを説得してもらえませんか。このまま何もなかったことにして番組を始めるのは簡単です。ですが、その結果として、ニュースになるかどうかさえもわかりませんが、今夜中に一人の人間が死にますよ。放っておいていいんですか？」

「ですが……」

言い争いを続けていた二人のところへ中村良美が近づいてきた。松浦部長が下りてくるという。

「何のために？」

「それは……聞いてないので、わかりません」

安岡と小山が離れた。通路の奥から浅野を従えた初老の男が近づいてきた。編成部長の松浦だった。銀縁眼鏡の奥で、鋭い目が光っていた。

「安岡、ちょっと」

松浦が言った。浅野が空いていた会議室のドアを開けた。

松浦が先に入り、その後に安岡が従った。最後に浅野がドアを閉めた。

「話はだいたい聞いてる」パイプ椅子に座った松浦が立ったままの安岡に言った。「面倒なことだな」

「はい」

「たった今、警察の、あの太った人……森か。森って刑事から聞かされたんだが、二通目のメールは渋谷《しぶや》の漫画喫茶からのものだとわかったそうだ。プロバイダの確認が取れたようだ。新宿の漫画喫茶の映像は丸の内署に届いて、今、担当の刑事が確認作業をしている」

メールの送信者は新宿から渋谷へ移動したということになる。いったい何のためにと安岡が考える暇を与えないように、松浦が大きな口を開いた。

「今、十二時十分だ。番組開始まで五十分しかない。この状況でメールを送ってきた者の真意はわかっていない。いや、これからもわからないだろう。警察もそう言ってるし、私もそう思う。要するに、安岡、これは触れちゃいけない問題なんだ」

「触れては……いけない？」

「メールの送信者は本気で自殺を考えていると君は言う。確かにそうかもしれない。だが、悪戯の可能性も大いにある。というより、常識的にはむしろその可能性の方が強い。そうは思わないか」

「思いません」安岡が首を振った。「根拠を問われても明確には答えられませんが、このメールの送信者には、はっきりとした自殺の意図があると思います」

松浦が眼鏡を外してハンカチで拭いた。浅野がうなずいた。

「安ちゃん、必要なのはその根拠なんだよ。根拠もない、証拠もない、それでこんな話を放送に乗せたら、大変なことになるって」

「そういうことだ。奥田本人、事務所もこの問題については避けたがってると聞いた。当然だろう。どんな触り方をしても熱いものは熱い。下手に触れれば火傷《やけど》する。それが嫌なら、触れないのが最良の方法だ」

「奥田や事務所とはまだ交渉中です」

「あれがか？　声が聞こえたが、交渉中の声とは思えなかったな。むしろ、あえて言葉を強くして言えば、脅迫《きょうはく》にさえ聞こえた。安岡、君は少し疲れてるんじゃないのか」

「まさか」安岡が苦笑した。「本番当日に疲れてるようなディレクターなんて、いるわけないじゃないですか」

「いや、疲れてると思う。去年、君の家庭に降りかかった不幸な事件については、もちろん私も聞いている。安岡、それがあったからこそ、君は神経質になり過ぎてるんじゃないのか？」

しばらく口を閉じていた松浦が、無駄だな、というように頭を振った。

「安岡。業務命令だ。今夜の〝オールナイト・ジャパン〟から外れろ」

沈黙が会議室を覆った。安岡が乱れた前髪を直した。

「オンエアまで一時間を切ったこの段階でですか？」

「一時間を切ろうが三十秒前だろうが、命令は命令だ。君は今夜のディレクターにふさわしくないと私は考える。今日は帰れ。帰って頭を冷やせ。懲罰《ちようばつ》の意味で言ってるんじゃない。君は冷静さを欠いている。そんな君にディレクターは任せられない」

「じゃあ、誰がキューを振るんですか」

「渡辺でいいだろう」

「本人が嫌がると思いますよ」

「じゃあ誰だっていい！」松浦がテーブルを強く叩いた。「誰かいるだろう。何なら浅野君にやってもらったっていいんだ」

やりますか、と安岡が目だけで尋ねた。最悪の場合はね、と浅野が答えた。

「おれだって、今さらまたキュー振りたいわけじゃないけどさ、誰もいないんだったらしょうがないじゃないの。今夜だけ、現場復帰しますよ」

「松浦部長、聞いてください」安岡が言った。「メールはもう読まれたと思います。これはぼくの直感ですが、文章の内容、全体の雰囲気、その他の面から考えて、どうしても単なる悪戯には思えないんです。これは警察の森刑事も同じ意見のはずです」

「確かに、心証としてはそうだと聞いた」松浦が足を組み直した。「だけどな、安岡、我々に必要なのは根拠だ。確かに君が主張する通り、もしこのメールの送信者が本気で自殺を考えているのなら、ラジオ・ジャパンとしても道義的な意味合いを含めて、それを止めなければならない義務が生ずることは認める。理想的にはパーソナリティの奥田の方から説得してもらう形が一番望ましいし、それが無理でも何か別の方法があるだろう。だが、ポイントはそこではない。本気なのか悪戯なのか、今のところそれがわからないのが現状だ。一パーセントでも疑わしいようであれば、番組で扱うことは絶対にできない。我々が扱ってるのは公共の電波だ。ラジオというのはそういうものだろう」

「わかっています」

「わかっているなら、もう話し合う必要はないな。君は帰れ。後のことは我々がやる」

「待ってください。まだ時間は残っています。メールの送信者が本気で自殺を考えている証拠が見つかるかもしれません。それでも、ぼくに帰れと？」

「どっちでもだよ、安ちゃん」浅野が煙草に火をつけた。「あんた、熱くなり過ぎてるって。もっと頭を冷やせよ」

そういうことだ、と松浦が立ち上がった。

「いいな？　話は以上だ」

「部長、おっしゃっていることはよくわかります。ぼくも少し熱くなり過ぎてるかもしれません。ただ、万が一、本当に自殺者が出た時のことは考えていますか？　ラジオ・ジャパンそのものが、他のマスコミから袋叩きに遭いますよ」

「それは……」

松浦が顔をしかめた。自殺予告のメールが来ていて、それを無視するようなことがあれば、安岡の言う通り他のマスコミ媒体《ばいたい》がラジオ・ジャパンの体質そのものについて非難するおそれがあった。その場合、味方は誰もいないと言っていい。

「ぼくも、このメールを送ってきた人間が絶対に自殺すると言ってるわけじゃないんです。いろんな可能性があるでしょう。確かに悪戯かもしれません。ですが、どちらにしても万が一の場合に備えて準備だけはしておかなければならないと思っています」

「準備とは？」

「具体的な意味ではぼくもまだイメージできていません。とりあえず、このメールを送ってきた奴が誰なのか、真意が何なのか、それを突き止める方が先だと思います。それがわかれば、同時に万が一の場合に備えての対処法も考えられるでしょう。部長、お願いです、あと三十分、三十分で構いません。このまま調べさせてもらえませんか。確証が出なければ、もちろん番組では扱いません。それは約束します」

　三十分か、と松浦が腕時計を見た。

「十二時四十分まで待とう。それがリミットだ。それでも何も出てこなければ、その時点でこの件は打ち切る。それでいいな」

「わかりました」

　よろしい、とつぶやいた松浦が会議室を出ていった。慌てたように浅野がその後を追った。十二時十二分のことだった。

6

　ラジオ・ジャパン七階の特別応接室で待機していた森刑事のもとへ、同僚の刑事たちから新宿の漫画喫茶で撮影されたビデオカメラの画像が届いたのは、十二時過ぎのことだった。予想していた通りですな、とビデオを再生していた森が戻ってきた安岡に言った。

　予想通りというのは、ビデオ画像の画質の粗さだった。一応、カラーなのだが、ほぼすべての色が退色しており、むしろモノクロに近い。

　映っていたのは少年のように見えた。赤のヨットパーカー、ベージュのTシャツ、痩《そう》身《しん》。

下半身は画面が切れてしまって映っていないが、おそらくはジーンズを穿《は》いているだろうと思われた。うつむいた顔にアポロキャップを目深《まぶか》にかぶっているため、表情、人相は不明だった。

「男かな」

森が言った。男の服装であることは間違いない。ただ華奢《きやしゃ》な体つき、決して大柄とは言えないその体型は、女性であってもおかしくなかった。

「年齢は」

安岡がつぶやいた。十代後半といったところでしょうか、と森が答えた。小柄な大学生と考えるべきなのか、大柄な高校生と考えるべきなのか。どちらともその可能性はあった。安岡が顔を上げた。

「この後の映像は？」

「ありますが、やはり顔は見えません。本人が意識しているのかいないのか不明ですが、いずれにしても帽子に隠れて人相は確認できません」

森がビデオを早送りにした。店のある一角がやや斜め上から映し出された。

そこにいたのは、赤のヨットパーカーの人物だった。個室のドアを開き、その中へと入っていく。それが画像のすべてだった。

「個室の中はビデオの撮影をしとらんそうです。プライバシーの問題、ということでしょうな」

「出てくるところは？」

見てみましょう、と言った森が更にビデオを早送りにしていった。約一時間後、ヨットパーカーが個室から姿を現わした。

だが、何も変わってはいなかった。うつむきかげんのため、やはり顔はわからない。ゆっくりと歩き始めたところでビデオの画像が途切れた。森がビデオの速度を更に速めた。

「現在、我々は問題の人物を時間軸通りに追いかけています。店内に入り、レジを通過し、個室へ入り、そこを出たところまでです。そして最後の画像がこれということになります」

森が再生ボタンを押した。映っていたのはレジ周りの光景だった。汚れた服装をした年配の男が、ヨットパーカーの人物に向かって何か叫んでいた。何を言っているのかはわからない。それほど大きなトラブルではなかったようだ。

男が店の奥に入っていった。赤のヨットパーカーの人物が一枚の紙をレジの係員に渡していた。伝票です、と森が言った。

「この〝マンガ・キングダム〟という店は、十分単位で課金していくシステムを取っているそうです。十分で五十円、まあ、かなり安い値段設定と言っていいでしょう。ただし、ドリンクなどは店内に備え付けられている自動販売機で買わなければならないようです。もっとも、ヨットパーカーの人物は何も買っていないようですが」

「最後にレジで支払いをするわけですね？」

「そうです」

「レジの係員は、何かこの人物について記憶していないんですか？」

何も、と森が首を振った。

「残念なことですが、何も覚えていないそうです。映っている男と何かやり合っていたのも、言われてみればというぐらいの認識しかなかったようですね。しかしね、安岡さん、仕方のないところもあるんですよ。この赤のヨットパーカーの人物が入店する前後一時間の間に、入ってきた客が十五人、出ていった客は二十二人いたということです。ビデオを検証してそれがわかったんですがね。人数が合わないのは、一時間以上前に入っていた客が出ていったりしているからですが、それだけの数の客が出入りしていれば、人相はおろか特徴的な何かさえ覚えられなくても仕方ありませんな。彼らは警察の人間ではないわけですし。いや、別にかばっているつもりはないのですが」

確かにそうだろう、と安岡も思った。客はただ客として来店し、レジの係員はその入店時間に応じて伝票を渡す。そして退店時には店にいた時間を計算して、料金を受け取るだけだ。いちいち覚えていることなどできないだろう。

「指紋とかは？」

思いつくまま安岡が言った。まさか、と森が肩をそびやかした。

「安岡さん、あなたは警察を誤解している。まだこの一件は、事件として認知すらされていないんです。うちの署とこちらの日頃の付き合いがあるから、という意味合いもあるんです。それなのに指紋がとか言われても、我々にはどうすることもできませんよ。正直、このビデオ画像だって店の厚意で貸してもらっているわけですから」

「しかし」

「いいですか、安岡さん。仮にですよ、仮に、それが可能だったとして、つまり指紋の検出が可能だったとしても、ヨットパーカーの人物が使っていた個室はこの二十四時間で何十人もの人間が利用しています。我々はヨットパーカーの人物について何も知らない。数え切れないほど残された指紋のうち、どれがその人物の指紋なのかさえわからないんですよ。そして、もうひとつ問題があります」

「問題？」

「その指紋に前科があるか、ないか、ということです。あれば大変助かりますな。前科があれば人物の特定も可能になります。しかし、なければどうか。安岡さん、前科のない指紋なんて、はっきり言ってあるだけ無意味な代物《しろもの》なんですよ。いや、それは言い過ぎかな。ですが、ないよりはまし、というレベルのものに過ぎません。そんなものなんですよ」

「では……」

「この人物の特定は不可能ということです。何しろこの画質です。人間なのか猿なのか、それすらわからないと言ってもいい。たとえ顔が正面から映っていたとしても、決して当てにはできないというのが実際のところでしょう」

森が言った。ひとつ小さくうなずいた安岡が立ち上がった。

「どこへ？」

「ここにいても仕方がないでしょう。ぼくにはぼくの仕事があります」

そうですか、と森が両手を広げた。

「では、これだけは覚えておいてください。警視庁は、現在の段階でこの自殺予告メールを、事件として認知していません。メールの送信者について、はっきりした自殺の意図を証明できるものがない限り、警察は動けないということです」

「あるじゃないですか」安岡がメールのコピーを指差した。「そのメールの中で、本人は自殺すると明記していますよ。ほのめかしでも何でもない。番組が終わったら自殺するとはっきり書いているんです」

「安岡さん、それを我々は証拠と呼ばんのです。少なくとも、メールで送られてきた自殺予告の文章を証拠とは言いません。別の何かが必要です」

「別の何かって、何ですか？」

さあ、と森が小さなため息をついた。

「それは本人を捕まえて、直接聞いてみるしかないでしょうな」

「それができれば苦労はしませんよ」

ドアを開けた安岡が七階の特別応接室を出ていった。見送った森が煙草に火をつけた。

7

エレベーターを降り、五階のスタジオの前に出たところで、捜してたんですよ、と渡辺が腕を摑んだ。

「何だよ、いきなり」

安岡が言った。暗い表情のまま、渡辺が囁いた。

「どうするんですか、番組」

「どうするって、どういう意味だ」

「ホントにぼくがキュー振るんですか？」

「誰がそんなことを言った？」

「浅野さんとか、松浦部長とか……とにかく、みんなですよ。今夜のオールナイトは安岡さんが降りるって……」

「渡辺、聞け」安岡が渡辺の肩を摑んだまま廊下の隅に寄った。「部長や副部長が何を言ってるのか、そんなことは知らない。だが、番組はおれたちのものだ。それは絶対的なルールだと言っていい。いくら上の命令でも、勝手にディレクターを交替させることなどできないし、あってはならないことだ」

「そりゃあまあ……原則論はその通りですし、ぼくとしてもその方が助かるというか……」渡辺が言った。「いや、奥田さんが悪い人だなんて言ってるんじゃないですよ。ただ、どうしてもぼくはあの人が苦手で……」

タレントとディレクターとの間には相性というものが必ずある。これは奇妙なもので、どんなに大物タレントが相手でも気にしないディレクターが、デビューしたばかりの若手アイドルを苦手にすることなどもよくある話だ。

この場合、渡辺の能力に問題があるのではない。あくまでも奥田雅志個人との相性が良くないということだった。

「できれば、やりたくないんですよ」

言いにくそうに渡辺が言葉を濁した。わかるよ、と安岡がその肩を叩いた。

「どっちにしても、そんなことはさせない。番組のディレクターはおれだ。誰かと替わる時はおれの許可がいる。そういうことだ」

「ならいいんですけどね」渡辺が低い声で言った。「相当、上の方も強硬《きようこう》みたいですよ。今日の安岡さんの動きについて」

「おれの動き？」

「ぼくが言ってるんじゃないですよ。あくまでも、上の人たちの話を聞いただけのことなんですから」

「言えよ。気になる言い方をするな」

「……安岡さんが、感情的になってるって」渡辺がうつむいた。「その……息子さんのことがあったから、今日の自殺予告メールの件についても神経質になってるんじゃないかって」

「関係ない」

「そりゃあ、安岡さんとしてはそうなんでしょうけど、上はそう見ていないようですよ。ディレクターを交替させるっていう強硬論が出てるのもそれが理由で……さっき聞いたんですけど、佐伯局長も局に戻るようです」

「本当か」

「聞いた話ですけど」

　面倒だな、と安岡がつぶやいた。サラリーマン社会の中にも、やはり相性というものがある。ラジオ・ジャパン約三百名の社員の中で、安岡が最も苦手にしているのが佐伯編成局長だった。

別に何があったというわけでもない。ただ、昔から何となく反《そ》りが合わなかった。安岡が入社した頃、佐伯は副部長だったが、その頃から関係性は変わっていない。何をしていても、どうにもやりにくい相手。安岡にとって、それが佐伯編成局長だった。

「局長はおれを替えたがってるのかな」

渡辺は何も答えなかった。何かを言えば嘘になる、ということなのだろう。確かに、佐伯が今この場に現われたら、有無を言わさずディレクターの交替を命じる可能性は高かった。

部長命令でもそうだが、局長命令となるとサラリーマンディレクターである安岡にとって、十分以上に重いものがあった。さすがにこれには逆らえないだろう。

「来るのか？」

「たぶん……少なくとも一時前には」

それまでには何らかの形でこの状況に決着をつけておかなければならないということだ。安岡は時計を見た。午前十二時二十五分。

「奥田は」

「控室で、構成作家と何か話してましたけど」

わかった、とうなずいた安岡の袖《そで》を渡辺が強く引いた。

「待ってください……安岡さん、本当のところはどうなんですか？　本当に……息子さんの件と、今回の件は関係がないと言い切れるんですか？」

「なぜそんなことを聞く？」

「関係がないなら、ぼくも基本的に安岡さんの意見に賛成です。リスナーからの自殺予告メールを無視するなんて、あってはならないことですからね。だけど、もし安岡さんが……自分の個人的な事情に奥田さんを含め、ぼくたちを巻き込もうって言うんだったら、そりゃ話が違います」

「そんなつもりはない」

「本当に？　本当ですか？」

渡辺が安岡の腕を摑んだまま言った。本当だ、と安岡がその腕を振りほどいた。

「決まってるだろ。ラジオは公共の電波だ。そこに私情をからませるわけにはいかない」

「ですが……」

もういい、と安岡が首を振った。

「とにかく、おれはもう一度奥田のところへ行ってくる。どっちにしても、その必要はあるんだ。番組放送前の最後の打ち合わせをしなければならない」

はい、と小さく渡辺がうなずいた。安岡はそのまま控室へと向かった。

本当だろうか。本当に裕一のことが関係ないと言い切れるだろうか。早足で歩きながら安岡は考えたが、答えは出なかった。

8

控室に入ってきた安岡を、奥田が一瞬見つめた。構成作家たち全員が目を伏《ふ》せた。どうしたんですか、と安岡が大きな声で言った。

「五周年ですよ。気持ちよく、派手に行きましょうよ」

「派手に行きたくても、行けへんちゅうねん」

奥田が言った。なぜです、と安岡が尋ねた。

「例の自殺予告メールの件やがな。あんなんあったら、こっちかていろいろ考えてまうやろ。しゃあないやないか」

「それはまあ、そうですが……」

「安岡さん、あんたどういうつもりなんや、マジで。ホンマにこの件を放送に乗せるつもりなんか？　それとも、そんな気はないのか、どっちなんや」

「今、警察が調べています。必要があれば、放送で取り上げるべき問題でしょう」

「そないゆうたかて、もう十二時半やで。そない簡単に調べがつくか？」

つかないでしょうね、と安岡は立ったまま煙草に火をつけた。嘘をつくつもりはなかった。

「基本的にはそう思ってます。ですが、もし何かの証拠が出てきたら、その場合は放置しておくわけにはいかないというのがぼくの立場です。さっきも言った通りですが」

奥田が腕を組んだままじっと安岡を見つめた。安岡も目を逸らさなかった。口を開いたのは奥田の方だった。

「あんた、何をさせたいんや、オレに！」

「〝オールナイト・ジャパン〟を。奥田雅志にしかできない〝オールナイト・ジャパン〟を放送してほしいと思ってます」

「いつもしてるやないか」

「いつも以上に、です」

再び沈黙が訪れた。その時、安岡の携帯が鳴った。失礼、と言って安岡が電話に出た。しばらくうなずいていたが、やがて電話を切り、奥田の方を向いた。

「どないしてん」

「丸の内署の森という刑事からです。二通目のメールを送ってきた漫画喫茶がわかったそうです。渋谷の〝マンガ堂〟という店ですが、この店は客管理用のビデオを回していなかったので、映像による証拠は残っていないそうです」

「だから？」

「奥田さん、最後にひとつだけ言わせてください。少なくとも、今夜、二通の自殺予告メールを送ってきた人間がいます。事情はよくわかりませんが、奥田雅志の〝オールナイト・ジャパン〟を心の支えにしてきた人間だと自分では言っています。そんな人間が死ぬのを、あなたは黙って見ていられますか？」

「ホンマに死ぬかどうかはわからん」

「送信してきた人間は、新宿、そして渋谷と場所を変えてメールを送り付けてきています」奥田の言葉を無視して安岡が話を続けた。「おかしいとは思いませんか？　ただの悪戯だとしたら、最初の一通だけで十分だとは思いませんか？」

「よっぽど根性の曲がった奴なんやろ」

なあ、そやろ、と奥田が言った。構成作家たちがうつろな笑い声をあげた。

「ぼくにはそうとは思えません。何というか、心のSOSというか、そんなものが感じられるんです」

「あんただけや」

「そうですか？　ぼくだけですか？　奥田さんも、どこかでそれを感じては……」

ドアが小さくノックされて、渡辺が顔を覗《のぞ》かせた。佐伯局長が、今、局舎に戻られたということです、とだけ言って顔を引っ込めた。時計の針が十二時三十七分を指していた。

part4　オンエア

AM00：40

1

十二時四十分過ぎ、佐伯局長が五階へ上がってきた。松浦と浅野に目をやってから、最後に安岡を見た。お疲れさまです、と安岡が軽く頭を下げた。

「安ちゃん、約束の時間だよ」

浅野が静かに言った。

「報告はだいたい聞いた」佐伯が松浦の方を見た。「安岡、ひとつだけはっきりさせたい。その……メールを送ってきた人物が自殺を考えているというはっきりした証拠はあるのか」

「……ありません」

「だったら、触れてはいけないというのは、放送業界の常識だろう。それがわからないほど、経験が浅いわけじゃあるまい」

佐伯が言った。今年五十歳になる佐伯は大柄な体に似合わない細い眼鏡をかけていた。やや声がこもりがちなのは、前歯が極端に前に出ているためだった。

「ですが、どうしても気になることがあります」

「何だ」

「メールの送信者は、二度にわたってメールを送り付けてきています。部長がおっしゃるように悪戯の可能性が高いというのはもっともだと思います。ですが、二度というのはあまりにくどくはないでしょうか」

「それは証拠にならない」

「わかってます。ただ、妙だとは思いませんか」

小さく息を吐いた佐伯が腕時計を見た。

「もう時間がない。早急に結論を出さなければならないのは、皆わかっていることだ。安岡、十分だろう。お前だって、ディレクターの椅子を誰かに譲《ゆず》りたくはないはずだ。しかも、今日から奥田雅志のオールナイトの五周年記念月間だ。自分でキューを振りたいだろう？」

「それは……まあ、そうです」

「松浦部長、ディレクターは安岡だ。それはそのまま行こうじゃないか」佐伯が眼鏡を外して目を拭った。「その代わり、例のメールについては一切触れるな。別に穏便《おんびん》に済ませればいいってもんじゃないのはわかってる。だが、この件に関して言えば触れる必要性を私は感じない。一度取り上げてしまえば、他の番組にも影響する。そんな権利はお前にない」

佐伯が言っているのは、もっともなことだった。もし仮に、自殺予告メールを番組が取り上げた場合、明日からでも〝オールナイト・ジャパン〟はもちろんのこと、ラジオ・ジャパンのあらゆる番組に模倣犯が続出するだろう。

その場合、責任を取る立場にあるのは、最初に自殺予告メールについて触れた奥田雅志の〝オールナイト・ジャパン〟だ。

だが、責任といっても取りようがない。結果として、番組というよりもラジオ・ジャパンというラジオ局が責められることになるだろう。それだけは絶対に避けなければならない、というのが佐伯局長の考えだった。

もちろん、安岡にもそれは十分にわかっている。迂闊《うかつ》に触れてはならないことだというのも理解していた。

それでも、安岡の中でメールに対する信憑性は増すばかりだった。二通のメールを送ってきた人間は、本気で自殺を考えている。理屈ではない。勘だ。

ただし、勘だけというわけではない。二通目のメールでは、〝ありがとうございました〟

という言葉が二度にわたって使用されていた。

〈ありがとうございました〉

その言葉に、安岡は思い当たるところがあった。息子の裕一が自殺する前日、自分と妻に対して言った言葉とほとんど同じだったからだ。

「父さん、母さん」あの時、裕一は確かにそう言った。「いろいろ、ありがとね」

もちろん、言い回しは違っている。文章と口語で、違いがあるのは当然だろう。

いずれにしても、裕一は〝いろいろ、ありがとね〟という短い言葉の中に万感の想いを込めた。そして、それはメールの送信者にとっても同じなのではないか。

ありがとうございました、というのは奥田雅志と番組スタッフに対する感謝の念を表わした言葉だろう。何があったのかはわからない。ただ、おそらく辛いことがあったはずだ。

それを、週に一度、深夜放送を聴くことによって、生きていく上での辛さ、苦しさを解消してきたということなのではないか。そうでなければ、ありがとうございます、という言葉は出てこないだろう。

とはいえ、それをいくら主張したところで、証拠にならないと一蹴《いっしゅう》されることも安岡にはよくわかっていた。番組に対する感謝の念を込めた葉書、メールの類は決して少なくないからだ。

〝いつも楽しい番組、ありがとうございます〟そんな言葉で始まる葉書を安岡自身、何度も読んだことがある。その意味で、それほど不思議な言い回しではない。

ただ、自殺を前提とした葉書、メールの場合は別だ。その場合に使われる〝ありがとうございます〟は、通常の意味と同一に考えることはできない。当然、別の意味が含まれていると考えるべきだろう。言ってみれば、それは別れの挨拶のようなものだ。

しかし、それを言ったとしても、誰も耳を貸してはくれないだろう。佐伯局長、松浦部長、浅野副部長、誰もが問題を穏便に処理したいと考えている。

気持ちはわからないでもない。なるべくならトラブルを避けたいというのは、安岡もサラリーマンである以上理解できる。

「わかったな、安岡」佐伯が重い口を開いた。「この件に関してはすべてを忘れろ。それが最善の策だ」

諦めたように安岡が肩をすくめた。

「わかりました。何か確実な、新しい証拠が出てくれば別ですが、そうでない限り番組では触れないことにします。それでいいですね？」

わかればいい、と佐伯が言った。時間は十二時五十分、番組開始まであと十分となっていた。

2

十二時五十五分、高島和喜《たかしまかずき》はいつものようにインスタントコーヒーをいれ始めた。それは毎週の習慣だった。奥田雅志の〝オールナイト・ジャパン〟を聴くために欠かせない儀式でもあった。

高島は奥田の番組を放送が始まったその日から欠かさず聴いていた。もともとパセリセロリのファンだったためもある。

今年二十歳になる高島が初めてラジオの深夜放送を聴いたのは五年前、十五歳の時だった。高校一年生になったその年に、クラスメイトからこういう番組が始まるらしいと聞いて、ラジオを聴いてみることにしたのだ。

パセリセロリのファン歴は自分でも思い出せないほど前からだ。高島が意識してテレビを見るようになったのは何歳の頃だっただろう。既にパセリセロリはスターと言っていいコンビだった。

奥田のオールナイトを聴いたその瞬間から、これは今までとは違う、と高島は思った。どこが違うのか、説明することは難しい。大ざっぱに言えば、テレビではよそ行きのスタイルを崩さない奥田が、深夜放送のラジオの中では自由気ままに振る舞っていた。

そこにタブーはなかった。何でも喋ってやろうという覚悟が伝わってくるようで、高島は思わずベッドの中で気を引き締めたことを覚えている。

それ以来、五年間奥田の番組を聴き続けてきた。大学を中退して警備員の仕事をするようになってから今日まで、一度も聴き逃したことはない。それほど高島にとって奥田の番組は重要なものだった。

(今日は何を言うのだろう)

コーヒーを口に含みながら高島は考えた。いくら考えても無意味なのはよくわかっている。奥田雅志は世間で言われているように、予測のつかない男だった。

何を言い出すのか自分でもわからない時がある、とインタビュー記事で読んだことがあったが、実際にその通りなのだろうと高島は思った。

(あと二分か)

壁のデジタル時計が深夜十二時五十八分を表示していた。これから二時間、高島の思考は停止する。毎週のことだが、すべてを奥田に委《ゆだ》ね、ラジオの前から離れられなくなる。

こんな二十歳の男が世間にどれぐらいいるだろう、と高島は考えた。ＡＭラジオの深夜放送にかじりつく二十歳の男。

だが、何と言われてもいい。奥田の番組が続く限り、自分はそれを聴くしかない。

たとえ今の倍、年齢を重ねても、奥田が番組を続けていれば、自分はそのラジオを聴き続けるだろう。それはもはや義務とさえ言えた。

高島は日本中にいるであろう自分と同じようなリスナーたちのことに思いを馳《は》せた。彼らもまた待っている。あと二分、二分で世界が変わる。自分たちのものになる。今は待つしかない。あと一分、いや一分を切った。

世界が奥田雅志の手によって塗り替えられる時間がやって来る。高島は手を伸ばして、ラジオのスイッチを入れた。

3

スタジオでは、安岡以下スタッフがディレクター席から中の様子を見つめていた。通称〝金魚鉢〟と言われるブースの中に、奥田雅志が入っていた。もう一人、その相手として星川も中にいた。

基本的に番組は奥田一人の語りによって進行していくが、二時間の長丁場を相手もなしに話し続けることのできるパーソナリティなどいないと言っていい。星川は言ってみれば壁のような存在としてそこにいる。言葉は発しなくとも、奥田の言葉にうなずいたり、何かリアクションをとったりする。奥田の投げるボールがどんな方向に行ったとしてもそれを返し、元のコースに戻す。それが星川の役割だった。

「あと五分です」

ＡＤの渡辺が時計を見ながら言った。わかってる、とうなずいた安岡がディレクター席に座った。

「どうですか、奥田さん。何か問題は」

手元のマイクを通じて呼びかけた。何も、と言葉少なく奥田が答えた。

ディレクター席とブース内はラインで繋がれている。ディレクターとパーソナリティはそれぞれにヘッドホンをしており、そのヘッドホンを通じてディレクターは指示をすることができた。ディレクターの声は外に漏れない。

「あと五分です。今夜もひとつよろしくお願いしますよ」

「わかってるがな、そんなん」

うるさい、と言うように奥田が手を振った。先生はご機嫌斜めだ、と苦笑しながら安岡が渡辺に言った。

「まあ、そういう時の方が意外といい感じになるもんだけどな。中村、何か飲み物をくれ」

中村良美が紙コップに注いだウーロン茶を差し出した。一気にそれを飲み干した安岡が、さて、とつぶやいた。

「曲の準備は？」

「できてます」

ラジオ・ジャパンでは毎月新人アーチストの曲を集中的に流す習慣がある。いわゆるヘビー・ローテーションと呼ばれるもので、特に夜帯、深夜帯の番組では必ずと言っていいほどその楽曲を流さなければならないことになっている。一種の義務のようなものだが、奥田はこれを嫌がる癖があり、そのため常に番組の一番最初に曲を流すことが決まっていた。

奥田に言わせれば、自分のトークを曲で中断されるのが不快だということになる。安岡にもその気持ちはわからないでもなかったから、その折衷《せっちゅう》案として番組の冒頭で曲を流すことにしていた。

「曲、何だっけ」

「エバーグリーンです」

渡辺が答えた。そうだったな、と安岡がうなずいた。

その間もスタジオにはコマーシャルが流れ続けていた。午前一時の時報とともに、奥田雅志の〝オールナイト・ジャパン〟が始まる。時間まであと三十秒を切っていた。

安岡がブースに目をやった。奥田が煙草に火をつけているのがわかった。

「二十秒前です。そろそろ行きますよ」

「はいよ」

奥田が答えた。すぐにスポンサーの商品説明があり、午前一時です、というアナウンサーの声と時報音が同時に流れた。

午前一時。〝オールナイト・ジャパン〟のテーマ曲がかかり、いつものように三十秒ほど経ったところで安岡がキューを振った。

「奥田雅志の〝オールナイト・ジャパン〟」暗い声で奥田が言った。「どうもどうも、奥田です。いや、ホンマ今日は疲れる一日でした。せやけど、今月は五周年のアニバーサリーなんでね、テンション上げていきたいと思ってますんで、みなさんもお付き合いくださ い。この番組はですね……」

スポンサーの名前を読み上げ始めた。軽いボサノバ調のテーマ曲がかぶる中、奥田のぼそぼそとした声が続いていく。いつもと変わらない〝オールナイト・ジャパン〟のオープニングだった。

4

コマーシャル明けと同時に、奥田が曲紹介をした。エバーグリーンという新人バンドの〝ラブ・アフター・ラブ〟という曲だ。安岡が立ち上がった。

「この曲、三分あったな?」

「四分三十二秒」

渡辺の答えを聞きながら、安岡はブースの中へと入っていった。星川が驚いたような表情を浮かべた。

もちろん、今、音声はオフになっているから、ブース内への出入りはまったく問題がない。だが、安岡はあまりディレクター席から動かないことを星川は習慣として知っていた。珍しいことで、というつぶやきが星川の口から漏れた。

「やらんで」

先手を打つように奥田が言った。わかってますよ、と安岡がうなずいた。

「もう諦めました。さっき佐伯局長からも釘を刺されましたよ。絶対に番組内で触れるなってね」

「局長まで戻ってきたんか」

奥田が顔を上げた。軽快なポップソングが流れている。ええ、と安岡がうなずいた。

「上から下まで大騒ぎってやつです。副部長、部長、局長、三役揃《そろ》い踏《ぶ》みで、ぼくの説得に当たったというわけですよ。ぼくもサラリーマンですからね、上からの命令には逆らえません」

「何が言いたいんや」

「言った通りのことです」安岡が耳を掻いた。「もうぼくには打つ手がありません。どうにもならないってことを一応伝えようと思っただけです」

「せやな。どうにもならんわな」

興味なさそうに奥田が言った。どうにもなりません、と安岡が繰り返した。

「せやったら、はよう自分の持ち場に戻ったらどうや。安岡さん、ここはあんたのいる場所と違う。あんたはディレクターや。オレらとはポジションが違うで」

「暇なんですよ」安岡が大きく伸びをした。「曲がかかっている間は、何もすることがないんでね」

「暇潰しで入ってこられても困るっちゅうもんや」

「激励《げきれい》ですよ、激励。五周年を迎えるにあたって、パーソナリティを励ましに来たんです」

「余計なこっちゃ」

奥田が新しい煙草に火をつけた。ぼくにも一本ください、と安岡が手を伸ばした。高給取りのくせに、と言いながら奥田が煙草を一本渡した。

「とにかく、奥田さんには迷惑をおかけしました」煙草に火をつけながら安岡が言った。

「どうもすみませんでした」

「そんな話やない。迷惑とも思ってへん」

「だったらいいんですが」

それから二人はしばらく黙ったまま見つめ合った。スタジオのスピーカーから、あと一分で曲が終わります、という渡辺の声がした。

「あと一分やて」

「そうみたいですね」

落ち着いた態度で安岡が煙草の灰を灰皿に落とした。何やねん、と奥田が横を向いた。

「何が言いたいんや」

「いや、特に何も。ただ、五年間いろいろあったなと思って」

「何を今さら」

「感謝してるんですよ、これでも」

「そうは聞こえへんな」

疲れたような口調で奥田が言った。そんなことありません、と安岡が言葉を返した。

「本当に感謝してるんです。五年間、奥田さんとこうやって番組を作ってきて、いろいろと勉強になることがありました。お世辞じゃないですよ。本当にそう思ってます」

曲、終わります、という渡辺の声がブースに響《ひび》いた。それじゃ、今夜もよろしくお願いします、と言って安岡が煙草を消した。

「よろしくも何もあるかい」奥田が苦笑した。「この番組はオレの番組や。いつも通りやるだけや」

「それをお願いしようと思ってたんです」

では、と言い残して安岡がブースから出た。曲の後サビが流れていた。

5

「ギリギリじゃないですか」

ディレクター席に戻った安岡に渡辺が言った。わかってる、とだけ言って安岡が前を見た。

目の前に大きなガラスがある。その中で奥田と星川が合図を待っていた。

曲が完全に終わったところで、よろしく、と安岡が手を振った。奥田が口を開いた。

「えー、そういうわけでエバーグリーンの〝ラブ・アフター・ラブ〟でした。毎回言ってますけど、タイトルの意味がよくわかりませんね、これ。まあ、そんなことはどうでもいいんですけど。さて、そういうわけで、今日で番組が五周年を迎えることになりました。何やかんやいろいろありましたけど、とにかくここまで続けられたのは、ひとえにオレの力があってのことだと思うわけで……」

ギャグを挟みながら奥田の軽妙なトークが続いた。何を話してたんですか、と渡辺が次の曲の準備をしながら聞いた。

「ブースまで入り込んで、何を話してたかってことですよ。まさか、例の自殺予告メールの件じゃないでしょうね」

「ただの世間話だ。ご機嫌伺いってところかな」

「それならいいんですけど」渡辺が小さく咳払いをした。「松浦さん辺りまでならともかく、佐伯局長まで出てきてる話なんですから、あんまり無茶しないでくださいよ。下手したら、安岡さんもコレもんですから」

渡辺が自分の首に手を当てた。

「おれがそんなことをすると思うか？」

「これでも心配してるんですよ。先輩がトラブルに巻き込まれないようにってね」

「ありがたくって涙が出てくるよ」

冗談抜きで、と渡辺が言った。

「安岡さん、時々わけのわからないことをしますからね。下についてるこっちは、いつだって冷や冷やしてるんですよ。いったい奥田さんに何を言ってたんですか？」

「だから、何も言ってないって。本人にも伝えたよ。例の件について触れるのは諦めたってね。あとは、五周年記念なんだから頑張っていきましょうとか、そんなことだ」

実際、その通りだった。安岡は奥田に対し、自殺予告メールについて番組で取り上げるのを諦めたと伝えた。それは安岡にとって最後の賭けだった。もし自分の思う通りであれば、奥田は安岡の覚悟を感じたはずだ。

その先のことはわからない。あくまでも奥田本人が判断することだ。安岡としては奥田に下駄を預けたつもりだった。

渡辺もそれを悟ったのだろう。不安そうな表情を浮かべた。

「安岡さん、そんな……そんな言い方をしたら、奥田さんがどう出るかわからないじゃないですか」

渡辺の言う通りだった。というよりも、むしろ安岡としては奥田がこれから何をするかわかっているつもりだった。

五年間、共に番組を作ってきた。その絆《きずな》は嘘ではないはずだ、と安岡は信じていた。

「渡辺、心配するな。とにかく、お前には関係のないことだ」

「何言ってるんですか、安岡さん。関係のない話なわけないじゃないですか」

「お前に迷惑はかけない。それに、どうなるかはまだわからん」

とにかく、今は番組だ、と安岡がブースに向き直った。ゆっくりしたトーンで話し続けていた奥田と目が合った。奥田が口を開いた。

6

「まあ、そんなこんなでいろいろ企画とか考えてたわけですよ、番組としても。五周年ですからね、まあちょっと、お祝い的なニュアンスがあってもいいんじゃないかと。いつもの形に縛《しば》られることもないんじゃないかと」

奥田のトークが続いていた。右手には火のついた煙草が、左手にはウーロン茶のペットボトルが握られている。それがいつもの奥田のスタイルだった。

「でまあ、いろいろアイデアとかも出たんですけどね、結局、二時間フリートークで行こうかと。いつものようにコーナーとかを気にせんとね、ちゃんとした構成とかもなしでね、一人のパーソナリティとして、五年間を振り返ってみるみたいなことはどうかっていう、まあ安易と言えば安易なんですけど、それが一番オレらしいんちゃうか、そういう話になりまして、とにかく喋って喋って喋り倒そうと。もちろん、思い出話なんかも含めてね、そういう感じで行こうじゃないのって、話が決まったのが今日、ついさっきのことですよ。ひどいと思わへん？　この番組のスタッフも、たいがいなめてると言うか、何でもオレに押し付けんなやと。任せとけば何とかしてくれるやろうと思うてるんやったら、大間違いやで、と。おい、スタッフ、聞いてんのか。あんまり扱い悪いと、オレ、帰るで」

星川が笑い声を上げた。星川の役割はテレビで言う笑い屋の部分もある。

タイミングのいいところで笑うことによってリスナーの感情を誘導するのだ。簡単に見えるが、経験のない者には務まらない役割だった。

「まあ、それは冗談にしてもや」奥田が話を続けた。「ホンマにみんなもうちょっと頭使って考えんといかんと思うで。いや、別にラジオに限った話じゃないんですけどね。テレビとかもそうなんですけど、こっちに全部任せるみたいなスタンス、オレ、ちょっと違うと思うわ。まあ、恨《うら》み言じゃないですけど、いろんなことありますからね。そんなんテレビとかではよう言われへんけど、まあラジオやとその辺、あっさり話せたりするんで、そのあたりはまだラジオの方が風通しがええかな、とも思うんですけど」

奥田がウーロン茶をひと口飲んでからマイクに向き直った。一時十分を回ったところだった。

「さて、というわけで今日は二時間のフリートークということに決まったわけなんですけど、みんなもそれでええよな。オレもその方がええかなと思うところもあったんで、その方向で行くつもりやったんやけど、ちょっといろいろありまして……まあ、こんなこと隠しておいてもしゃあないというか、はっきり言うた方がええ思うんで、言いますけど、この五周年のおめでたい日に、記念日に、番組にろくでもないメールを送ってきたアホがおりまして」

渡辺が中腰になった。座ってろ、と安岡が短く言った。

「どんなアホかと申しますと、今日、オレの〝オールナイト・ジャパン〟を聴いたあとで、自殺するっちゅう予告メールなんですな、これが。そんなんを送り付けてきたアホがいたっちゅう話で。そんなねえ、カンベンしてくださいよと。せめて来週にしてくれへんかと言いたいところやけど、メールやからもうどうにもならんというか。みんなも知っての通り、メールっちゅうたら送りっぱなしで、それで終わりってこともできるわけで」

スタジオの扉が大きく開いた。入ってきたのは浅野だった。

「安ちゃん」

「オンエア中です」

安岡が言った。

「そんなこと言ってる場合か」浅野が安岡の肩に手をかけた。「すぐ止めさせろ。安ちゃん、こんな放送、おれは認めないぞ」

「認めるも認めないも、これは奥田の番組ですから」

「とにかくすぐ止めさせろ。副部長命令だ。いや、そうじゃない。これは局長命令だ。安ちゃん、さっきからみんなで話し合ったじゃないの。この件については放送で取り上げないって」

途方に暮れたような目で浅野が安岡を見た。わかってます、と安岡がうなずいた。

「ですから、ぼくも奥田さんに強制したわけじゃありません。あくまでも、事実を事実として伝えたまでです。その結果こういうことになったのは、ぼくの責任です。逃げも隠れもしません。ですが、とにかく番組は始まってしまったんです。今、終わらせるわけにいかないのは、わかりきった話じゃないですか」

「それでですね」奥田の声が続いている。「何があったのか知らんけど、とにかく辛いことがあったと。生きていけへんぐらい辛いと。それでも何とか、オレのこの番組だけを支えにどうにかやってきたけど、もう限界やと。だから死ぬと、自殺すると言うんですね、こいつが。そんなアホな話があるか、とオレは言いたいわけですよ。何やねん、お前。知らんっちゅうねん。何があったのか知らんけど、そのケツをこっちに持って来てくれるなと。番組はお前のカウンセリングのためにあるんやないっちゅう話ですね、これは」

「安ちゃん、とにかくコマーシャルだ。コマーシャルを挟んでくれ、頼む」この通りだ、と浅野が片手で拝《おが》むようにした。「一回ブレイクしてくれ、マジで」

「奥田さん」安岡がマイクに向かった。「すいません、一旦《いったん》コマーシャル入れさせてください」

「ホンマにな、なめた話もあったもんやと。まあ、とにかく知ったこっちゃないというのがオレの本音やけど、とりあえず一回コマーシャル行きます。話はそのあとで」

渡辺がコマーシャルのテープのスイッチを入れた。

7

(聴き違いか?)

坂田慎也《さかたしんや》は参考書に向かっていた手を止めた。時計の針が深夜一時十分を回ったところだった。

坂田は十八歳の高校生で、受験生だった。高校二年になった去年の春から、深夜に勉強するのが習慣になっていた。

勉強する時、ラジオの深夜放送を聴くようになったのも同じ頃からだ。いわば〝ながら〟勉強だ。

どれぐらい効率的なのかは自分でもわからない。むしろ能率から言えば落ちているのかもしれなかったが、一度習慣になってしまったものはどうしようもない。

最近ではむしろラジオを聴くのが楽しくなってきていた。特にお気に入りなのは奥田雅志の〝オールナイト・ジャパン〟だ。

奥田についてはテレビの印象しかなかった。暗い顔のまま、時々驚くような発言をして視聴者たちを笑わせる。そんなに派手なイメージはない。

ただ、自分自身の役回りとポジションについて、明確に把握しているテレビタレントだと思っていた。ひと言で言えば、頭のいい人物ということになるだろう。だからこそ、坂田は毎週奥田の〝オールナイト・ジャパン〟を楽しみにしていたのだ。

その奥田が、放送の頭から、番組宛に変なメールが来た、という趣旨の発言をしている。しかも、そのメールの内容が自殺をほのめかすようなメールだというのだ。

聴き違えたかと思ったのも無理はなかった。奥田ほどに頭の切れる男が、そんなリスクを含んだことを言うだろうかと考えたのだ。

だが、間違いではなかった。奥田がメールを送ってきた人物について、しばらく話していた。

「そんなアホな話があるか、とオレは言いたいわけですよ。何やねん、お前。知らんっちゅうねん」

奥田が早口で言った。おそらく、と坂田は思った。おそらくこの自殺予告メールの件は本当に現在進行形で起きている話だ。本当にそういう類のメールが番組宛に送られてきたのだろう。

奥田はメールの送り主に対して強い非難の言葉をぶつけていた。それもまたリアルに聞こえた。

(何があったのか)

勉強などしている場合ではない、と坂田は思った。参考書も教科書も今はいらない。必要なのは奥田の〝オールナイト・ジャパン〟を真剣に聴くことだけだ。

番組はコマーシャルに入っていた。坂田はラジオのボリュームを少しだけ上げた。

8

スタジオに二人の男が飛び込んできた。松浦部長と佐伯局長だった。

「安岡！」松浦が怒鳴《どな》った。「話が違うじゃないか！」

バックで化粧品会社光聖堂《こうせいどう》のコマーシャルソングが流れている。安岡がディレクター席から離れた。

「すいません。そんなつもりじゃなかったのですが」

「そんなつもりも何もあるか！　どうする気なんだ！」

「どうするつもりもありません。番組を続けていくだけです」

待て、松浦、と佐伯が前に出た。

「コマーシャル明け、すぐ曲に行け。何でもいい。すぐ用意しろ」

はい、と渡辺が機材の前に廻《まわ》った。これで五分稼《かせ》げる、と佐伯が言った。

「安岡、お前は帰れ。今すぐにだ。番組からは外れてもらう。いいな」

重い声だった。できません、と安岡が首を振った。

「奥田さんが自殺予告メールについて触れたのは、ぼくの責任です。自分で責任を取りたいと思います」

「ディレクター席を降りることが責任だと言っている」

「では、誰か別のスタッフに番組を押し付けることが、責任の取り方として正しいということですか？」

「そうだ。少なくともお前がディレクターとして不適格なことだけは、はっきりしている。局の方針に逆らう者をディレクター席に座らせておくわけには行かない」

「局の方針？　局の方針って何ですか？　リスナーを見殺しにするのが方針ですか？」

「安ちゃん、止めろ」

浅野が囁いた。確かに、サラリーマンの常識として、上級職に向かって言うべき言葉ではないだろう。

「不遜《ふそん》なことを言ってるのは自分でもわかっています」安岡が声を低くした。「ですが、間違ってるとは思っていません」

「安岡、ここまで来たら、正しいとか間違ってるとか、そういう問題じゃないんだ」松浦が言った。「我々は約束をした。何か新しい、明確な証拠でもない限り、この問題には番組上触れないと。しかも、それはついさっきのことだ。約束を破るのはルール違反だろう」

「子供の遊びでやってるわけじゃないんです。状況が変わればルールも破らざるを得なくなりますよ」

「コマーシャル、終わります」

渡辺が叫んだ。曲をかけろ、と佐伯が冷静な声で言った。渡辺が安岡を見た。

「とりあえず、曲だ」

安岡がうなずいた。渡辺がスイッチを押した。コマーシャルの終わりと共に流れてきたのは、イーグルスの〝ホテル・カリフォルニア〟だった。

「五分ほど、これで繋げます」

渡辺が言った。もう一度安岡がうなずいた。

「局長、部長も聞いてください。確かに、約束を破ったのはぼくです。それについては謝罪します。申し訳ありません。ですが、もう奥田さんは自殺予告メールに関して、全リスナーにその情報を伝えてしまいました。一度口に出してしまった言葉は取り消せません。このまま放送を続けさせてください」

「安岡、そんなわけに行かないことぐらい、お前だってわかってるだろう」

松浦がポケットから煙草を取り出して火をつけた。わかりませんね、と安岡が言った。

「くどいようですが、この件に関してはもう電波に乗ってしまったんです。今さら、あれはなかったことにしようという方が無理じゃありませんか？」

「無理でも何でも、それで通すしかないだろう」

佐伯が言った。その時、ブースの扉が開いた。出てきたのは奥田だった。

9

どうも、と奥田が言った。奇妙な沈黙が流れた。奥田さん、と松浦が顔をしかめながら口を開いた。

「困りますよ。安岡にどう焚《た》き付けられたのか知りませんが、オンエアであんなことを言われたんじゃ、局としてもどうしていいのかわからなくなります」

すんません、と奥田が頭を小さく下げた。それなら、と松浦が声を高くした。

「我々の立場はご理解いただけると思います。自殺予告のメールが来たなんて話を、確実な証拠もなしに言われたんじゃ、やっぱり困るというか」

「ですかね、やっぱり」

奥田が頭を掻いた。松浦の眉間《みけん》に深い皺《しわ》が刻まれた。

「そりゃそうですよ。いや、これがもっとはっきりした裏付けがあるんだったら、番組で取り上げるっていうのもなくはないですよ。これは考え方次第ですけどね。ただ、今の状況であれはやっぱりまずいでしょう。とにかく、今ならまだ間に合います。発言を取り消す必要もありません。というか、なかったことにしてもらいたいと思います。曲が終わったら、通常のオールナイトに戻してください。これは局の意向です。お願いします」

少しの間黙っていた奥田が口を開いた。

「はっきりさせときますけど、オレが例の自殺予告メールについて話したのは、安岡さんに説き伏せられたとか、焚き付けられたとか、そんなんと違います。そこんところだけ、はっきりしときましょう。オレはオレの意志でメールの話をした。そういうことです」

「安岡をかばっていただけるのは、我々としてもありがたいと思いますが——」

松浦が言った。奥田が苦笑を浮かべた。

「かばってなんかいませんって。そんな義理ないですし。なあ、安岡さん。そやろ？　オレら、そんな関係と違うよな？」

「それは……何と言ったらいいのか……」

安岡が口ごもった。そんなんと違います、と奥田が繰り返した。

「そんなねえ、持ちつ持たれつみたいなところで、番組作ってるわけじゃありませんって。オレら、その場その場が真剣勝負っていうか、このオールナイトは戦場なんですよ」

「戦場？」

松浦が尋ねた。そうです、と奥田がうなずいた。

「松浦さん、オレらが何でラジオやってるかわかります？　ラジオにこだわってる理由がわかりますか？　正味な話、ギャラだけで言うたら割に合わん仕事ですよ。毎週毎週拘束《こうそく》されて、二時間喋り続けるっていうのは、決しておいしくない話ですって。でもね、それやったら何でそんなことしてるのかっちゅうたら、ラジオはオレの中で守るべき場所やからです。そこんとこちゃんとわかってもらえへんと、やってても辛いですよ」

「わかってますよ。私だって昔はキューをふってたんだ。少なくとも、理解しているつもりです」

　松浦がうなずいた。それやったら、と奥田が言った。

「それやったら、何でオレが例のメールについて話したか、その理由がわかるでしょ？　オレはオレなりに、この〝オールナイト・ジャパン〟を真面目にやってます。やってる内容は下らんことかもしれませんけど、やっぱり真剣勝負の場なんですわ。そこにね、番組が終わったら自殺するとか、わけのわからんこと言われたら、そりゃこっちかてカーッとなりますって。番組の邪魔されたも同然じゃないですか。そうでしょ」

　松浦が額の汗を拭った。

「それはまあ……おっしゃってることはわかりますが……」

「オレの立場をはっきりさせときますわ」奥田が腕を組んだ。「オレがオールナイトやってるのは、ラジオ・ジャパンのためやない。オレがオレのために、そしてリスナーのためにやってるんです。局の事情とか都合なんて、一度も考えたことないですよ、申し訳ないですけどね。こんなこと言うたら申し訳ないと思いますけど、マジな話、そうなんやから仕方がない」

「ですが――」

「ですがも何もないですわ。オレはオレとリスナーのために番組やってる。番組の邪魔をする奴は許さへん。それがラジオをやる者の最低限の常識でしょう。違いますか？　そう考えてるから、オレは例のメールについて文句を言いたかった。だから喋った。そういうことです。安岡さんの都合も考えていません。オレはオレの都合しか考えん男です。すいませんけど」

「それでは、今日の番組で、まだこの件について触れると？」

松浦が言った。当然やないですか、と奥田がうなずいた。

「まだどころか、全面的に喋り倒してやるつもりです。何か、さっきちょっと聞こえたんやけど、安岡さん降ろすとか、ディレクター代えるとか、そんなこと言うてましたよね。でも、そんなんオレには関係ないですから。誰がディレクターの椅子に座ってても、オレが喋る内容はオレが決めます。どっちにします？　今からオレを降ろしますか？　誰かに代えますか？　そんなんしたら、余計面倒なことになると思いません？」

「いや、奥田さんを降ろすとか、そんなことは考えてないですよ」

松浦が慌てたように手を振った。実際問題として、始まったばかりの番組のパーソナリティをいきなり他の人間に代えることなど、常識的に考えてできるはずもなかった。

「それやったら、このまま続けますわ。番組はね、はっきり言いますけど、部長や局長のものやないっちゅうことです」

佐伯が不快そうな表情を浮かべた。だが構わずに奥田は話を続けた。

「細かい理屈言うたら、違うかもしれませんよ。番組の責任は放送してるラジオ局にあるわけやから、ホンマは局のものかもしれへん。せやけど、現場は違う。現場がそんなん考えてたら、番組なんて絶対つまらなくなりますって。局の都合？　そんなん知らへんって。関係ないですよ、オレには。こんなこと言うたら、皆さん気を悪くするでしょうけど、それがオレの本音ですわ。それが腹立つって言うんやったら、オレを番組から降ろせばええ。誰か代わりのパーソナリティ連れてきたらええ。せやけど、今夜のオールナイトはオレがやりますわ。それがリスナーへの責任ってもんでしょう。違いますか？」

奥田さん、と佐伯が一歩前に出た。

「おっしゃってることはよくわかります。ですが、やはり局には局の事情があります。それはご理解いただきたい。根拠のないメールを取り上げるような無責任なことは――」

「曲、あと三十秒で終わります」

渡辺が顔を上げた。〝ホテル・カリフォルニア〟のギターのリフレインが流れ始めている。もう時間はほとんど残っていなかった。

「最後に言うときますわ。安岡さんを降ろすんやったら、そうすればええ。オレを代えたかったら、そうすればええ。せやけど、それは来週からの話や。今日のオールナイトはオレが最後までやります。何か問題あります？」

ほな、そういうことで、とまた頭を軽く下げた奥田がブースへ戻っていった。佐伯が小さく息を吐いた。

「安岡……仕方がない。お前がキューを振れ」

「わかりました」

安岡が言った。

「ただし」佐伯の声が大きくなった。「来週から、お前にはこの番組を降りてもらう。文句はないだろうな」

「ありません」

「安ちゃん、まだ間に合うって」浅野が二人の間に入った。「奥田さんに、さっきの自殺予告メールについて触れないように指示してよ。そうすれば安ちゃんもディレクター続けられるし、局としても始末書ぐらいで済ますことができるわけだし」

「副部長、奥田さんが言ったことを聞いてなかったんですか」安岡が苛ついた顔を浅野に向けた。「ぼくが頼んでメールについて話してもらったわけじゃない。奥田さんには奥田さんのルールみたいなものがあって、それに従ってメールの話をしたんですよ。決してぼくがそそのかしたわけでもありません。まあ、少しはプレッシャーをかけたのも確かですが」

「曲、終わります」

「ジングル入れろ」安岡が指示した。「二十秒稼げる」

「安岡、わかったな。来週から、その席はお前のものじゃなくなる」

佐伯が言った。わかってます、とつぶやきながら、安岡がディレクター席に戻った。

10

ジングルが鳴り終わるのと同時に、安岡が合図をした。はい、そういうわけで、と奥田が話し出した。区切りの時に使ういつもの言葉だった。

「そういうわけでね、えーと、イーグルスの〝ホテル・カリフォルニア〟でした。何かものすごい唐突な感じでね、いったいいつの曲なんかと。もう三十年ぐらい前の曲なわけですけど、誰の趣味なんでしょうかね。ディレクターの安岡さんでしょうかね。ホンマ、しようもないと言うか」

番組スタッフの固有名詞をどんどん挙げていくのも、奥田のトークの特徴だった。ディレクターの安岡はもちろん、ＡＤの渡辺、マネージャーの小山、そして構成作家に至るまで、奥田は常にその名前を挙げては彼らが何をしたかについて話した。ラジオのリスナーと一体感を持たせるためのテクニックだった。

「でもまあ、相当ヒットしたと思いますよ、当時は。オレは記憶にもないくらい、小さかったと思いますけど、何となく曲は知ってますもんね。まあ安岡さんなんか、オレよりちょっと世代が上ですから、いろんな思い出があるんちゃいます？　ない？　嘘つけ、ボケ」

〝ホテル・カリフォルニア〟を渡辺が選んだのは、単純に手元にあったＣＤの中で、その曲が一番長いためだった。時間を稼ぐためには一秒でも長い曲が必要だったからだ。だが、それさえもアドリブとしてトークの中に取り入れることのできる経験が奥田の中にあった。

「さすがだねえ」煙草をくわえたまま安岡がつぶやいた。「伊達《だて》に五年間、ラジオやってたわけじゃないってことだ」

「何をのんびりしたことを言ってるんですか」渡辺が唇を尖らせた。「どうするんですか、この先」

「奥田に任せよう。こっちの方から強制するつもりはない」安岡が煙を吐いた。「例の自殺予告メールについて、もう一度触れるのか、それとも無視して通り過ぎるのか、それは奥田の判断だ。そうだろう？」

「さて、それでとにかく五周年なわけで、まあ正直言うたら、よう続いたなあ、と」奥田が再び話し出した。「これねえ、ラジオって実は結構大変なんですよ。テレビのバラエティとかやったらね、二本録《ど》りとかそんなんもできるんですけど、何でだか知らんけどラジオってそういうのアカンのよね。律義に毎週、このラジオ・ジャパンに通ってこなアカンわけで。それで一週間分の話を二時間にまとめてね、いろんなコーナーとかも入れて作っていかなならんと。そんな面倒臭いことねえ、一年も続いたらたいしたもんやな、と思うとったわけですわ、最初は。せやけど、何やかんやでもう五年ですわ。まあ、ぶっちゃけた話、聴いてくれてるみんなにも、ちょっとだけ感謝してますよ。いやマジで。皆さんの応援っていうかね、そんなんがなかったら、やっぱり五年は無理でした。これ、ホンマの話な。ま、一度だけ言うておきましょう。ありがとうってな」

星川が拍手した。ありがとう、と奥田がもう一度言った。奥田にしては素直な感情の吐《と》露《ろ》とも言うべき言葉だった。

奥田雅志というタレントは、そのイメージとして傲岸《ごうがん》なキャラクターを崩したことがない。テレビにおいてもそうだったが、ラジオに関しては特にそのキャラクターを前面に押し出し〝聴かせてやってる〟というスタンスを保《たも》っていた。

ラジオを聴いていたリスナーの誰もが、違和感を持っただろう。だが、その感傷的な発言は一瞬のことだった。すぐに奥田はいつもの奥田雅志のキャラクターに戻った。

「まあな、珍しくオレが謙虚になるぐらい、ラジオ言うたら面倒なものなわけですよ。それでも何とかやってこれたのはスタッフがおったからやし、聴いてるリスナーがおったからで、今日はそんな話をしようと思うてたわけです。たまにはね、たまにはそういうのもええやないかと。ねえ？　マジで語るっていうんやなくって、たまには素直になってみようかと。ところが、そうもいかんくなってもうた。さっきも言うたけど、この五周年のめでたい日に、番組に対してわけのわからんメールを送ってくるアホがおったからや」

奥田がマイクに向かってわずかに前傾姿勢を取った。安岡もディレクター席からその姿を見つめめた。

「メールについて、詳しいことは言いたくない。読み返すのも腹が立つからな。せやけど、さっきも言うた通り、要するに何や知らんけどいろいろ辛いことがあったと。それで、週に一度のこのオレの〝オールナイト・ジャパン〟だけが楽しみで、心の支えやったと。せやけど、もう限界やと。五周年のこの放送を聴き終えたら、自殺する。そういうことやねん」

しばらく奥田が口を閉じた。安岡も動かなかった。何を言うてんのや、と奥田が怒鳴った。

「何を甘えたことを言うてんねん、コイツ。ふざけんなや。甘えんなや。オレのこの番組は、お前のためにあるんやないっちゅうねん。あのな、誰だか知らんけど、このメールを送ってきたお前。お前やお前。オレが同情する思うてるんやったら、大きな間違いやって。オレはお前が何をしようと知らん。どうしようとオレには関係ない。はっきり言おうか？　お前の生き死にに、オレは何の興味もないねや。好きにしたらええがな。オレが命令したらお前は何でもするんか？　違うやろ？　お前にはお前の生き方みたいなものがあるのやろ？　お前がどうするか、どんな道を選ぶのかは、最終的にはお前の判断やっちゅうねん。そんなもんなあ、好き勝手したらええやん。オレの知ったことか、アホ」

奥田がまたひと口ウーロン茶を飲んだ。言葉は止まらなかった。

「好きにしたらええねん。死ぬも生きるも、全部自分らの責任や。思うた通りにしたらええやん。せやろ？　番組と何の関係があるっちゅうねん。何もないって。何もあらへん。せやろ？」

安岡がマイクに向かって、コマーシャル挟みますか、と聞いた。いらん、と奥田が手を振った。このまま話し続けさせろ、という意思表示だった。

「せやから、そんなんはどうでもええ。お前が死にたいっちゅうんやったら、そうしたらええがな。ただな、オレはちょっと頭に来てんねん。何がって、今日は五周年やで？　アニバーサリーやで？　何でそんな大事な日に、わざわざ自殺するとか何とかそんなしょうもないメールを送ってくんねやっちゅうことや。おい、ええかげんにせえや。ホンマ、ごっつう腹立ってきたわ。お前、ホンマは死ぬ気ないんちゃうんか？　ただ構ってほしくて、それでメールを送ってきたんと違うか？　どないやねん」

奥田が本気で怒っているのを、安岡は全身で感じていた。大概のことについて、どっちでもいいというスタンスを取る奥田にしては珍しいことだった。

「まあ、どっちゃでもええ。本気で死ぬ気があるのか、それともそんなつもりはないのか、そんなんはどうでもええがな。せやけど、オレはな、お前にひと言謝ってもらわんと気が済まんねや。番組を、しかも五周年という大事な日の番組をメチャクチャにしてすいませんでした、と謝ってほしい。わかるやろ、みんなも、オレの気持ちが。今まで、ホンマに大騒ぎやったんやで。ディレクターの安岡さんはもちろん、局の偉い人とかみんなこの真夜中にラジオ局に戻ってきてやな、このわけのわからんメールをどないしたらええんかと、オレも含めて大ゲンカや。誰のためや思うてんねん。全部お前のせいやど。わかっとんのか、ええ？」

一度コマーシャルに行こう、と安岡が渡辺に言った。

「奥田は熱くなり過ぎてる。いくら何でも、ちょっと熱を冷ます必要があるだろう」

了解、とうなずいた渡辺がコマーシャルの準備を始めた。だが、それに構うことなく奥田は話を続けた。

「ええか、よう聞けや。聞いとんのやろ、こら、ガキ。お前が死のうと生きようと、さっきから何度も言うてるように、オレはそんなこと全然興味ない。好きにしたらええ。せやけど、その前にひと言謝りに来い。局まで来いとは言わへん。電話でええ。電話して来い。電話でええから、お騒がせしてすみませんでした、番組の邪魔をして申し訳ありませんでした、と謝れ。それが筋《すじ》ってもんやろ。違うか？」

ちょっと待て、と奥田がポケットから自分の携帯電話を取り出した。しばらく画面を操作していたが、いきなり十一桁の番号を言った。

「勇気があるんやったら、この番号にかけてこんかい。それで謝れ。そうしたら、何をしてもええ。好きにしろや」

コマーシャルを入れろ、と安岡がつぶやいた。どうしましたか、と渡辺が聞いた。

「今、奥田が言ったのは……おれの携帯電話の番号だ」

安岡が胸のポケットを押さえた。そこに携帯電話の感触があった。

part5　電話

AM01：20

1

奥田がもう一度、今度はゆっくりと十一桁の数字を繰り返した。

「ええか、もう一度言うで。お前やお前。お前に言うとんのや。詫びの電話を入れてこい。そんなん、当たり前の話やないか。どんだけ騒ぎになっとんのか、お前にはわからんやろけどな、こっちは大変やったんやで。死ぬんなら勝手にせい。オレは止めんよ。せやけど、その前に詫び入れてこいっちゅう話や。ええな、わかったな。それじゃコマーシャル行きます」

派手な音楽が鳴り始めた。安岡がマイクのスイッチをオンにした。

「やってくれましたね」

「他に番号、思いつかへんかったんや」

ブースの中で奥田が頰づえをつきながら笑った。安岡も苦笑するしかなかった。

「これから死ぬほど、悪戯電話がかかってきますよ」

「せやろな。けど、そりゃしゃあない。誰かが犠牲にならんとあかんねや」

「ディレクターのぼくが犠牲になれと？」

「安岡さん、あんたが言い出した話なんやで、これは。自分で責任取るのが筋やろ」

「せめてファクス番号にしてくれたらよかったのに」

「ガキは動いとんのやろ？　ファクスなんか、できるわけないやないか」

「それなら、番組のメールアドレスでも」

「メールはメールでええけど、電話の方が早いやないか。ま、安岡さんには申し訳ないと思うけど、これも仕事のうちや。我慢してや」

奥田が嬉しそうに笑った。仕方ありませんね、と言って安岡がマイクをオフにした。

「渡辺、番組のアドレスを流せ。いつものやつ、あるだろ？」

番組では、常にメールアドレスを放送している。番組の途中で、リスナーが何か意見を言いたくなった時のために、ラジオ・ジャパンは常にメールを受け付けていた。そのためのテープも用意されている。

「コマーシャル明けで流します」

胃が痛い、とつぶやきながら安岡が自分の携帯電話をテーブルの上に置いた。今のところ、電話はどこからもかかってきていなかった。一時を二十分ほど過ぎたところだった。

「奥田さんは、どういうつもりで安岡さんの電話番号を言ったんでしょうか」

渡辺が尋ねた。

「挑発だよ」安岡が答えた。「奥田は奥田なりに、例の自殺メールを送ってきた奴のことを考えている。死のうが生きようが知ったこっちゃない、というのは本音かもしれないが、もし可能なら自殺をさせまいと考えている。メールを送ってきた奴が電話をかけてくれば、何かの手掛かりになるだろう。それを考えて、あんなことを言ったんだ」

「挑発ですか」呆れたように渡辺が言った。「ずいぶん、思い切った手に出ましたね」

確かにその通りだが、仕方のないところもある、と安岡は思っていた。自殺予告メールを送ってきた人間について、手掛かりはほとんどない。今のところわかっているのは、新宿と渋谷の漫画喫茶からそれぞれメールを送ってきたことだけだ。

このままではラジオ・ジャパンどころか、警察も打つ手がないだろう。必要なのはメールを送ってきた人間と、何らかの形でコンタクトを取ることだった。

「電話、かかってきませんね」

渡辺が言った。突然のことだったからな、と安岡が首を振った。

「リスナーもとまどっているはずだ。いったい何が起きているのかってな。メモを取る時間もなかったのかもしれない」

「コマーシャル、終わります」

渡辺が時計を見た。安岡がマイクをオンにした。

「奥田さん、一度番組のメールアドレスを流します。いいですね」

ご自由に、と奥田が指で輪を作った。

「もうここまで来たら、ぼくも覚悟を決めましたよ。ぼくの番号、どんどん言ってください。ただし、ゆっくりと、正確に。この時間です。間違い電話とかがあったら、収拾がつかなくなりますからね」

わかった、と奥田がうなずいた。渡辺がテープを操作して、番組のメールアドレスを流し始めた。

2

「さあ、そんなわけでね」奥田が話し出した。「もう一回、さっきの番号を言います。おい、自殺する言うてるお前、お前のためにこんな無茶しとんのやからな。しっかりメモして、ちゃんと電話してこいや」

奥田が十一桁の番号を言った。午前一時二十五分のことだった。

「電話でもええ。メールでもええ。どっちにしても、番組っていうかオレに謝れ。人として最低の筋っちゅうもんやろ。ああ、それから他のリスナーのみんなに言うとくけど、もちろん、これはオレの携帯電話の番号やない。番組のディレクターの安岡さんのマジ番号や。オレも自分の番号言うほどアホやないで。まあ、安岡さんには申し訳ないと思うけど、これも仕事のうちや。そやろ、安岡さん」

やれやれ、というように安岡が肩をすくめた。奥田が話を続けた。

「そういうわけやから、まあイタ電したい気持ちはようわかるけど、あんまり電話とかかけんといてくれや。オレが求めてるのは例の自殺予告メールを送ってきた奴の謝罪や。みんなの電話のせいで、そいつからの電話を受け損なったら、何のためにこんなことしとるんかわからなくなるからな。そのへん、わかってもらえるとありがたい」

いきなり、安岡の電話が鳴った。

「もしもし、安岡です」

「すげえ！　マジかよ！」若い男の声がした。「シャレかと思ったよ」

「シャレでもないしギャグでもない」安岡が答えた。「君は自殺予告メールを送ってきた奴とは関係ないな？」

「ないすけど。でも、奥田さんが番号言ったから、とりあえずかけてみたんです」

「気持ちはわかるけど、番組は聴いてただろ？　奥田さんの言う通り、ぼくたちは今、例のメールを送ってきた奴からの電話を待っている。切ってもいいかな」

「切りたくないす」

高校生ぐらいだろうか、と安岡は思った。

「まあ、そう言わずに。番組を聴いててください」

「奥田さん、無茶しますよね」声が言った。「さすがだなあ。すげえ」

おれもそう思うよ、とつぶやきながら安岡が電話を切った。またすぐに着信音が鳴った。

「もしもし？　これって安岡さんの携帯電話ですか？」

やはり高校生ぐらいの少年の声だった。そうです、と安岡が答えた。

「マジで？　ホントだったんだ。奥田さんのことだから、きっとインチキだと思ってたんですけど」

「残念ながら、本物なんだ」

「ゼンゼン！　ゼンゼン残念なんかじゃないですよ。ちょっと感激だな。マジでオールナイトのディレクターと今、オレ、喋ってるんだ」

「そういうことになる。ただね、今、ぼくたちが待っているのは、君の電話じゃない」

「自殺予告してきた奴の電話でしょ？　わかってますって。でも、そいつがマジで死のうと思ってるんだったら、絶対電話なんかかけてこないと思いますけどね」

その通りだ、と安岡が言った。

「本気だったら、そんな心の余裕はないはずだからな。さて、今、ぼくは仕事中でね。あんまり君の相手をしてる時間はないんだ。切るよ」

「頑張ってください。応援してますから」

電話を切った安岡が、中村、と呼んだ。スタジオの隅にいた中村良美が近づいてきた。

「いちいち電話を受けてたら仕事にならん。後はお前に任せる。うまいこと応対してやってくれ」

「わたしが……ですか?」

「安岡は今仕事中です、とか何とか言えばいい。問題は、例の自殺予告メールを送ってきた本人が電話をかけてくるかどうかだ。もし奴がかけてきたら、すぐおれに回せ。後のことはこっちがやる」

電話が再び鳴り始めた。安岡が携帯電話を良美に渡した。

「任せる。おれは番組を続けなきゃならん」

もしもし、と電話に出た良美がスタジオの隅に戻った。やれやれ、と安岡が鼻を鳴らした。

「明日の朝イチで、携帯電話を買い直さないとな。電話番号を変えるのもひと苦労だが、しょうがない」

「自己責任ですよ」

渡辺が言った。奥田のトークがまだ続いていた。

3

ラジオの中で奥田雅志が十一桁の番号を言った。桑原昭次《くわはらあきつぐ》は半ば眠りながら、その番号をメモした。

(何なんだ、これって)

書いた自分の筆跡を見た。寝ぼけて書いていたので、字が汚い。自分で読んでみても判読できないほどだった。

桑原は中学三年生、十五歳だった。ただし、不登校児で、いわゆる引きこもりだった。

普段は昼過ぎに起き、活動するのは主に真夜中だ。ネットサーフィンにうつつを抜かしてから明け方に眠るという生活が、もう一年以上続いていた。

ネットサーフィンをする時、バックに音楽をかけるのもいつもの習慣だ。何でなければいけないというわけではない。主に洋楽をかけてパソコンに向かうのが毎日のことだったが、最近はラジオの深夜放送を聴きながら、ということも多い。

今日もそうだった。奥田雅志の〝オールナイト・ジャパン〟は意味のないマニアックなトークが面白い、と桑原は思っていた。だが、今夜は番組が始まったところで半分眠っていた。ラジオの深夜放送などそんなもので、絶対に聴かなければならないということはない。

奥田が言った十一桁の番号をメモ書きしたのは、言ってみれば条件反射のようなものだった。何で奥田がそんなことを言ったのか、さっぱりわからない。この十一桁の番号は何なのだろうか。

(携帯?)

090で始まるその番号は、携帯電話の番号としか考えられなかった。誰の番号なのだろうか。もしかして奥田のプライベートな番号なのか。

いや、そんな馬鹿なことは考えられない。今や大スターである奥田が自分の携帯電話の番号をオンエアに乗せるなど、あり得ない話だった。

だが、今、確かに奥田は十一桁の番号を言った。そして、自分はその番号を書き取った。

(夢か?)

夢でも見ていたのだろうか。いや、そんなことはない。眠ってはいなかった。

番組ではコマーシャルが流れていた。桑原はラジオを叩いた。何も変わらない。軽快なポップソングに乗ったコマーシャルが聞こえてくるだけだ。

(かけてみようか)

誰の番号かはわからないが、かけてみることにしよう、と桑原は思った。ラジオの放送に乗せた以上、これは公的な情報だ。かけていけない理由はない。

自分の携帯電話に手を伸ばした時、局アナの声がした。メールなどの受付は以下のアドレスにお願いします、というようなことを何度も繰り返していた。

アドレスなんかどうでもいい、と桑原は番号を押した。最後のボタンを押し終わった時、番組が再開された。桑原は耳に全神経を集中させ、電話が繋がるのを待った。

4

丸の内署の森刑事がスタジオに下りてきたのは、午前一時半のことだった。番組は奥田のフリートークが続いていた。ちょっと頼む、と渡辺に言って、安岡が席を立った。

「番組、聴いてましたよ。ラジオ局っていうのは、いつも局内で番組を流しているようですね。それにしても無茶しますな」森が言った。「マスコミの方ってのは、いつもこんな感じなんですか？」

「いつもはこんなことしやしません。今夜は特別です」

安岡が答えた。それはそれは、と森がうなずいた。

「どうですか、本人から連絡はありましたか」

「あれば、あなたにすぐ知らせています」

電話は鳴り続けていた。中村良美が声を嗄《か》らしながら、それに応えていた。

「メールはどうですか」

「今、番組のスタッフに調べさせています。ですが、こちらも当たりはないようですね」

電話に関して言えば、かかってくる電話があれば、他の電話はシャットアウトされる。つまり、中村良美が話す相手は常に一人と限られている。

だが、メールは違う。通常の場合よりも多く番組のメールアドレスの告知を続けていたこともあり、短時間のうちに凄まじい量のメールが送られてきていた。

「どんなメールなんですかね」

「ほとんどが、自殺予告メールを送ってきた人間への抗議です。番組の五周年を台なしにした、と他のリスナーは受け取っているようですね。それから、奥田への応援メールも来ています。自殺予告メールなど、無視してしまえ、というようなニュアンスのものも少なくありません」

「……本人からは？」

「ですから、あれば苦労はしませんよ」

安岡が苦笑した。それもそうですな、と森も笑った。

「いやいや、しかし笑ってる場合ではありません。これだけの騒ぎになって、なおかつ本当に自殺が実行されたとすれば、我々警察の責任問題にもなりかねません。何とかなりませんかね」

「警察の責任問題は知りませんが、確実にぼくの責任問題にはなってますよ。何とかしろと言われても、これ以上何をどうしたらいいのか、ぼくにはわかりません」

「さっきからずっと番組を聴いていたのですが……奥田さんはますますヒートアップしているようですな」

森が言った通り、奥田は例の自殺予告メールについて、執拗《しつよう》に触れ続けていた。番組の開始時から、ヒステリックなまでにメールの送り主に対して挑発を繰り返してきたが、それに対して何の反応もないことが、奥田をそうさせているようだった。

「よく続きますな……とはいえ」森が腕を組んだ。「挑発してもらえれば、こちらにとっても幸いです。何らかの反応が返ってきてもおかしくはない。このまま続けていってほしいと思っています」

「あなたは奥田という人間を知らない」安岡が言った。「ぼくたちが何か言えば、意地になって逆のことをしますよ。何を言い出すか、わかったものではありません」

「例えば、どんなことを？」

「死ぬんだったら自分の前で死ねとかね。それぐらいのことを言い出しかねない男ですよ、あれは」

それは困りますな、と森が言った。

「挑発は結構ですが、自殺をけしかけられても困ります。それに、そんなことを言えば、今度は奥田さんの責任問題にもなりかねんでしょう」

「ええ。奥田は頭のいい男です。ですから、そんな馬鹿なことを言うとは思えません。ただ、ギャグのネタになると思えば、どんなことを言い出すか、我々にも想像がつきません。そういう男なんですよ、奥田っていうのは」

難しいところですな、と森が苦い表情を浮かべた。

「とりあえず、わたしは七階で待機しております。何かあったら必ず連絡を。よろしくお願いします」

わかりました、と安岡がうなずいた。腕を組んだまま、森がスタジオの外に出ていった。

5

曲がかかった。青山《あおやま》テルマの歌声がスタジオに流れ始めた。ブースから出てきた奥田が、どないしたんや、と安岡に声をかけた。

「何がですか?」

「今のオッサンやがな。警察やろ？」

「確認です。例のメールを送ってきた本人から連絡はないかと」

「ないんか」

「ないですね」

そうか、と言ったきり奥田が黙り込んだ。仕方がありません、と安岡が言った。

「本気で自殺を考えていたら、連絡を取ってこないのは当然でしょう。もし自殺予告が嘘だとしたら、ますます連絡を取りにくくなるはずです。どちらにしても、連絡が入る可能性は低いとぼくは思いますね」

「案外、オレ、影響力ないんやな」

自嘲《じちょう》するように奥田が言った。そういうことじゃないんです、と安岡が首を振った。

「奥田さんの問題じゃありません。本人の問題です」

「曲、終わります」

渡辺が言った。そうか、と奥田がブースの中へ戻っていった。曲の終わりと共に、安岡がキューを振った。

「さて、そういうわけでね、なんかドタバタした夜なんですけど、逆にいろいろ考えさせられるっていうか」

奥田が話し出した。おかしいな、と安岡がつぶやいた。

「何がですか？」

渡辺が言った。

「何でもない」

安岡が答えた。奥田のトークが続いていた。

「まあ、こんな夜もあるということで。さて、フリートークでやってる今夜の〝オールナイト・ジャパン〟なんですけど、ちょっとリスナーの皆さんに質問っていうかね、こういうのも珍しくて、たまにはええやろ？　オレの方から何か聞くっちゅうのも」

「奥田さん？」

安岡が呼びかけた。奥田は無視して話を続けた。

「何を聞きたいのかというと、死ぬんやったら、まあつまり自殺するんやったら、ということですけど、どんな死に方がええのかな、と思いまして」

やりやがった、と安岡がつぶやいた。

「いや、オレもね、若い頃てゆうか、まあ苦しい時期もあったわけですよ」奥田が苦笑を浮かべた。「何をやってもアカン、みたいなね。別に本気やないですよ。本気やないけど、もうこんな仕事辞めてしまおうか、何やったら世の中からいなくなった方が楽なんちゃうか、そんな風に思ったこともあったわけです。もうホントに昔の話ですけどね」

奥田が煙草に火をつけて、煙を吐いた。ため息に似た音がスタジオに流れた。

「まあ、オレの場合はね、相方がいましたんで、勝手にいろいろ決められないとか、そんな事情もあったわけですけど、それでもやっぱりよう考えたもんです。どんな死に方したらええかなって。いろいろあるやないですか。首吊ったり電車に飛び込んだり」

「奥田さん、踏み込み過ぎです。ストップしてください」

安岡がマイクに向かって言った。だが奥田は話を止めなかった。

「他にもいろいろあるでしょ？　それでまあ、皆さんにちょっと聞きたいんですけど、自殺するんやったら、どこで、どんな方法がええと思います？　その辺、考えたことある人がおったら、メールでいいんでどんどん書いて送ってきてほしいんですよ。なあ、みんな聴いてるか？　みんなっていうか、例のガキ、お前のことやけどな。お前、どないして死ぬつもりやねん。お前が渋谷におるとこまではわかってるんやで。そっからどこへ行く気なんか、それはわからんけどな。どこへ行くにしても、何をするつもりかしらんけど、オレはそれが知りたいねや。リスナーのみんなも、ちょっと考えてくれへんか。今、東京におるとして、どこでどんなふうに死んだらええと思うか、考えを聞かせてもらいたいんや」

コマーシャル入れますか、と渡辺が尋ねた。そうしよう、と安岡がうなずいた。

「もう番組の構成も何もあったもんじゃないけどな。仕方がない、このまま放っておいたら、自殺幇助《ほうじょ》になっちまう」

「コマーシャル、入れます」

渡辺が言った。コマーシャル？　と奥田が問い返した。

「まだ早いやろ。さっき曲かけて、今度はコマーシャルかい。そんなアホな番組があるかっちゅうねん。話、続けますけどね」

「ジングルかぶせて、そのままコマーシャルに行け」

安岡が指示した。渡辺が言われた通りのセッティングをした。奥田は喋り続けている。それを強引に断ち切るように、渡辺がジングルを入れた。

「何をすんねん」

奥田がブースからディレクター席の方に体を向けた。ちょっと待ってくださいよ、と安岡が言った。

「奥田さん、やり過ぎです。そんなこと言ったら……」

「しゃあないやないか。このままアホなガキを放っておけるか？　オレはな、ホンマに謝らせたいんや。死のうが生きようが、そんなことは知らん」

「いや、それとこれとは違いますよ。とにかく、ちょっと過激過ぎます」

「そんなこと知るかいや。安岡さん、番組で喋ることはオレが決める。それだけがオレらのルールやなかったんか。違うか？」

「……それはそうですが」

「一番最初の打ち合わせの時、過激でええゆうたんは安岡さん、あんたやで」

「よくそんなこと覚えてますね」

「過激でも構わんから、一緒にやりませんか。あんたはそう言ってオレを誘った。オレはそれに乗った。番組内で何を喋るかについてはオレが決める、ということにしたんもその時や。今まで五年間、それでやってきた。オレはそのやり方を変えようとは思わへん」

「コマーシャル、終わります」

渡辺が言った。ええな、と奥田が鋭い目で安岡を見た。

「番組の大きな枠はあんたらスタッフが決める。せやけど、中味はオレが決める。ましてや、こんな無茶な話やで。多少強引でも、それは仕方ないやろ」

「コマーシャル終わります。ジングル入れて、奥田さんのトークお願いします」

渡辺が繰り返した。どうしようもない、と安岡が肩をすくめた。午前一時四十分を回ったところだった。

6

「さて、そういうことでね、ちょっと皆さんからのメールとかファクスとかを、読んでいきたいんですけどね」

番組の途中、構成作家たちの手によって整理されたリスナーからのメール、ファクスが奥田のもとに届けられていた。奥田が一番上から無造作《むぞうさ》に一枚の紙を取り上げた。

「ええと、ラジオネーム、シゲちゃんからのメールですけどね。『番組の邪魔する奴なんか死ねばいいんだ』これ一行だけです。わざとじゃないですよ。適当に選んだのがこのメールだったんですから。その辺、誤解せんようにな。しかも、オレの意見やないで。ラジオネーム、シゲちゃんの意見やからな。次、行きます。ラジオネーム、カレーはポークが大好きさんから、これもメールですね。ちょっと長いな。『自殺したい人がいるっていうのは、そういうふうに考えてしまう人がいるって意味でおかしな話じゃないですし、本人の問題ですから、それについてどうのこうの言う気はありません。でも、番組にそんな話をしてくるっていうのは、おかしくないでしょうか。番組、そして奥田さんは問題のメールを送った人物と何の関係もありません。どんな辛いことがあったのかわかりませんが、番組を聴き終えたら自殺します、というのは論理的に考えておかしいと思います。要するに、ぼくが言いたいのは、自殺するのなら自己責任でやるべきであって、無関係な第三者を巻き込む必要はないということです』まだこの後も長々と続くんですけど、まあこの辺でええやろ。どうのこうの言う気はない、とか書いておきながら、結構長く意見を述べてきて、おもろいですね」

奥田が咳払いをした。星川が一枚のファクスを渡した。

「さて、どんどん行きましょうね。ええとですね、これはファクスなんですけど、汚い字やな、これ。小学生かお前は、みたいな字の見本ですよ。名前も何も書いてないですけど、えー、これ何て読むんかな……奥田か。オレの名前か。グチャグチャって字がなってて、黒田に見えたわ。誰や黒田って。『奥田さん、いつも楽しく番組聴かせてもらっています。今夜は五周年ということで、何かまた面白いことをやってくれるのではないかと期待していましたが、いきなりの自殺予告メールの話には驚かされました。ぼくもちょうど一年くらい前、嫌なことがあって自殺を考えたことがあったので、他人事とは思えなくて、思わずファクスしてしまいました。番組で取り上げてもらえるかどうかわかりませんが、もし取り上げてもらえるのなら、自殺予告メールを送ってきた人にひと言、言いたいです。それは、自殺はゼッタイよくない、ということです。その人も、親とか友達とか、身近な人がいると思います。そういう人たちを悲しませるようなことをしてはゼッタイによくないと思います』」

星川がこのファクスを選んだのは、放送作家ならではのバランス感覚だった。自殺予告メールを送ってきた人間に対し、八割以上のリスナーが抗議のメール、ファクスを送り付けてきていた。

だが、そればかりを選んでいったのでは、番組そのもののバランスが取れなくなる、と星川は判断していた。そのため、自殺を止めるリスナーからのファクスを奥田に読ませたのだ。

「『それに、死ぬのは簡単なことですが、そんな安易な方法を選んではいけないとも思います。どんな嫌なこと、辛いことがあったのかわかりませんが、必ず周囲に理解してくれる人はいるはずです。ぼくの場合も、友人たちに助けられ、励《はげ》まされ、何とかこの一年を乗り越えてきたつもりです。ぼくにできたことが、その人にできないはずがないとも思います。とにかく、自分の命を捨てるようなことはゼッタイにしないでください』ああ、最後に名前が書いてありました。ラジオネーム、赤トンボさんからのファクスでした。なるほどね、周囲の人のことを考えて、その人たちを悲しませないようにしようということで、こんなんはクソですな」

奥田がわざと音が出るようにファクス用紙を丸めて捨てた。星川の表情が硬くなった。

「何でかって言うたらね、こんなもん、優等生の意見ですよ。友達に助けられたとかね、そんな友達がおったら自殺なんて考えませんて。せやろ、おい、ガキ。お前、友達の一人もおらへんのやろ？　せやから、自殺なんかしようと考えとんのや。しかも、それやとあんまり寂し過ぎるから、番組を巻き添えにして死のうと思うとるんや。なあ、ガキ、よう聞けよ。オレはな、くどいようやけど、お前が死のうが生きようが知ったこっちゃないねん。そやなくて、番組の邪魔をしとることに腹を立てとんのや。その意味で、リスナーのみんなと気持ちは一緒やと思うとる。オレかて、今日のためにいろいろネタいっぱい仕込んできとんねん。番組でこれネタにしたら、あれネタにしたら思うて、テレビとかでもわざと話してないネタもあんねや。その中には何週間も前から温めてきたネタもあんのやで。でも、お前のせいで全部パーや。どないしてくれんねん」

奥田がテーブルを叩いた。重なっていたメールの紙束《かみたば》が崩れて落ちた。

「せやから言うてんねん。お前には頭に来たと。ふざけんなと。オレをなめんなやと。お前なんかのために、番組の時間を無駄にしたくはなかったんや。せやけど、こうなってしまったからにはもうしゃあない。とにかく、お前には謝ってほしいと思ってる。さっきからずっと待っとんのに、お前は何も言うてきいひん。この卑怯《ひきよう》者が」

なめとんのか、と吐き捨てるように言った奥田が煙草を灰皿で消した。

「まあ、こういうメールも確かにけっこう来てるんですよ。番組で自殺予告メールを取り上げること自体、好ましくないんじゃないかとかね。でも一度取り上げたものを、今さらやっぱり止めるっていうのも変な話なんで、このまま続けさせてもらいますわ。さて、それじゃ恒例になってきましたけど、安岡さんの電話番号もう一回繰り返します。こんな番組、今までなかったやろな。番組のディレクターの電話番号、素人《しろうと》に告知するなんてな。まあ、おもろいからええか」

奥田が十一桁の番号を二度繰り返した。

「何度も言うとるけど、オレはリスナーのみんなのことを信じとる。まあ、かけたい気持ちはようわかるけど、オレが待ってるのは例のクソガキの電話や。それを取り損なったら何のためにこんなことをしてるんか、わからなくなる。せやから、みんなはかけんといてくれ。頼むで。それじゃ曲行きましょう。大塚愛《おおつかあい》で〝さくらんぼ〟」

スタジオに曲が流れ始めた。同時に、安岡の携帯電話が鳴り始めた。うんざりした表情のまま、中村良美が、もしもし、と呼びかけた。

7

ブースから出てきた奥田が、かかってきたか、と聞いた。良美が首を振った。電話をかけてきたのは一般のリスナーのようだった。

「ホンマに根性なしのガキやな」

つぶやいた奥田に、だから言ってるじゃないですか、と安岡が顔を向けた。

「本気でも、悪い冗談でも、本人は電話なんかかけてきませんよ。どちらにしたところで、かけてこられるはずがない」

「こんだけ言うてもか？　ある意味、オレは例のガキのために今夜の番組やってるようなもんやで？　こんだけスペシャルサービスしても、まだ足らんのかいな」

何ちゅう始末に負えんガキや、と奥田がつぶやいた。そこへメールの束を持った構成作家の河田が入ってきた。

「何だ、そりゃ」

安岡が聞いた。こんなの、ほんの一部ですよ、と河田が答えた。

「奥田さんがさっき番組で言ったでしょ。自殺するんなら、どこで、どんな方法でやるか、考えてみようって。それに対して、リスナーからあっと言う間に物凄い数のメールが送られてきたんです」

プリントアウトするだけでもひと苦労でしたよ、と河田がその紙束を安岡に渡した。

「一応、危なそうなものは外したつもりです。下手なこと言うと、真似する奴とか出てきそうですからね」

「危なそうなものって、どんなのだ」

「詳しい奴とかいるんですよ」河田が口元を歪《ゆが》めた。「青酸カリの入手方法とか、致死量の睡眠薬の飲み方とか、そういうことです。まあ、インターネットの時代ですからね。少し調べれば、それぐらいのことはすぐにわかるんでしょうけど」

「おもろいな、それ」奥田がつぶやいた。「どうやねん、安岡さん。それ、来週からのコーナーにしよか」

「シャレがきつ過ぎます。それに、来週からぼくはこの番組のディレクターを降りることになってますから」

安岡が答えた。そうやったな、と奥田が小さな声で言った。

「河田、どんなんが多い？」

「自殺の方法ですか？ そりゃまあ、いろいろですよ。今、奥の会議室で集計もしてますけどね。当たり前ですけど、簡単なものが多かったと思います。それこそ首吊りだとか、電車に飛び込むとか。さっき奥田さんが言った通りですよ」

河田が言った。他には、と安岡が聞いた。

「流行りなのかも知れませんが、練炭《れんたん》自殺ってのも結構ありましたよね。それから、メールじゃないんですけど、ファクスで感電死するための装置の作り方を事細かに書いて送ってきた奴もいました。ラジオじゃ紹介できないような複雑な構造です」

「他には」

「走ってる自動車に飛び込むとか、ビルから飛び降りるとか、ギャグみたいなふざけたものとか、まあいろいろですよ……安岡さん、何でそんなに自殺の方法にこだわるんですか」

「いや……案外、自殺って難しいものなんだなって思ってさ」

「どういう意味ですか」

「電車に飛び込むってのはわかるよ。飛び込み自殺っていうのは定番だからな。だけど、考えてみたらこの時間だぜ。もう電車なんか走ってないだろう」

「ああ、そりゃそうだ」

河田が時計を見た。一時四十五分だった。

「もう終電の時刻、とっくに過ぎてますもんね」

「首吊りっていうのもさ、言うのは簡単だけど、実行するとなると案外難しいぞ。メールを送ってきた奴は外にいるわけだろ？　まさか、首吊り用の縄を持ってその辺歩いたりできないだろう？　警察官に見つかったら、一発で職務質問されるぞ」

「安岡さん、妙なところに気が回るんですね」河田が小さく笑った。「自動車に飛び込むってのはどうです？」

「確かに、この時間でも車は走ってるだろうさ。だけど、そんなにうまいタイミングで車に飛び込めるもんかね。それに、確実に死ねるとは限らないような気がするんだ。ビルから飛び降りるっていうのもそうさ。時間を考えてみろよ。普通のマンションとかならまだしも、高層ビルには出入りができない時間だぜ。昔とは違うんだ。どこでも警備員を雇ってる」

「曲、終わります」

渡辺が言った。それ、もらっとくわ、と奥田が安岡の手元からメールの束を取って、ブースに戻っていった。

8

〝オールナイト・ジャパン〟のジングルが鳴った。続いて、番組のファクス番号、メールアドレスを知らせる女性アナウンサーの声が流れた。それを受けて、安岡がキューを振った。

「さて、そういうことなんですけど」奥田が口を開いた。「何だかわけのわからん夜ですな。だらだらと番組は続いていってるわけですけど、皆さん、ちゃんと起きてるんでしょうか。起きてますかー！」

芸風として、奥田はほとんどモノマネをやらない。テレビなどでも、番組の罰ゲームなどで一、二度やったきりだ。

ただ、どういうわけかこのアントニオ猪木《いのき》のモノマネだけは気に入っているらしく、ラジオでは時々使っていた。

「起きてればそれでええですし、寝てたらそれも仕方ないんですけどね。まあ、どっちでもええってことで。さて、それじゃさっきの続きをね、やっていきたいと思うんですけれど」

星川が奥田に数枚の紙を渡した。一枚目の紙に目をやった奥田が苦笑した。

「ええと、ラジオネーム、じゃるるるさん。えー、ひと言『死ね』って書いてありますけど、こんなん放送してええんかなあ。でも、まあこれはオレの意見やないからね。じゃるるさんの意見ですから。それにしても潔《いさぎよ》いメッセージやな、と。それで、こっちなんですけど」

奥田が別の紙を見た。

「ラジオネーム、ミスター・スリムさんからなんですけど『生きろ』って、お前らどっちやねん、これ。わざと？　じゃるるっていうのとミスター・スリムっていう人、何か関係があるんですか？　ない？　なさそう？　あ、そう。もうね、まったく対照的っていうかね、片方が『死ね』、言うてるかと思えば、もう片方は『生きろ』ですからね。どないせえと言うんかと。全然わかりませんけどね、これぐらい真逆だと、何や妙におかしいなあ。ちょっと不覚にも笑ってしまいましたが」

それから、こんなファクスも来ています、と奥田が言った。

「ラジオネーム、ライトさん。『死ぬのも生きるのも自由って言えば自由だけど、誰だか知らないお前に番組の邪魔をされたくない』まあ、正直言うて、このライトさんみたいな意見が一番多いみたいですね。何でもいいけど、死ぬんなら一人で勝手に死んでくれと。番組には一切関係がないやろ、みたいな。オレもね、さっきからずっと言ってる通り、そういうことなんやないかと思ってるんですけどね。それでもう、一時四十分？　五十分？

とにかく番組が始まってからもうずっとこの話題だけやないですか、やってることと言うたらね。オールナイト言うたら、二時間の長丁場やといっつも思ってるんですけど、結局二時間は二時間なんですよ。二時間っていう決められた枠しかないって言うかね。そこにこんな無茶な自殺予告メールのことなんか取り上げたら、騒ぎになるのはわかりきった話で。よく考えたら、オレも失敗したなと。無視して通常通り番組を始めとったらよかったんかと。ただねえ、オレあんまりそういうことないんやけど、あのメール見たらちょっとムカっとしましてね。何を甘えたことを言うてんのやこのガキ、と。なめんなや、と。そのまま、勢いに乗って喋ってしまったわけで、その意味ではリスナーの皆さんに、すんませんでした、と謝りたいっていうかね、ホントに申し訳ないなあと思ってます。さてと、安岡さん、何か新しい情報はありますか？　何もないの？　あ、そう。何もありませんか。まあ、そんなもんでしょうけどね。さて、それじゃ次のメール紹介してみましょう。ラジオネーム、アラビキソーセージさんからのメールです……」

9

（繋がれ）

松田《まつだ》英和《ひでかず》はリダイヤルボタンを押し続けていた。もう百回を超えているかもしれない。

そう念じてからリダイヤルボタンに触れた。電子音が聞こえてくる。しばらく待っていると、また通話中の音声が流れた。

（くそ）

諦めるもんか、と松田は思った。こんな面白い祭りに参加せずにはいられない。

松田は二十五歳のフリーターだった。大学を卒業してからずっとコンビニでバイトをしながら食いつないできていた。

毎週聴いていた奥田雅志の〝オールナイト・ジャパン〟だが、これだけエキサイティングなラジオを松田は過去に聴いたことがなかった。自殺しようとしている奴がいて、番組にそれを予告するようなメールを送ってきたという。そんな話があるだろうか。

常識では考えられなかったが、おそらく本当にいたのだろう、と松田は思っていた。そうでなければ、奥田が番組の頭から深夜一時四十五分の今に至るまで、その自殺予告のメールを送ってきた人間だけにこだわって放送を続けるはずがなかった。

まったくのやらせだと分かれば、世論の凄まじい非難が番組に集中し、奥田は来週にでも番組から離れていくことになるだろう。奥田は本気のようだった。

奥田だけではない。ラジオ・ジャパンのスタッフなども奥田と気持ちは同じなのだろう。そしてもちろん、メールを送ってきた人間もそうだ。

（繫がれ！）

もう一度、今度は声に出して言ってみた。リダイヤル。繋がるだろうか。繋がれ。

奥田によると、今、奥田が口にした十一桁の番号は〝オールナイト・ジャパン〟のディレクター、安岡のプライベートな携帯電話の番号だという。だが、そんなことは松田にとってどうでもいいことだった。

最新のニュースが欲しい。できれば生の形で。それはリスナーとパーソナリティの距離感が近いラジオを聴く者ならではの、性《さが》のようなものだったかもしれない。

（繋がらないのか）

リダイヤルのボタンを力いっぱい強く押した。口元に小さな笑みが浮かんでいた。

繋がらないのは当然かもしれない。深夜放送を聴く者は基本的には孤独だ。だからこそ、他者との触れ合いを強く求める。それがリスナーの自殺というテーマなら尚更《なおさら》だ。

誰もが一番新しく、一番正確なニュースを欲しがるだろう。当然だ。

今、奥田が告知した十一桁の番号に対して電話をかけている者は全国に数千、あるいは万単位でいてもおかしくはない。繋がらないのも仕方がなかった。

無意味な努力とはわかっている。自分にできることは何もない。わかっていながら、松田はリダイヤルボタンを押し続けた。繋がれば、何かが変わるような気がしていた。

10

奥田のトークが続いている。安岡が煙草に火をつけた時、スタジオの扉が開いて、浅野が入ってきた。どうも、と目だけで安岡が挨拶した。

「どうなの、安ちゃん。例の自殺予告メールを送ってきた奴から、何か連絡あった？」

浅野が聞いた。あれば報告してます、と安岡が言った。

「それより、局長や部長の方はどうですか」

「安ちゃんのせいで、ひどい目に遭ってますよ、こっちは」浅野が苦い表情を浮かべた。

「どんだけ言われたことか。管理能力があるかどうかも疑わしい、まで言われましたよ。おれに言わせりゃ、管理能力の問題じゃないだろうって。おれはさ、安ちゃん、こんなこと言いたくないけど、そっちから相談受けた時、止めろって言ったよな？　ラジオでやっちゃいけないことだって。少なくとも事実関係の確認なしに、見切り発車みたいなことだけはしないでくれって、あれほど言ったよな」

「言いましたね、確かに」

「言ったのに、奥田の独断なのか、それとも安ちゃんがうまく誘導したのか、そこのところはよくわかんないんだけどさ、とにかく奥田は喋っちまった。生放送で喋られたら、そんなのおれの責任じゃないだろう。おれにどうしろっていうのさ、ねえ？」

「副部長には申し訳なかったと思ってます」

安岡が煙を吐いた。嫌だねえ、と浅野が後頭部を掻いた。

「中間管理職なんて、何もいいことないよ。下からは突き上げられるしさ、上からはボロクソに言われるだけだし。おれぐらいの年代の自殺者が増えてるってのも、わかるね、本当に」

「そんなに言われましたか」

「言われましたよ。だいたいさ、おれの管理能力がどうのこうの言う前に、自分らの管理能力はどうなんだよって逆に聞きたくなったよね。奥田がさ、番組の冒頭で例の自殺予告メールについて触れた時、局長も部長もいたわけじゃない。二人とも番組聴いてたわけじゃない。実際、そのすぐ後に二人して止めに入ったわけだけどさ、結局奥田に言い負かされて、どうしようもないって白旗上げちゃったわけでしょ？　おれさあ、あの時点で責任者はあの二人になったと思うんだよね。現場のディレクターとかさ、番組を統括《とうかつ》してる副部長を飛び越えて、説得に乗り出してきたんだから、それなりに責任もあるだろうって。それなのに結局何もできないままでさ、その鬱憤《うっぷん》を晴らすために副部長のおれを非難するなんて、一種のパワハラですよ。組合に訴えてやろうかな」

「今、二人はどこに？」

知らない、と浅野が両手を振った。

「たぶん局長室なんじゃないの？ さんざん怒りまくってさ、皮肉言って、そのままどっか行っちゃったから、おれにもよくわかんないんだよ」

「それで、やることなくなって仕方なくスタジオに来たってわけですか」

「安ちゃんにまで皮肉言われるとは思ってなかったな」浅野がぼやいた。「どうなってるのかなって思って、様子を見に来ただけだよ。どうなの、奥田は。まだ続ける気なの、これ」

「最後までこのまま行くつもりでしょうね」

やれやれ、と浅野が肩をすくめた。

「ひどい夜になっちまったねえ。奥田は何を考えているんだろう」

「奥田の腹づもりなんて、ぼくにはわかりませんよ」

「そう言うけどさ、いったいどうやって事態を収拾するつもりなのかね。来週以降のこと、ちゃんと考えてるのかな。無事に終わればいいよ。自殺者とかも出なくてさ、誰も死なないままメール送った奴が見つかって、すべてがきれいに終わればね。マスコミは多少騒ぐだろうけど、それならそれでいいよ。でも、もし本当に死人が出ちまったら、奥田はどうするつもりなのかな」

「そこまでは……」

安岡がそう答えた時、またスタジオの扉が開いた。入ってきたのは森刑事だった。

「おや、これは」浅野が言った。「遅くまで、大変ですね」

仕事ですから、と森がうなずいた。

「どうですか。いや、二時になりましたんでね、ちょっと様子を見に下りてきたんですが」

「何もありません。少なくとも問題のメールを送ってきた人間からは何の連絡もないです。警察の方はどうですか」

安岡が尋ねた。一応、と森が口を開いた。

「上には報告済みです。ただし、事件性があるのかということになると、今の段階ではまだない、というのが上の判断です」

「なるほど」

「その代わりといってはなんですが、主なターミナル駅の交番に詰めている警察官に、新宿の漫画喫茶で見つかった例のビデオ画像をプリントアウトしたものを配布することになったそうです。もちろん、パトロールを強化するというのは当然ですな。まあ、あのボケボケの画像がどれだけ役に立つかはわかりませんが、ないよりはましでしょう。似たような人物がいたら、職務質問をすることになっております」

「無駄ですよ」浅野が言った。「もし、メールの送信者が本気で自殺を考えているんなら、警察官のいるところになんか近づいてくるはずがないじゃないですか。悪戯だったら、とっくに家に帰ってるでしょうしね」

「まあ、そうおっしゃらずに。これでもなかなか日本の警察は優秀です。意外なところから、メールを送ってきた人物を発見してくるかもしれませんよ」

「期待してます、と言いたいところですがね」浅野が辛辣《しんらつ》な表情を浮かべた。「何しろ、まだ事件扱いもされてないわけでしょ？　それじゃあね、どうにも……安ちゃん、どう思うよ」

「どうもこうも……とにかく無事な形で終わればいいと思っていますが」

どちらにしても奥田次第でしょうね、と安岡がブースの中を指さした。奥田が届けられたメールを延々と読み続けていた。

「いつまで続けるんだよ、あれ」浅野が言った。「よく奥田も飽きないな」

「いや、飽きてもらっては困ります」森が首を振った。「もし、自殺予告のメールが本物なら、本人は奥田さんのラジオを聴き続けているでしょう。番組が終わるまで、この問題について触れ続けてもらわなければなりません。そうでなければ、番組の途中であっても自殺を試みる可能性もあります」

「刑事さん、あなたは奥田という男のことを全然わかっていない。正直に言いますとね、我々スタッフもあの男の心の底はわかっていないんです。今はいいですよ、本人もその気があるようですから。しかし、いつ気が変わるのか、それは番組を担当している安岡ディレクターにもわかりはしません」浅野が安岡の肩に手を置いた。「そうだろ、安ちゃん。今のまま、メールを送ってきた奴から何のアクションもなければ、飽きちまって何か別のことをやり出す可能性もあるよな？」

「刑事さんには申し訳ありませんが、その通りです」安岡が答えた。「奥田は気まぐれな男です。いつ気が変わるのか、本人にだってわかっていないでしょう」

「それは……本当に困りますな」森がため息をついた。「安岡さんの方から、奥田さんに言ってもらうわけにはいきませんか？　番組が終わるまで、この問題についてずっと話し続けてもらえるように」

「ぼくがそんなことを言ったら、余計に事態はややこしくなりますよ。繰り返しますが、奥田は気まぐれでわがままな男です。こっちから命令するようなことを言えば、意地になって別のことを話し出すでしょう。今は流れに乗っかっていくしかないんです」

「奥田さんというのは……その、よほど取り扱いの難しい人のようですな」

森の言葉に、もちろん、と安岡がうなずいた。

「下手に番組の内容に口を出すこともできません。今日も奥田がうちのお偉いさんに言ってましたけど、本人はラジオを真剣勝負の場として捉《とら》えているようです。もちろん、それはぼくたちにとってありがたいことです。そこまで真剣に向き合う形で番組を続けているパーソナリティが何人いるかと言えば、片手で足りるぐらいのものでしょう。奥田はその数少ないパーソナリティの一人です。ただし、真剣なあまり、番組そのものを壊してしまう可能性もないとは言えません」

黙って見ているしかないんです、と安岡が言った。浅野と森が深くうなずいた。

その時、中村良美の声がした。緊張した声だった。

「もしもし、聞こえますか？」

どうした、と安岡が唇だけで尋ねた。近づいてきた良美が、本人からかもしれません、とメモに書いた。

「本人？」

浅野が大声を上げた。静かに、と安岡が制止した。

「渡辺、うまい形でコマーシャルか曲に繋げ。いいな」

了解、と渡辺が指で丸を作った。どうしたのか、と言うような目で奥田がブースの中から外を見ていた。

「もしもし、聞いてますか？　名前をおっしゃってください」

良美の呼びかける声がスタジオに響いた。

「本当に、本人からなのか？」

安岡が低い声で言った。送話口を手で押さえた良美が、わかりません、と更に小さな声で答えた。

「ただ、ごめんなさいとか、すみませんとか、そんなつもりじゃなかったんですとか、そんなことばかり繰り返していて……」

「どういう意味だ？」

浅野が顔を上げた。番組の五周年をぶち壊しにして申し訳ない、ということでしょう、と安岡が言った。

「代われ。おれが話そう」

番組はコマーシャルに入っていた。ブースから出てきた奥田が、どないしたんや、と言った。それには構わず、安岡は良美の手から携帯電話を受け取った。

「もしもし、私、番組のディレクターの安岡です。聞こえますか？」

ため息が聞こえた。安岡は電話を握り締めた。

「確認します。あなたが例のメールを送ってきた方ですか？」

すみません、という囁き声が聞こえた。男か女かさえもわからないほど小さな声だった。

「すみませんではなく、あなたが本人であるかどうかを確かめたいんです」

ごめんなさい、と声が言った。

「せっかくの五周年なのに……こんなことになるなんて思ってなくて……」

「それは私に言うことじゃない。奥田さんに直接言いなさい。今、どこにいるんですか?」

「それは……」

安岡は全身の神経を耳に集中させた。声。その後ろで何か聞こえないか。車の音。クラクション、人声。

間違いなく、電話をかけてきた人物は外にいる。それだけは確かだった。

「もしもし、今、奥田さんに代わるからね」

安岡が電話を奥田に渡そうとした時、いきなり通話が途絶《とだ》えた。

「もしもし?　君、もしもし?」

だが、電話は切れたままだった。安岡が首を振った。

part6　迷走

AM02：05

1

もしもし、と安岡が二回繰り返した。返事はなかった。電話は切れていた。

「かかってきたんか」

奥田が言った。何とも言えません、と安岡が答えた。

「外からかけてきたのは間違いありません。ですが、問題の当人かどうかは何とも……」

「着信番号は」

森刑事が尋ねた。非通知でした、と良美が言った。

「かけてきた番号は不明です」

「何て言うてたんや」

「最初に出たのは中村です。中村の方がよくわかってると思います」

安岡に促《うなが》されるようにして良美が前に出た。はっきりと覚えていないんです、と形のいい唇が動いた。

「……奥田さんが安岡さんの携帯番号を番組で言ってから……ずっと電話が鳴りっ放しで……わたしも、何がなんだかわからなくなってて……」

「落ちついて考えろ。思い出すんだ」

安岡が言った。良美が顔に手を当てた。

「最初……最初は何と言ってるのかわかりませんでした。ほとんど聞き取れないぐらい低い声で」

「それでも、何か言ってたんだな？」

「はい……しきりに謝ってました。どうもすみませんとか、ごめんなさいとか、そんな言葉を繰り返していたように思います」

「何に対して謝っていたんだ？」

「番組の邪魔をしてしまって、そんなつもりじゃなかったって……」

「何歳ぐらいだと思いましたかね？」

森が横から尋ねた。たぶん高校生ぐらいだと思います、と良美が泣きそうな表情で答えた。

「名前は……もちろん名乗らなかったでしょうな」

「はい」

「言葉遣《づか》いは？　標準語でしたか？　東京の人間だと思いましたか？」

「東京の人間……だと思いました。標準語で喋ってたと思います」

どうでしたか、と救いを求めるように良美が安岡を見つめた。おれもそう思った、と安岡が言った。

「あくまでも印象ですが、東京の人間だと感じましたね。標準語を使っていたからというわけじゃありません。話し方、言葉遣い、そういうものをすべて引っくるめて、そう感じました」

「安岡さん、これは非常に重大な問題です。よく考えてお答えください。今、電話をかけてきた人間は、東京の人だったのですね？　電話の声を聞いた人間は、あなたとそのお嬢さんしかいません。お二人の印象がすべてです。いかがですか？」

「東京の人間だと思いますね」

「わたしもそう思います」

二人が同時に答えた。

「どこからかけてきたかわかりますか？」

安岡と良美が顔を見合わせた。

「いや……場所を特定できるようなことは何も……」

「何でも結構です。安岡さん、あなたは外からかけてきた電話だと先ほどおっしゃった。その根拠は何ですか？」

「……街の音がしたからです」

「街の音？」

「車の通る音とか、クラクションのような音とか、人が話したりする声とか、そういうことです」

お前はどう思った、と安岡が聞いた。わたしも同じです、と良美が答えた。

「外からだったのは間違いないと思います。何を言ってるのか、聞き取りづらかったのはそのせいもあります。街の騒音にまぎれる感じで、声がよく聞こえませんでした」

「男性でしたか？」

たぶん、と安岡が答えた。それに対し、わかりません、と良美は答えた。

「安岡さん、本当に男の人だと断言できます？　すごく低い声だったのは確かですけど、男の人と言い切ることはわたしにはできません」

「最も重要なポイントです」森が表情を硬くしたまま言った。「今の電話をかけてきた人物が、例のメールを送り付けてきた人物と同じだと思いますか？」

「いや、それは……」

安岡の唇が動きを止めた。直感だけで言うならば、間違いなく同一人物だと答えただろう。

だが、さまざまな要素を考え合わせると、そう簡単に答えは出せなかった。それは良美も同じだった。

「すごく緊張していたのは確かです。電話口の向こうから、それがひしひしと伝わってきました。ですが、だから本人かと言われると、それは何とも……」

意味ないじゃないの、と浅野が話に割り込んだ。

「どこからかけてきたのかもわからない、年齢もわからない、男か女かどっちかさえもわからない、そしてメールを送ってきた人間かどうかもわかんないって言うんじゃ、話にならないよ。安ちゃん、そうだろ?」

確かに、浅野の指摘した通りだった。何歳であろうと、男性であろうと女性であろうと、極端に言えばそれはこの際どうでもいい。

ただ、メールを送ってきた者と同一人物なのか、そしてどこから電話をかけてきて、今どこにいるのか。それがわからなければ何の意味もないことは事実だった。

「せめて録音していれば」

浅野が言った。これもまたその通りだ。安岡は携帯電話の応対を良美に任せただけで、録音するように指示をしてはいなかった。

ただ、これは一概に安岡だけの責任とは言えない。奥田が何の相談もせず、番組上でいきなり安岡の電話番号を言い出したのは放送が始まってしばらくしてからのことだ。唐突に奥田がそれを言ったため、どう対処していいかわからないまま、今まで良美に電話の応対をさせるにとどまっていた。

むしろ、警察がそれに気づくべきだったのかもしれない。だが、森刑事もそこまで頭が回らなかったというのが実際のところだった。何もかもが、あまりにも突然過ぎたのだ。

コマーシャル、終わります、と渡辺が言った。急ぎ足で奥田がブースへと戻っていった。

「奥田さん」安岡がマイクを通して言った。「今の件、しばらく伏せておいてください」

「わかった」奥田が言った。「その方がええわな」

安岡がキューを振った。その時、また電話が鳴り始めた。電話に出た良美が、違います、と首だけを振った。渡辺が電話に直接接続するタイプの録音機材の準備を始めていた。

2

名前も名乗らず、年齢、性別も不明、と森がつぶやいた。

「しかも、本人かどうかもわからない。おまけにどこにいるのかわからない以上、どうにもなりませんな」

せめて、どこからかけてきたのかわかれば、とつぶやいた。メールを送ってきた人物の写真はある。はっきりとした画像ではないが、何を着ているのか、何色の服なのか、だいたいはわかっていると言ってもいい。

同時に、間違いなくヘッドホンかイヤホンをしていると考えられた。なぜなら、ラジオを聴いていなければならないからだ。

漫画喫茶のビデオ画像を検証した結果、身長も判明している。百七十センチ前後であることは間違いなかった。

「これだけの手がかりが揃っています。どこからかけてきたのか、それがわかればその場所に警察官を動員し、不審人物の捜索に全力を尽くすことも可能でしょう。まだ事件と正式に認められたわけではありませんが、その辺は現場の裁量で何とでもなります、しかし、どの辺りにいるのか、それがわからないというのでは、人員の動かしようがありませんな」

「山手線《やまのて》沿線の繁華街だと思いますね」

安岡が言った。それぐらいは想像がつきます、と森が言葉を返した。

「あなたの聞いた雑踏《ざっとう》の音というのが、どういうものか正確には不明ですが、だいたいのことはわかるつもりです。おそらく、おっしゃる通りでしょう。ですがね、安岡さん。山手線沿線の繁華街というだけでは、あまりに捜索範囲が広すぎます。具体的にはどこを指すんですか？　新宿？　渋谷？　原宿《はらじゅく》？　逆側もあります。池袋《いけぶくろ》、上野《うえの》、そちら側ですな。更に言えば、銀座《ぎんざ》方面もあります。新橋《しんばし》、有楽町、東京。これだけの場所を捜すことは事実上不可能です。一ヶ所、運が良くても二ヶ所までが警察の動ける範囲です。しかも、それでさえも望みは薄いでしょう。とてもじゃありませんが、捜し出せるものではありませんな」

「中村」安岡が呼びかけた。「お前、何か気づいたことはないのか」

安岡が問題の電話に出たのは、三十秒ほどだ。わずか三十秒間で耳から得られる情報には限りがある。

それに対して、良美は一分以上話していた。その分だけ得られた情報も多いはずだ。だが、良美は首を振るだけだった。

「わかりません……外からだというのはわたしもそう思います。でも、どこからとか、そんな細かいところまでは……」

「何かないのか」

「……すみません」

謝ることじゃない、と安岡が言った。安岡自身も電話に出ていたが、プラスになる情報は何も得ていない。良美が同じなのは無理のないことだった。

「さて、どんどん行きましょう」奥田の声が響いた。「次のメールですけどね、ラジオネーム、東京の恋人さん、これ意味全然わからんな。どないな意味やろ。まあええわ。『番組、いつも楽しく聴かせてもらっています。今日は五周年ということで、楽しみにしていたのですが、とんでもないアクシデントが起きたようですね。でも、それも奥田さんらしいところかとも思います』いやいや、そんなんと違うって。オレらしいとからしくないとか、そういう問題やないって。『わたしはラジオも好きですが、ミステリー小説とかも大好きで、こんな事件が起きたと聞くと、ちょっと不謹慎かもしれませんが、ドキドキしてしまいます。ホントにそのメールを送ってきた人は自殺するつもりなんでしょうか』いや、それはこっちが聞きたい話やねん。マジなんか、悪ふざけなんか、はっきりしてほしいもんですな。『どちらにしても、警察とかはもう動いているのでしょうか。なるべく早いうちにいろんなことが解決するといいですね。では、番組の続きを楽しみにしています』」

奥田がペットボトルのウーロン茶をひと口飲んだ。

「警察ねえ。警察、動いてるってゆうたら、動いてますよ。せやけど、積極的にゆうわけやない。何しろ、自殺予告のメールが番組宛に届いたっていうだけですからね、正味の話が。これだけやったら、警察も動きようがないでしょ。そりゃしゃあない話でね。これが単なる悪戯やったら、動いた警察も赤っ恥なわけで。な？　それだけ考えても、どんだけややこしいことになってるかわかるやろ？　こら、ガキ、ガキとしか呼びようがないんですけどね、クソガキでもええか。クソガキ、お前どっちやねんと。マジなんかフカシなんか、ハッキリせいと。今のままやったらこれ以上どうもでけへん。そんなんも含めて、詫びの電話の一本も入れてこいっちゅう話をオレはしてんねん」

「奥田さん」安岡がマイクを摑んだ。「さっきの電話の件、まだオフレコにしといてくださいよ」

わかってる、というように奥田が首を振った。

「な？　面倒やろ？　ラジオゆうても公共の電波やから、あんまり無茶もでけへんしな。そんなこんなでもう二時過ぎや。何をせいっちゅうねん」

「奥田さん、不満はわかりましたから、次のメールなりファクス、紹介してください」

安岡が言った。わかった、と奥田がうなずいた。

3

一旦外に出ていた浅野が、佐伯局長と松浦部長を伴って戻ってきた。電話があったそうだな、と松浦が言った。

「ありました」

「本人からなのか」

「それは……わかりません」

「安岡」佐伯が言った。「お前の心証はどうなんだ。本人か、それとも一種の悪戯か」

「ぼくとしては……本人だという気がしています。ですが、それを証明できるものは何も……」

「なぜ録音しなかった？」

松浦が嫌味たっぷりに言った。そこまで気が回りませんでした、と安岡が正直に答えた。

「奥田じゃありませんが、ここは戦場です。ぼくたちはその最前線にいるんです。そんな時、他のことにまで気を回せるような余裕はありませんでした」

「声さえ録音しておけば」松浦がつぶやいた。「いろいろわかることもあっただろうに」

「松浦、止めろ。もう十分だ」佐伯が煙草に火をつけた。「安岡、これからどうする？」

「番組を続けます」

「それはわかってる。当然のことだ」そうではなくて、と佐伯が煙を吐いた。「自殺予告メールをどう取り扱っていくつもりなのか、それを聞いている」

「呼びかけ続けるしかないでしょう」安岡が時計を見た。「今、二時十分です。あと五十分、番組の時間は残っています。その間、何とかして連絡を取ってくるように、呼びかけ続けるしかないじゃないですか。番組が終了したら死ぬ、と本人は言ってるんですよ」

「本気かどうかはわからん。気が変わるということもある」

「それならそれで、結果オーライじゃないですか」

しばらく黙って安岡を見つめていた佐伯が、わかった、と言った。

「では、いずれにしても番組終了まで、今夜はこのワンテーマだけでやっていくということだな」

「そのつもりです」

「……こんなひどい放送は聴いたことがない」

「局長」安岡が顔を上げた。「自分でもわかっています」

わかっていればいい、とつぶやいた佐伯が松浦を促してスタジオを出ていった。大変ですな、と森刑事が言った。

「どこの職場でもそうなんでしょうが……なかなか上は下の者のことを理解してくれないものです」

「警察もそうですか」

「それは職業上の秘密です」

森が言った。かすかに笑った安岡が煙草に火をつけた。

4

番組の要所、つまりコマーシャルの前後や曲の前後に、奥田は安岡の携帯番号を何度も繰り返した。また安岡も、番組のメールアドレスを何度も告知させた。その結果として、安岡の電話が鳴り止むことはなく、またメールも途切れることはなかった。

「そしたらね」奥田がマイクに向かった。「次、行きましょうか。あのですね、さっきオレが自殺するんやったらどこでしたらええか、どないして死んだらええか、そんなこと言うたでしょ? それについて、けっこうな数のメールが来てるんですよ。もうね、ここまで来たら、これ、ひとつのコーナーにせえへん? 題して〝どこでどうやって死んだら一番ええのか?〟」

悪ふざけに近いネーミングだが、それは奥田の持ち味だった。

「これね、スタッフがまとめてくれて、ちょっとした表になってるんですけど、どこでっていうのはそんなはっきりした答えはないんですよ。いや、ないこともないか。ただ、かなりバラバラなんで、どこでっていうのは時々触れることにします。むしろ、どうやってっていう方が、リスナーのみんなも意見出しやすかったみたいで、かなりの量が来てます。ベストスリーで言いますとですね、第三位が服毒自殺って言うんですか? 要するに薬とか使って自殺するパターンね。ああ、なるほどって思うんですけど」「実際にはどうですかね」安岡がマイクを摑んだ。「毒や薬の入手方法がわかりません。学生だとしたら、なおさらです」

安岡は先ほどから疑問に思っていたことをぶつけてみた。

「なるほどなとは思うんですけど」奥田がヘッドホンに手を当てながら言った。「現実的に考えてどうなんかな、と思いますけどね、オレなんか。だってそうでしょ？　考えたら、毒薬なんてねえ、そんな簡単に手に入りませんて。オレも長いことこういうちょっと変な業界にいるわけですけど、案外見ませんて、そんなん。まあ、あるとしたら睡眠薬とかですかね。だけど、オレも詳しいことは全然知らへんけど、睡眠薬で死ぬゆうたら、相当な量が必要なんちゃいます？　いやホント、オレも素人やからね、マジで詳しいことわからんけど、そう思うわ。でね、しかもメールを送ってきた奴は間違いなくガキなわけですよ。何しろ、奥田雅志のオールナイト聴いてるぐらいですからね、そんな年齢がいってるはずないでしょ？　そしたらね、そんな奴がどうやって薬とか溜め込んでたんかと。その辺がようわからんなと」

マイクから手を離した安岡がうなずいた。奥田の言った通りだろう。インターネットのある種のサイトに行けば、どんなものでも手に入ると言われているが、毒物などを売買するのは難しいはずだ。

ましてやメールの主がリスナーの平均年齢である十五、六歳ぐらいだと仮定すれば、更に困難になるだろう。毒物での自殺はあり得ない、と安岡も考えていた。

「それから、二番目に多かったのが、これが飛び降りとか飛び込み自殺なんですね」奥田が話を続けた。「ただね、飛び降りって言っても、いろんなパターンがありうるわけで。例えば電車に飛び込むとか、走ってる車に飛び込んでいくとか、ここではそんなんも数のうちに入れてます。もちろん、ビルとかからの飛び降りも含まれますよ」

「番組終了時の午前三時に走っている電車はありません」

安岡がマイクに向かって言った。そうやな、というように奥田がうなずいた。

「ただね、これもけっこう無理があるんですよ。てゆうのもね、自殺予告メールを送ってきたクソガキ、こいつなんですけど、オレの番組聴き終えたら死ぬ言うてるんですね。せやけど、その時間って、要するに午前三時ですよ。午前三時に電車なんか走ってませんって。でしょ？　いや、これもね、オレも詳しいことはわからへんけど、貨物列車みたいなんは走ってるかもしれへん。せやけど、何時にどこを走ってるのか、そんなん普通の人にわかると思うか？　わからんやろ、そんなん。それを調べるの、相当無理があると思うで。それともあれか？　番組終わったら、ずっと線路のところで始発電車が来るのを待ってるか？　いやいや、そんな勇気はないやろ。そんな勇気があるんやったら、とっくにオレんところに電話かけてくるやろからな。そやから、そんなことはありえへんと。そんなら車に飛び込むゆうのはどうかって言ったらねえ、口で言うのは簡単やけど、実際にやるのってけっこうタイミングとか難しいと思うんよ。しかも、これって確実な方法やないやろ? 絶対に死ねるっていう保証がないやん。それでもこんな方法選ぶかなあ。まあ、夜中の三時でも、確かに車はバンバン走ってますからね、絶対無理やとは思わへんけど、難しいんと違うかなあ。どやろ、みんなどう思うか、またメール送ってきてや」

「飛び降りですが、高層ビルには入れません。監視が厳重です」

安岡が言った。わかってる、と奥田が片手を挙げた。

「そんでな、飛び降りなんですけど、こんなメールが来てます。『奥田さん、いつも聴いてます。奥田雅志のオールナイトはいつもサイコーですけど、今日は特にすごいですね。勢いがある感じで、ずっと聴いてます。さて、どうやって自殺するか、みたいなことを奥田さんは言ってましたけど、わたしだったら東京タワーの上から飛び降り自殺をします。これだったら絶対確実だと思うんですよ』えー、ラジオネーム、シンガポール・スリングさんからのメールなんですけど、この人、たぶん女の人やと思うんやけど、すごいことを言いよりますね。絶対確実て何やねんちゅう話で。せやけど、オレ思うんやけど、この時間やで。東京タワーなんか、絶対入れへんと思うわ。これ、東京タワーだけじゃなくて、いわゆる高層ビルみたいなね、例えばこのラジオ・ジャパンのビルも十一階ぐらいまであったと思うんですけど、十一階というか屋上に上がるのは絶対無理やね。だいたい、ビルそのものに入ること自体、無理やと思うわ。これ、ラジオ・ジャパンに限った話やないと思うで。ちゃんとしたビル、ちゃんとしたってどういうビルかようわからへんけど、繰り返しになるけどこんな時間やで。まともなビルやったら、誰も入ってこれへんようになっとる思うわ。せやろ？」

奥田が煙草に火をつけて、小さく煙を吐いた。

「真夜中の午前三時に自殺するのって、簡単に見えて意外と難しいっちゅうことやね。さて第一位は何でしょうか。ちょっとその前に曲行きましょう。えーと、ボストンの〝ドント・ルック・バック〟です」

ブースを飛び出した奥田が、トイレ、とひと声叫んでスタジオの外へと出ていった。その後ろ姿を見送りながら、寿命が縮むね、と安岡がつぶやいた。

「何か言いました？」

渡辺が聞いた。いや、何も、と安岡は答えた。

奥田のラジオはいつもぎりぎりのスタンスでやっている。だが、今日ほどきわどい地点に立っての放送は過去になかっただろう。奥田の発言内容は放送倫理規定の、まさにすれすれのところだった。

（あいつもおれと一緒に辞めてくれるつもりなのだろうか）

感傷《かんしょう》的な感情が安岡の胸をよぎった。そんなわけがないことを知っていながらも、そうであれば少しは報《むく》われる、と思った。

5

「はい、お待たせしました。第一位の発表です」

トイレから戻ってきた奥田が、コマーシャル明け早々に口を開いた。いつ用意したのか、渡辺が効果音のドラムロールを流した。

「はい、栄《は》えある第一位は、首吊り自殺でした。まあ、考えやすいですよね。せやけど、現実的かゆうたら、ちょっとうーんってなってしまいますね。ていうのもね、例の自殺予告メールを送ってきた奴は、外にいることがわかってるんですよ。家の中じゃなく、外ね。そりゃ確かに、外でも首吊り自殺ってのはあります。けど、マジで考えてみい？　難しいで、外で首吊り自殺するいうんも。何でかって、適当な場所が思い浮かばんのよ。公園とかですかね、あるとしたら。そういうところへ行って枝ぶりのいい木を探して、ということになると思うんですけど、それ以上に、むしろ準備をする方が難しいんと違うかなあ。時間もかかるし、人目につきやすいと思うんよ。思わない？　そうかなあ、目立ってしゃあないと思うけどなあ……」

アカン、全部違う、と大声を上げた奥田がテーブルの上のメールの山を崩した。

「服毒自殺も、飛び込みや飛び降りも、首吊りも全部リアルやない。頭の中で考えたことや。みんな、もうちょっとマジで考えてくれんか？　奴がどこで、どうやって死のうとしているのかを、想像してみてくれへんか？　オレももうええ年齢《とし》や。わかったようなことを言うてるけど、ホンマは今の中高校生のことなんて何もわからん。ついでに言えば、それはこの番組スタッフたちも一緒や。一番若いのがアルバイトの女の子で、大学三年ゆうたかな、四年ゆうたかな、要するに二十歳そこそこや。そんな彼女でも、お前らが何考えてるのかわかってへんのや。けど、お前らは自分が何を考えてるか、わかるやろ？　もし自殺したくなったとして、どうやって死のうとか考えたことはないか？　それを教えてほしいねや」

奥田が口を閉じた。十秒ほどの長い沈黙があった。

「奥田さん、何か喋ってください」安岡がマイクを掴んだ。「放送事故になります」

「ええと……何やったっけ。そうや、お前らにもっと真剣に考えてほしいねや。頼むで。ええな」

奥田が首を振った。二時二十分過ぎ、放送終了まで、残り時間はあと四十分を切っていた。

6

自殺予告メールを送ってきた人間の特徴について、安岡は考えていた。

具体的には、新宿の漫画喫茶で撮影された画像についてだ。それによれば、推定される身長は百七十センチ前後、痩せ型であるため、体重は六十キロ前後と考えられた。おそらくは少年。はっきりとしていないが、何を着ているかもだいたいわかっている。

そして、それを着替えるための時間も場所もないことは確かだった。ビデオ画面の中に映ったその人物は、小さなバッグをひとつ持っていただけなのだ。着替えの類を持ち歩いているとは考えられない。

そして、東京都内、更に言えば二十三区内にいることもまず間違いなかった。メールは午後六時半及び午後十時二十分に、ラジオ・ジャパンへ新宿及び渋谷の漫画喫茶から送られてきていた。少なくとも遠くまでは行けない。

次に年齢の問題がある。ビデオ画像を確認した限り、体格その他などから考えて、高校生ぐらいだろう、というのがビデオを見た者たちの意見だった。同時に、深夜放送を毎週聴いていたというのだから、その点から考えてもやはり学生としか思えなかった。

年齢の問題がなぜ重要かと言えば、もし十八歳以上であれば免許を持っている可能性があるためだ。免許を持ち、車を乗り回しているとすると、今までの仮定はすべて崩れてしまう。これはオートバイでも同じだ。しかし、その可能性は低いと思われた。

なぜなら画像に映っている姿が若く見えたからだ。オートバイはともかく、車は持っていないだろう、というのが常識に基づいた彼らの判断だった。

年齢の問題は、持っている金にも関係してくる。単純に言えば、若ければ若いほど所持している金額は少なくなるだろう。

そして、着ている服などから考えても、それほど金を持っているわけではなさそうだった。するとタクシーで遠くまで行っている可能性も薄い。

「移動していますかな」

安岡の心を読んだように森が言った。どう思いますか、と逆に問い返した。しているでしょう、という答えが返ってきた。

「本人は自殺を真剣に考えている。私はそう思っています。そうであれば、誰かに見つかるわけにはいかない。特に警察にはね。警察はこの人物について、いくつかの特徴があると考えています。年齢は十八歳前後、身長百七十センチ前後、おそらくは学生。そしてあなたもビデオで見た服を着ていて、イヤホンかヘッドホンをしている。これはラジオを聴くためですな。これだけはっきりとした特徴があって、この人物を捜せないとしたら、警察は無能だと言われても仕方がない。ただ、言い分はあります。何しろ、まだ本件は正式な事件として認められておりません。従って、この人物を捜すといっても限界があります」

それはさっきも聞きました、と安岡が言った。

「そうでしたな……いずれにしても、警察が総力を挙げてこの人物を捜すわけにいかんのも事実なのです。これはもうどうにもならない。警察というのはそういう組織なんですよ。お役所仕事と言われようと、何と言われようともね。いや、それにしても渋谷の漫画喫茶で監視用のビデオを回していなかったというのは残念なことです。画像が残っていれば、また何か新しい手がかりが見つかったのかもしれません」

「そうですね」

安岡が苦笑した。それにしても、と森が言った。

「わたしは問題の少年は、本当に自殺するつもりだと思っていますが、あなたはどうお考えですか」

「……おそらくは」

安岡は電話でメールを送ってきた本人であろうと思われる人物の声を聞いていた。あまりにも低い声で、また周りの雑音がうるさかったこともあり、すべてを聞いたわけではない。

ただ、電話の声には何とも言えない重苦しいものがこびりついているようだった。裕一もあんな声で話していた、と安岡は息子が自殺する直前のことを思い出していた。

「あくまでも直感ですが、もし先ほどの電話がメールを送ってきた本人からのものであるならば、間違いなく自殺を考えているでしょう」

「なるほどね……何しろ、電話の声を聞いたのは、あなたとあのお嬢さんしかいない。わたしたちもそれを信じるしかないわけですが」

録音をしなかったのは安岡にとっても森にとっても失敗だった。特に森にとっては大失態と言ってもいい。警察関係者が、電話がかかってくる可能性があることをわかっていながら、録音装置を用意していなかったというのは痛恨のミスだった。

ただし、森にも言い分はあった。ひとつはこの一件が事件として認められていないということだ。録音機材は装備課の管轄下にあるが、それに対して深夜一時という常識外れの時間に機材を準備するように依頼することは事実上できなかった。

もうひとつは、先入観だ。自殺予告メールを送ってきた人間が、わざわざ念を押すかのように電話をしてくることなどありえないという思いがあった。余計なことをしても無駄だ、という気持ちが森の中になかったとは言えない。

ただ、これは両方とも言い訳に過ぎなかった。いずれにしても失態だったと言わざるを得ないだろう。

「……もう一度、電話をかけてきますかね」

わかりません、と安岡が首を振った。

7

安岡は先程の電話について考えていた。

まず、あの電話は本当に自殺予告メールを送ってきた本人からのものだったのだろうか。ラジオのリスナーは番組のパーソナリティとその感覚が似てくる。逆に言えば、感覚を共有できるものだけがラジオを聴くことになる。

そして、奥田雅志の〝オールナイト・ジャパン〟を聴いているリスナーは、当然奥田と感性が似てくるはずだ。となると、相当にきついシャレでも呑みこんでしまうと考えざるを得ない。

もし、電話をかけてきたのがリスナーであるならば、と安岡は考えた。自殺予告メールを送った本人を装《よそお》って、それらしいことを言ってくるだろう。

〈ごめんなさい〉

〈すみません〉

〈番組の邪魔をするつもりはなかったんです〉

これらのキーワードは、メールを送ってきた本人でも言う可能性が高い、とリスナーなら考えただろう。それらを組み合わせて、安岡と話そうとしたことも十分に考えられる。

（だが、そうとは思えない）

あくまでも勘だ。勘ではあるが、それは正しいと安岡は思っていた。とっさにあれだけの芝居をできるものではないというのがその根拠だった。

安岡もラジオの世界に入ってから、決して経験が浅いとは言えない。現場を担当するようになってから、十五年以上は経つ。その経験に照らし合わせてみても、電話の声はリアルだった。

安岡は十年ほど前、人生相談コーナーがある番組を担当していたことがあった。その時もそうだったが、声を聞けばその抑揚《よくよう》、喋り方などで、どれぐらい本当に悩んでいるのか、困っているのかはある程度わかるものだ。

今回の場合でもそれは同じだった。あの喋り方は、悩みのない人間に真似できるものではない。

（本人だとしたら）

安岡は仮定を一歩進めてみることにした。では、もし本人がかけてきたのだったら、なぜかけてきたのか。奥田の執拗な挑発に応えるためなのか。番組に対し、その進行を邪魔してしまったことを本当に詫びるつもりでかけてきたということなのか。

もちろん、その両方とも正しいだろう。あれだけ奥田に罵倒《ばとう》され、電話でもいいから謝れと強く言われた以上、電話をかけてきてもおかしくはない。

しかし、それだけなのだろうか。安岡は別の意図も感じていた。

電話をかけてきた人物は、本当は死にたくないのではないだろうか。少なくとも、死ぬことを怖れているのではないだろうか。そして、最後の助けを求めるために、番組に電話をかけてきたのではないか。

安岡にはそう思えてならなかった。自分の息子が自殺した時も、そうだったように思えた。

好んで自ら死を選ぶような人間はいない。やむにやまれぬ事情があって、その結果として自殺という道を選ばざるを得なくなる。自殺というのはそういうものだろう。

今思えば、息子の裕一は死の前日まで態度がおかしかった。何か言いたげにしていた。言いたいことがあるのだが、何と言っていいのかわからない。そんな様子だった。

(あの時、強引にでも話を聞いてやっていれば)

深い後悔の念が安岡の中にあった。もうこれ以上人が死ぬのを見たくはなかった。止められるものなら止めたい。本気でそう思っていた。

(もう一度、電話をかけてこい)

そうしたら、今度は直接奥田と話させてやる、と安岡は思った。その結果がどうなろうと、それが最善の道だと安岡は信じていた。

8

久板和博《ひさいたかずひろ》は携帯の液晶画面を見ていた。着信音。メールが来たのだ。

〈行ってみようか?〉

そこにはそう記されていた。高校のクラスメイト、味岡悟《あじおかさとる》からのメールだった。

久板と味岡は親友だった。付き合いは中一の冬からだから、高校二年生である彼らにとって五年近い歳月を共有していた。

友人としての絆が強くなったのは、中二の時、お互いに奥田雅志の〝オールナイト・ジャパン〟を聴いていたことがわかったからだ。それ以来、久板はクラスでややもすれば浮いていた自分のポジションを、しっかり押さえることができるようになっていた。

世間ではマイナーな扱いのラジオだが、それを聴いている者同士の連帯感は非常に強いものがある。久板にとって必要なのはラジオと親友の味岡だけだった。

行ってみようか、というメールが入ったのは、久板が提案したことだった。ラジオ・ジャパンの局舎がどこにあるのかも、二人は知っていた。

深夜二時三十分、今なら道路は空いているだろう。原チャリで行けば、すぐ着くはずだ。

〈行くか?〉

返信メールを作って送信した。真夜中のこんな時間に家を抜け出せば、親に見つかった時何の言い訳もできない。受験を前にして何を浮かれているのか、そう言われて説教されるのがオチかもしれない。

もっとも、久板には家を抜け出せる自信があった。両親共に寝るのは早く、しかも睡眠は深い。ちょっとやそっとの音では起きないことも、久板は経験として知っていた。

〈行こう。曙橋《あけぼのばし》の駅で待ってる〉

メールが返ってきた。二人が住む町は都営新宿線曙橋の駅からそう遠くない距離だ。いつでも待ち合わせはそこだった。久板は闇の中でジーンズに足を通した。

〈準備できた。いつでも行ける〉

メールを送信した。とにかく、何が起きているかをこの目で確認しないではいられなかった。

〈行こう〉

ヘルメットを片手に、久板は自分の部屋を出た。音がしないようそっと歩いて玄関に向かった。大丈夫だ。両親が起きてくる気配はない。

慎重にドアを開けた。外気が家の中に入ってきた。その少し冷たい空気を肺の中に入れながら、久板は表に出た。慎重に、音がしないように気をつけながらドアに鍵をかけた。

これで準備は整った。あとは簡単だ。アクセル音が聞こえないぐらい遠くまで原チャリを押していき、そこから先は走りだせばいい。

なぜかはわからないが、多幸感が久板を包んでいた。笑いが込み上げてくる。それを必死で抑えながら、久板はバイクを押し始めた。

9

番組は続いていた。専用のファクスが壊れた、という連絡が安岡のもとに入ったのは二時二十分過ぎのことだった。あまりにも多くのリスナーがファクスを送り続けてきたために、機械そのものがパンクしたのだ。

メールの数は二時前の段階で一万を超えていた。その勢いはまったく衰《おとろ》えることを知らなかった。

通常、時間が深くなれば、メールの数は減るものだが、今日に限っては違った。むしろ逆で、時間が経てば経つほど、メールの数は増えていく一方だった。六人の構成作家たちがそのメールの整理にかかりきりになっていたが、とても処理できるものではなかった。

「さて、そんなわけでしてね」奥田がマイクに向かって言った。「まあ、いろいろありますけど、とりあえず番組やっていこうと思います。次に紹介するのは、ラジオネーム、ケントさんからのメールです。『奥田さんの意見に賛成です。死のうとしている人間を止める権利なんて誰にもないと思います。死ぬのも生きていくのも、本人の自由意志に任せられるべきじゃないでしょうか』まあ、こんな意見もありますわな。もちろん、逆の意見もありますよ。ラジオネーム、ペンタくんからのメールです。『いくら奥田さんとはいえ、今日の放送はちょっとやり過ぎなんじゃないでしょうか。自殺しようとしている人間をけしかけるなんて、ちょっと信じられません。奥田さんもずいぶん感情的になっているように聞こえましたけど、もっと冷静になるべきなんじゃないでしょうか』ええと、別にけしかけたつもりはないんですよ。ただね、自殺しようとしている人間がいて、それを止める権利なんて誰にもないんじゃないかと、それを言いたかっただけで。もっと言えば、オレ、オレ以外の人間が何をしようと興味ないねん。悪いけど。でも率直に言うたらそうなんですわ。死のうと生きようとどっちでもええっちゅうかね。ただ、このガキに関してだけは、死ぬのは勝手やけど、番組の邪魔をしたことは確かじゃないですか。そしたらね、謝ってくるのが筋ってもんでしょ？　違いますか？」

奥田の論理は終始一貫していた。メールを送ってきた人物が死のうと生きようと自分には関係ないし興味もない。ただ、番組の邪魔をしたことは確かなのだから、電話でもメールでも構わないから謝ってこい、というものだった。

その姿勢が揺《ゆ》らぐことはなかった。ブース内にいた星川もそれに同意していた。

相変わらず、安岡の携帯電話が鳴り止むことはなかった。その相手をしていたのは中村良美だったが、声を嗄らしながらも必死で応対をしていた。

だが、すべての電話は奥田をはじめとした番組関係者への励ましや冷やかしなどだった。本人からかかってくることはなかった。

だからといって電源をオフにすることはできない。万が一、本人から電話がかかってきたら、今度は最初から奥田に出てもらい、少なくとも今どこにいるのか、それだけは聞き出すことになっていた。そのためにも電話を切るわけにはいかなかった。

いずれにしても、電話はかかってこなかった。刻々と時間だけが過ぎていった。

10

スタジオの内線電話が鳴った。出ていた渡辺が、佐伯局長からです、と受話器を安岡に渡した。

「安岡です」

「二時半になった。わかってるな」

安岡は壁の時計を見た。正確に午前二時三十分を指していた。

「わかっています」

「時間がないぞ」

「最善を尽くしてるつもりですが」

「最善を尽くそうがどうしようが、我々には関係ない」佐伯が言った。「重要なのは、例のメールを送ってきた人間が本当に自殺するかどうかだ。言っておくが、お前の考えているような意味じゃない。冷たいことを言うようだが、自殺者が出るのは仕方のないことだ。我々には本来なら何の責任もない。だが、今回は別だ」

「今回は別？」

「ラジオの番組で問題を取り上げてしまったからだ」苦々しげな声がした。「もし本当に自殺者が出たとしたら、その場合責任の一端は我々ラジオ・ジャパンにかかってくることになる。何としてもそれは避けなければならない」

「局長、失礼ですが、今は局の面目を考えている場合ではないと思います。今、自殺しようとしている人間がいます。私たちはそれを知っている。止めないわけにはいかないでしょう」

「それはその通りだ。だが、我々は企業だ。企業には企業の論理というものがある。それを忘れてはならない」

「どういう意味ですか」

「仮にだ、仮に自殺者が出たとしても、それを番組と結びつけて考えさせないようにしなければならない必要があるということだ。具体的には、奥田のトークをトーンダウンさせろ。これは命令だ。今のままでは、番組が、番組というより奥田ということになるのかもしれんが、奥田が自殺をけしかけているようにしか聞こえない。それでは困る」

「けしかけているわけじゃありません。それは奥田本人も番組内で時々触れています。彼はそこまで頭が悪いわけではありません」

「本人の意向がどうであろうと、そう聞こえることが問題なのだ」佐伯の冷たい声が響いた。「いいな、これは命令だ。今さらではあるが、少なくとも、自殺をしても構わないとか、死のうと生きようと関係ないとか、そういう発言をすることは止めさせるんだ。わかったな」

「……説得してみます」

「説得じゃない。我々が求めているのは結果だ。過程はどうでもいい。奥田に命じて、今のスタンスを変えさせろ」

「局長、局長は奥田という人物を理解していません。無理やり説得すれば、彼は不必要なまでに、それに対して反発するでしょう。そんなことをしたらすべてが水の泡です」

わかっとらんな、と佐伯が吐き捨てた。

「そこをうまくやれ、と言っている」

「どうすればいいんですか。教えてください」

「自分で考えろ。もう時間がないぞ」

佐伯が一方的に電話を切った。安岡も受話器をもとに戻した。

「どうしました」

渡辺が聞いた。何でもない、と安岡が答えた。奥田のトークは続いていた。

11

メールの数は増えていく一方だった。控室とスタジオを河田が何度も往復することからもそれがわかった。

「何かないのか。本人からメールは届いていないのか」

安岡が言った。何も、と河田が答えた。

「今までと同じですよ。例の自殺予告メールを送り付けてきた奴に対する反感は、相当強いものがありますね。奥田さんが煽《あお》っているせいもあると思いますが、九割以上が抗議のメールです」

「本人からは何も言ってきてないのか」

「あったら真っ先に報告してますよ。残念ながら、ありません」

「どうしろって言うんだ」

安岡がつぶやいた。既に時刻は二時半を回っている。このままではどうにもならない、と誰もが感じていた。

「中村、そっちはどうだ」

何もありません、としゃがれた声で良美が答えた。電話にずっと出続けていたため、声がまるで老婆のようになっていた。

「あの……ただ、ひとつだけ、思い出したことがあるんです」

「何だ？」

「一度、本人らしい人物から電話がかかってきましたよね」

「わかってる」

安岡が答えた。安岡自身もその電話に出ていた。

「その時のことなんですけど……遠くの方でサイレンが鳴っていたような気がするんです」

「サイレン？」

ええ、と良美が答えた。

「たぶん、サイレンだと思います。救急車のだと思うんですけど、はっきり覚えてなくて……今まで言えませんでした」

「何でもっと早く言わない」

「サイレンですか」スタジオの隅に座っていた森刑事が腰を上げた。「間違いありませんか？」

「そう言われると、ちょっと自信はないんですけど……」

「安岡さん、あなたは聞いてませんか？」

「いや、私は聞いてないですね」

「確認しましょう。電話があったのは何時頃でしたっけ」

「二時過ぎだったと思います。二時五分とか、それぐらいじゃなかったでしょうか」

良美が答えた。うなずいた森が携帯電話に手をかけた。

「救急車のサイレンですね？　パトカーではなくて」

「たぶん……いえ、自信がありません……」

確認しましょう、と繰り返した森が電話をかけた。しばらく話し込んでいたが、電話を切って顔を上げた。

「警視庁通信指令センターによれば、二時前後にパトカーの出動はなかったということです。そして消防庁ですが」書いていたメモに目をやった。「二時ちょうど、目黒《めぐろ》区内の中華料理屋で小火《ぼや》騒ぎがあり、消防車が出動しています。おそらく、中村さんが聞いたのは救急車ではなく、その消防車のサイレンの音だったと思われます」

「ということは？」

河田が首を傾げた。メールを送った奴がまた移動したってことだ、と安岡が言った。

「新宿から渋谷、そして目黒へと転々と場所を変えている。なぜだ。なぜそんな必要がある？」

「それは本人に聞いてみないとわからんですな。とにかく、奴は移動している。それは確かです」

「徒歩ということはないでしょう。自転車かオートバイ、もしくはタクシーを使っている可能性もありますね」

タクシーか、と安岡が腕を組んだ。

「森さん、タクシー会社に問い合わせることは可能ですか。渋谷から目黒まで、高校生ぐらいの少年が二時前後に乗ってはいないか」

「どうでしょうね。都内を走っているタクシーの数は膨大《ぼうだい》なものがあります。確認しきれるかどうかわかりませんが、やってみる価値はあるでしょう」

森が再び携帯電話を手にした。なぜだ、と安岡がつぶやいた。

「何のために、奴はこんなに広範囲の移動を繰り返してる？　どこを目指してるんだ？」

「それがわかれば苦労はないんですがね」河田が言った。「それに、タクシーに乗っているかどうかもわかりませんよ。自転車はともかくとして、原チャリぐらいなら免許を持っていてもおかしくはありません。だとしたら、タクシー会社に照会しても無駄です」

「無駄でも何でも、やってみるしかないだろう」

不機嫌な表情のまま安岡が言った。そりゃそうですが、と河田がつぶやいた。

（どこへ行くつもりなんだ）

安岡の頭の中にあった疑問はそれだった。自殺予告メールを送ってきた人物は、どこを目指しているのだろうか。そしてどこで自殺を決行するつもりなのか。

「情報が足りない」

安岡が言った。時間もです、と河田が壁の時計を指さした。午前二時三十五分になっていた。

part7　タイムリミット

AM02：35

1

メールの送り主が何のために場所を移動しているのか。それは森と安岡に共通する疑問だった。ただ、今はそれを考えている余裕が、少なくとも安岡にはなかった。

既に二時三十五分を回っている。番組の終了まで、もう三十分もない。きちんとした形で番組を終える義務が安岡にはあった。

「さて、二時半を過ぎましたけどね」奥田がマイクに向かって言った。「今日は何か、つまらん話ばっかりやったなあ。やったなあって、まだ終わってないんですけどね。それでも、そう言わざるを得ないというか、どうもすっきりしませんでしたね。これ、全部例の自殺予告メールのせいなんですけどね。おい、クソガキ、聴いてんのか。全部お前のせいやぞ」

奥田が煙草に火をつけた。すっきりしない、と言いながらも、表情はいきいきとしていた。

確かに、奥田としては不本意な放送だったかもしれない。だが、これほどまでに番組が熱気を帯《お》びることがめったにないのも事実だった。

「まったくね、余計なことをしてくれたと言いますか、五周年に水を差したというか、ホンマ、何か言ってこいや。ああそうか、オレに詫びる勇気はお前にはないんやな。まあ、そしたらしゃあない。勇気がないクソガキやから、お前は自殺するとか言うとるんやもんな」

明らかに奥田の態度は挑発的になっていた。残り時間が三十分を切った今、言葉が激しさを増していくのは仕方のないことだった。

だが、それにも限度があるだろう。安岡がマイクを摑んだ。

「奥田さん、激し過ぎます。もう少しトーンを落として」

うるさい、と言うように奥田が顔をしかめた。

「まあええがな。お前が死のうとどうしようと、オレには何の関係もない話や。好きにしたらええ。どうなっても知らんっちゅうねん。ただな、これだけは言うておくで。お前は卑怯者や。自分勝手に自殺するとかメールを送ってきて、番組をそれに巻き込んで、自分の正体を明かそうともしない。お前は卑怯者や。せやろ、みんなもそう思うやろ」

スタジオの扉が開いた。入ってきたのは佐伯局長だった。何も言わず、安岡を押しのけるようにしてディレクター席に座った。

「奥田さん、局長の佐伯です……ちょっと言い過ぎだと思いまして、局長の立場からお願いがあります。少し冷静になってください」

奥田が首を振った。

「なあ、みんなもそう思うやんな？　こんな卑怯な話があるかっちゅうねん。そんなねえ、言いたいことだけ言って、勝手に自殺しますって言われても、オレらには何もできへんちゅうねん。何をせいっちゅうんか？　止めてほしいんか？　止めへん。オレは止めへんで。そんなもん、死にたいなら勝手に死んだらええがな」

「奥田さん、これは放送倫理の問題です」佐伯がマイクに向かって繰り返した。「あなたが個人的に今回の件についてどう考えようと、それは自由です。しかし、ラジオ局には責任というものがある。それを理解していただきたい」

「さて、そんなら曲に行きますか。いきものがかりで〝ブルーバード〟」

乱暴にヘッドホンを外した奥田がブースの外に出た。

「あんた、何やねん。脇からゴチャゴチャ言うて」

甲高い声がスタジオに響いた。局長の佐伯です、と佐伯が立ち上がりながら言った。そんなんさっき聞いたわ、と奥田が横を向いた。

「奥田さん、聞いてください。ラジオにはラジオの倫理コードがあります。あなたの言っていることは、そのコードに抵触《ていしょく》しかねない。いや、既に抵触していると言ってもいい。その責任を取るのはわたしたちラジオ局の人間です、その立場から、わたしはお願いを……」

「お願いも何もあるかい。そりゃ倫理コードもあるやろ。ラジオ言うたら公共の電波やからな。せやけど、今、リスナーが死のうとしとるんや。それなのに責任や体面のために、あんたは何も言うなと、黙っとれとオレに言うんか？」

「いや、そうじゃありません、ただ、もう少しソフトな言い方で……」

「そんなのんきなこと言うとる場合やないやろ。もう時間がないんや。三十分を切っとる。どうにかして本人から連絡をさせなアカンやないか。せやろ？　そのためには言葉を選んでる余裕なんかないっちゅうねん」

「それはわかりますが」

「わかっとるんやったら横からゴチャゴチャ言わんでくれ。確かに、番組全体の責任はそっちにあるやろ。せやけど、その番組を作ってるのはオレらや。オレとスタッフや。現場のやってることにいちいち口を出さんでくれへんか。やりにくくなる」

安岡、と佐伯が言った。腕を組んだまま、安岡が口を開いた。

「すいません、局長。ですが、奥田さんの言う通りだと思います。もう時間がありません。人が死のうとしているのを、黙って見過ごすわけにもいかないじゃないですか」

「安岡、確かにその通りだろう。お前の言いたいことはよくわかっているつもりだ。もちろんお前の息子さんのことも。だが、ラジオにはラジオの役割がある。今、奥田さんがしているのはその役割から逸脱《いつだつ》することだと思わないか」

「思いません。何よりも優先されるのは人命だと思っています」

「曲、あと一分です」

渡辺が言った。コマーシャルで繋げ、と安岡が命じた。

「安岡、くどいようだが、この自殺予告メールは本物かどうかさえまだはっきりしていないんだぞ」佐伯が口を開いた。「それなのに、ここまでやってしまって、あとの責任はどう取るつもりなんだ」

「そんなことまで考えていません。最初に言った通り、ぼくは来週からこの番組を降ります。それ以外、どうやって責任を取れって言うんですか？」

曲が終わり、自動的にコマーシャルが流れ始めた。そういうこっちゃ、と奥田が言った。

「局長、番組はオレらのものや。オレのやり方が気にくわんっちゅうんやったら、いつでもオレを降ろしたらええ。せやけど、今日の番組はもう始まっている。奥田雅志の〝オールナイト・ジャパン〟はもう始まっとんのや。オレが何を言うても、局長だろうが社長だろうがそれを止めることはでけへん。この現場はオレらのものや。一度番組が始まってしまったら、あとのことは現場の判断に任せてほしい。そうやなかったらラジオなんかやれへんて。あんたかて、昔はディレクターやっとったこともあるんやろ？　それやったら、オレらの気持ちもわかってくれるんと違うか？　とにかく、今日のオールナイトはオレの番組や。あんたがやるべき仕事は、来週からオレの代わりにここで喋る人間を探すことや」

「奥田さん、これは忠告です。こんな番組をやってもあなたの得にはなりませんよ」

「そんなことはわかっとるがな」

「リスナーだって喜ぶとは思えない。スポンサーもです。つまり、誰の得にもならないことをあなたはしていることになる」佐伯が言った。「誰の得にもならないのに、こんな内容の番組を続けることにわたしは意味を感じない」

「誰のためにもならんっちゅうことはない」奥田が首を振った。「少なくとも、一人の人間だけはオレらのやろうとしていることを理解してくれてるはずや」

「それは、例の自殺しようとしている人物のことですか？」

「そういうこっちゃ」

「奥田さん、ラジオっていうのはそういうもんじゃない。一般のリスナーのために番組はあるべきです。少なくとも、誰か特定の個人のためにあるもんじゃない」

「わかってますよ、そんなん」

「あなたがしようとしているのはラジオ番組の私物化だ。わたしは認めない」

「五周年やで、局長」奥田が薄笑いを浮かべた。「そんな夜があってもええんと違いますか?」

笑みを残したまま、奥田がブースの中へ入っていった。コマーシャルが終わるのと同じタイミングだった。

2

(何だかすごいな)

皆川政雄《みながわまさお》はラジオを聴きながら思った。奥田雅志の〝オールナイト・ジャパン〟を聴くのは皆川の習慣だった。

皆川は高校二年生、十七歳だ。単純に奥田のファンであり、その本音が一番よくわかるラジオを聴くのは毎回のことだった。ただ、今日はいつもと違っていた。

(いつもより、過激だ)

毎週の番組において、奥田はラジオという媒体の特性を利用する形で、ギャグに交《まじ》えながら本音をどんどん入れていくというスタイルを取っていた。だからこそ、皆川のような奥田のコアなファンにとって、番組は聴き逃せないものとなっていた。だが、今日の放送がいつもと違うのは明らかだった。

奥田によれば、番組宛に自殺予告メールが来たのだという。正体は不明。年齢、性別さえもわからない。

普段の奥田ならば、もう少しバランスを取り、リスナー全員のことを考えながらトークを展開していくはずだったが、今日に限っては違っていた。明らかに、奥田は一人のリスナーだけに向かって話していた。つまり、その自殺予告メールを送ってきた人間に対してだ。

皆川は、ほとんど毎日のようにテレビに出演している奥田を何年も見続けてきた。もちろん、テレビのような媒体からでは、奥田に限らずタレントの本質的な部分などわかるはずもない。

それでも、皆川は奥田のことを理解していると思っていた。奥田のギャグのセンス、発想力、アドリブ、それらすべてをわかってるとは言えないが、ほぼ理解しているつもりだった。

（あの奥田さんが、ここまで）

普段の奥田はどちらかといえばシニカルであり、ブラックな笑いを演じさせれば右に出る者はいない、と皆川は思っていた。これは皆川に限らず、一般的にもそう考えられていただろう。皮肉屋で、ちょっと醒《さ》めた笑い。それが奥田の持ち味だったはずだ。

だが、今は違う。少なくとも、シニカルな部分は消え去っていた。ある意味で、熱気のこもったトークを続けていた。

いつもは熱気がないという意味ではない。毎回の放送では熱気を内に秘めながら、ところどころで本音を表に出す。それが奥田のスタイルだった。しかし今日に限ってはそんなことを忘れたように喋ることに夢中になっていた。

(自殺予告のメールが来たというのは、本当なんだ)

皆川は確信していた。おそらく、本当に自殺予告のメールが番組に届いているのだろう。

そしてそのメールがどこから発信されたのか、誰が発信してきたのか、奥田はもちろんラジオ・ジャパンのスタッフに至るまで、誰にもわかっていないのではないか。だから奥田はこんなに焦ったような喋り方をしているのではないか。

(面白い)

ラジオを聴きながら皆川はつぶやいた。時間がいつもの倍の速度で流れていた。

3

「さて、そんなわけで奥田雅志の〝オールナイト・ジャパン〟、いつものようにだらだらと続いていますが、いや、いつもより更にだらだらしてると言ってもいいでしょうね。まあ、そういう番組なんだからしゃあないと申しますか……」

奥田のトークが始まっていた。佐伯が安岡に座れと命じた。

「ひどいタレントだな、あの奥田っていうのは」佐伯がつぶやいた。「チンピラと変わらん。口の利き方も知らんのか」

「知らないみたいですね」

「お前もだ、安岡。今日の責任は取ってもらうぞ」

「覚悟してます」

「これが最後の番組だと思え」

佐伯がそう言い残してスタジオをあとにした。大丈夫ですか、と渡辺が言った。

「大丈夫じゃないだろう」安岡が肩をすくめた。「局長は本気だ。来週からのことはよろしく頼むぞ」

「冗談じゃないですよ。最初から言ってますけど、ぼくはどうにも奥田さんが苦手なんです。とてもうまくやっていけると思えませんね」

「心配するな。さっきの局長の剣幕《けんまく》だと、奥田も降板させられる。来週からかどうかはわからんがね」

安岡が煙草に火をつけた。渡辺が口を開いた。

「番組終わりまであと二十分ほどです。奥田さんはどうするつもりなんですかね」

「さあね。奥田が何を考えてるのかは、本人にしかわからないだろうさ。少なくともおれにはわからないね。それに、そんなことお前にとってはどうでもいい話じゃないのか」

「何か話してないと不安なんです」渡辺が言った。「どうも、ぼくにも奥田さんのというか、番組の熱気みたいなものが入り込んでしまったみたいで。この一件がどんな結末を迎えるのか、それを見届けたいっていうか」

「ここでおれとお前がいくら話してたって、何の足しにもならんさ。少なくとも、問題のガキを見つけることはできない」

「それはわかってます。だからこそ、何か話していないと不安な気になるんですよ」

安岡にも、渡辺の気持ちはよくわかっていた。もう残された時間は少ない。番組の終了時刻は午前三時と決まっている。これはどうあがいても動かしようがない。

午前三時からはパーソナリティが代わることになっている。〝オールナイト・ジャパン〟第二部のパーソナリティは舞台俳優の大月健吾《おおつきけんご》だ。今頃、隣のスタジオでは大月を含めた

第二部のスタッフが番組の準備をしているはずだった。

「ラスト二十分か」安岡が煙を吐いた。「本当に、どうするつもりなのかな」

「安岡さんまでそんな。人を不安にさせないでくださいよ」

渡辺が言った。中村、と安岡が声をかけた。

「何かないか。本人から電話が入ったりはしてないか」

何もありません、とスタジオの隅にいた良美が首を振った。そりゃそうだよな、と安岡が小さく笑った。何かあれば、それを安岡に伝えないはずがなかった。

「いよいよ手詰まりか」

「安岡さん、責任者の安岡さんがそんなことを言ったら」

渡辺が苦い表情を見せた。そうは言うけど、これが現実なんだよ、と安岡が言葉を返した。

「仕方がないだろう。手詰まりなものは手詰まりとしか言いようがないじゃないか」

そりゃそうですが、と諦めたように渡辺がうなずいた。あと何分ある、と安岡が言った。

「今、正確に言うと二時四十二分です。つまり、残り時間はあと十八分ということになります」

渡辺が答えた。そうか、と安岡が新しい煙草に火をつけた。

4

奥田のトークが続いていた。

「さて、時間も遅くなってきました。二時四十分？　それぐらいですか。ああそうですか、みたいな話ですけども。例によって例の如《ごと》く、問題のガキ、いやクソガキの行方はさっぱりわかりませんですな。奴は番組を聴いとんのかな。〝心の支え〟とか言うてて何も連絡してこないっちゅうのは、人としておかしくありませんか、などと思ったりするわけですけれど。さてまあ、それはともかくとしまして、皆さんからのメール、ファクスなんかをどんどん紹介していきたいと思います。え？　時間がない？　わかってますって、そんなこと。巻きで行きますんで、ついてきてくださいよ」

宣言した通り、奥田のトークが速くなった。

「さて、じゃあメールを読みましょうかね。ラジオネーム、新宿のレッド・カーペットさんからです。『何だかよくわからないうちに番組も終わりに差しかかっていますけど、問題の自殺予告した奴って見つかったんですか？』えー、ひと言で片付けたいと思います。見つかっておりません。以上。さて、次はですね、これもメールですね。ちょっと長いかな。まあいいか、紹介しましょう。ラジオネーム、スイートチョコレートさんからです。

『今夜の奥田さんのオールナイト、五周年ということもあって楽しみに聴いていました。でも、自殺予告メールを送ってきた人のせいで、いろんなことがぐちゃぐちゃになってしまったような気がして、とても残念です。それはそれとして、奥田さんは番組の中で、意見があったら言ってほしいというようなことを言っていたと思いますので、わたしもちょっとひとこと言いたい気分です。わたしは十九歳の女子大生ですが、中学時代、ひどいいじめを受けました。理由なんて、今になってみると何だかよくわかりません。ある日学校に行ってみたら、いきなりハブにされていた、そんな感じです。中二の夏から中学を卒業するまでですから、約一年半ぐらいいじめられ続けました。本当に死にたいと思ったことも何度もあります。でも、死んだら負けだ、死んだらダメだと思って、ずっとガマンしてガマンして、ようやく高校に行くことができるようになりました。わたしは決して意志が強いわけでもなく、どこにでもいる普通の女子大生です。そんなわたしが耐えられたのだから、自殺予告メールを送って来たその人も、ガマンしていればいつか夜明けは来ると思います』ということなんですけどね、こういうのって個人差がありますからね。簡単には言えないですけど、同じいじめを受けてても、鈍《にぶ》い奴は鈍いですから。自分がいじめられてるのに気付かない奴とかもいますからね。人間、いろいろあって面白いなあと思います。さて、次はファクスですね。でかでかと太い字で。汚い字やなあ。それとも、ここまで来ると達筆ゆうんかな。えー、名前はありません。こう書いてあります。『生きたい奴は生きろ。死にたい奴は死ね』まあ、簡単なメッセージっちゅうかね。そんなんで世の中割り切れるようやったら、誰も苦労はせんちゅう話で。でも、これもまたひとつの意見ですからね。これはこれで取り上げんと不公平っちゅう話です。いや、それにしてもすごいメールの数やなあ。安岡さん、これ、今日どれぐらい来てるの？」

いきなり質問された安岡の口が勝手に動いた。

「総数はまだわかりません。ただ、一万は超えてると思います。ついでに言うと、ファクスが壊れました」

「あ、そう。一万超えてる。すごい話ですね。まあ、同じ人が何度も送ってきたりとかそんなんもあるんでしょうけど、それにしても一万って。おまけにファクスが壊れたそうです。ああそうか、せやからファクスの数が少ないんやな。いや、妙やなと思ってたんですよ。いつもやったらね、メールとファクスの量って、そんなに変わんないんですけど、そうか、ファクス壊れましたか。いや、五周年にふさわしいですね」

さて、と奥田が話題を元に戻した。

「まだまだ、どんどん行きますよ。福岡県のラジオネーム、小鶴《こづる》さんからのメールです。『みんなが何をそんなに大騒ぎしてるのか、わたしにはよくわかりません。その人が死のうと思っているのなら、仕方がないじゃないですか』えー、何と言いますかね、クールと言うか、何と言うか、まあ冷静な意見ってことになるんでしょうかね。でも、そんな見方もありやとオレは思いますよ、マジな話。確かにねえ、騒ぎ過ぎって言えば騒ぎ過ぎな話で。これがね、誰かを殺すとか、誰かに迷惑をかけるとか、そんなんやったらまた話は違いますよ。せやけど、自分の人生ですからね。生き死にぐらい自分で決めたってええやないかと、そういう意見が出てくるのもわかります。さて、かと思うとメチャメチャ熱いメールも届いております。ラジオネーム、コージーさんからのメール。『どんなに苦しく、どんなに辛いことがあったのかわからないけど、ゼッタイにそんなことはいつか忘れることができるはず。人生、明るい日ばかりが続くはずがないのは誰でもわかっていることで、厳しい、暗い日が続くこともある。それでも生きていくのが人としての義務なんじゃないのか』何かね、最後は演説の文章みたいになってますけどね。生きていくのが人としての義務、かあ……まあ、そういう考え方も当然成立しますよね。まあだけど、正直言うと、生きていくのが義務とまではちょっと言い切れへんかな、と。だってねえ、いろいろあるでしょ、事情ってもんが。どうしても生き続けていくことができない、心が折れるような瞬間って、ないとは言えないと思うんですよ。いや、もちろんそこから根性出しては い上がれってことなんでしょうけど、言ってるのはわかるんですけど、やっぱりこれはねえ、人それぞれだと思いますよ。精神的なダメージに弱い人っていうのもね、やっぱりいるでしょうし。難しいところですな。さて、そしたら次のメールいきましょう。ラジオネーム、デジタル男さんからのメールです」

その後も奥田はメールを紹介していくのを止めなかった。番組が終了する午前三時五分前まで、奥田は機関銃のような勢いでメールを紹介し続けた。安岡が口を挟むことさえできないほどのスピードだった。

5

「どうすんだ、奥田さん」

碇博《いかりひろし》は自室でラジオを聴きながら、思わず言葉を口に出してしまっていた。だが、碇にとってそれはやむを得ないことだった。

碇は今年二十五になる男で、福祉施設で介護者として働いていた。シフト制なので今日は朝方まで起きていても構わない。

奥田によれば、番組宛に自殺予告のメールがあったという。今から約一時間五十分前の話だ。

奥田は番組の五周年がそのメールによって台なしにされたと非難し、送信者に謝罪を求めた。番組の最初から現在に至るまで、奥田の主張は変わらなかった。

だが、もう三時が近い。時計の針は二時五十分を指していた。このままでは奥田の番組が終わってしまう。そして番組終了時に自殺をする、というのが自殺予告メールの内容として紹介されていた。どうするんだ、と碇が言ってしまったのは、仕方のないところでもあった。

（止められるのか？）

今度は言葉を口にしないまま、碇は考え込んだ。奥田は自殺予告をしてきた人間を止めることができるのだろうか、ということだ。

奥田には熱心なファンがいた。一部では信者と呼ばれている。奥田の命令とあらば、どんなことでもするファンは数多い。碇もまたその一人だった。奥田のことを天才と信じている。

だが、そんな天才の奥田でさえ、時間にはかなわない。三時になってしまえば番組は終わる。

終わってしまえば自殺予告メールを出した者は死を選ぶだろう。それは抗《あらが》えないことだった。

そして三時まであと十分を切った今、奥田は番組宛に寄せられたリスナーからのメールやファクスを読み上げるという、ただそれだけのことを続けていた。

（何か策はないのか）

何かないのだろうか。奥田を、そして番組を聴いているリスナーたちを救うような秘策はないのか。自殺予告メールを送ってきた人間のことを、すぐに見つけだすことのできるような方法はないのか。

あるはずがない。もっと時間があれば、どうにかなったかもしれない。もっと早い段階で手を打っていれば、できたことがあったかもしれない。

しかし、もう遅すぎた。番組が終わるまで十分を切った今、天才奥田雅志をもってしても、どうにもならないことがある。そういうことなのだ。

（どうにもならないのか）

碇がラジオを見つめた。答えはなかった。メールを紹介する奥田の声がただ流れてくるだけだ。

いったいどうするつもりなのだろう、と碇は考えた。それでも答えはなかった。八方塞がりだ、と碇は思った。

6

外に出ていた森刑事がスタジオに戻ってきたのは午前二時五十分のことだった。

「都内の全タクシー会社に照会をかけてきました」森が言った。「今夜、夜中の二時から二時半までの間に、目黒近辺で中学生もしくは高校生ぐらいの年齢の少年――一応少年ということで統一していますが――その少年を乗せたタクシーがいるかどうかの確認です」

「どうでしたか」

安岡が尋ねた。とてもとても、と森が顔の汗を拭いた。

「こんな時間です。どこのタクシー会社も、一応は当たってみてくれるとは言いましたが、反応は鈍かったですな。その少年が自殺する可能性があることも伝えたんですが、うまく行くかどうか。仮にうまく行ったとしても……」

森が言葉を濁した。安岡にもその意味はよくわかった。

仮に、少年が乗ったタクシーが発見されたとして、そのタクシーの運転手はこう証言するはずだ。目黒区内で降ろしたがその後はわからない、と。

つまり、そこから先、少年がどこへ行ったのかはまったくわからないということだ。それでは何の意味もない。必要なのは、今、少年がどこにいるかなのだ。

加えて、これは森の責任ではないが、タクシー会社への照会があまりにも遅過ぎた。いや、むしろ森の手配は素早かったと言えるだろう。それでも時間が足りないのに変わりはなかった。

少年は奥田の〝オールナイト・ジャパン〟を聴き終えたら自殺すると言っている。それまでもうあと十分を切っていた。タクシー会社が総力を挙げても、該当《がいとう》人物が見つからない可能性は高い。ましてや、少年はタクシーに乗っていないのかもしれないのだ。

森としてはできることをやったということになるだろう。それでも、その努力が報われる確率は限りなくゼロに近かった。

「すべてが遅過ぎましたな」

森がぽつりと言った。やむを得ません、と安岡がうなずいた。

「ぼくたちはぼくたちにできる限りのことをしたと思っています。あとは、あのメールが単なる愉快犯による悪戯であることを祈るだけですね」

「その通りですな。悪戯であってくれれば、こんな真夜中に動き回らされたとしても、仕方がないで済みます……しかし、安岡さん、これが単なる悪戯だと思いますか？」

安岡は何も答えなかった。安岡は数十秒間ではあるが、少年と電話で話している。その時、少年が悪戯でこんなことをしているのではないと直感していた。おそらくは本気で死ぬつもりなのだろう。

「これから、ぼくは……ぼくたちはどうすればいいんでしょうか」

ただ黙って、番組が終わるのを待つしかないのか。安岡はスタジオの時計を見た。午前二時五十五分。番組終了まで残り時間五分を切っていた。

その時、おもむろに奥田が口を開いた。

7

「さて、そんなこんなでね、何やしらんけど、大騒ぎの二時間でしたけども、ホンマ、今日ぐらい進行メチャメチャやったことはないやろな。おい、クソガキ。全部お前のせいやからな。必ず落とし前つけたるさかい、待っとれよ」

「奥田さん」安岡がとっさにマイクを摑んだ。「どういう意味です?」

確かに、奥田の発言はおかしかった。もう奥田雅志の〝オールナイト・ジャパン〟は残り時間五分を切っている。コマーシャルなども含めて考えれば、正味三分もないだろう。それなのに、どうやって落とし前をつけさせるというのか。

「まあ、細かいことは抜きにしてや」奥田が言葉を継《つ》いだ。「オレの、奥田雅志の〝オールナイト・ジャパン〟はまだ終わらんっちゅうことや。興味のある人は、このまま番組を続けて聴いててほしい。特にクソガキ、お前にはな。お前には番組を聴き続ける義務があるんや」

「奥田さんは……何を言ってるんですか?」

渡辺がつぶやいた。おれにもさっぱりわからん、と安岡が首を振った。

「お前はメールで言うてきたよな。オレの番組を聴き終えてから自殺すると。そう簡単には死なさへんで。まだまだ、番組は続くんや」

スタジオの扉が開いた。入ってきたのは浅野だった。

「安ちゃん、どういうこと？　奥田は何を言ってるんだ？」

「いや、ぼくにも見当がつきません。どういう意味なのか……」

とまどいを隠そうとせず、安岡がそう言った。どういうことなんだ、と浅野がもう一度言った。答える者は誰もいなかった。

「では、最後の曲です。ダブル・ジャムで〝リフレクション〟。とりあえず一回終わるけど、まだまだ続くで。ちゃんと聴いててくれや。ほなそういうことで」

渡辺が曲をかけた。静かなバラードがスタジオに流れた。次の瞬間、安岡は立ち上がっていた。

「奥田さん」ブースの扉を開いた。「いったいどういうことですか？」

「仕掛けはしてあんねや」

お疲れ、と言いながら奥田が煙草に火をつけた。お疲れじゃありませんよ、と安岡が言った。

「もう奥田さんのオールナイトは終わってしまったんです」

「ところがそうでもないんやな、これが」奥田がくわえ煙草のまま立ち上がった。「そんなら、移動しようか」

「移動って、どこにですか」

「すぐ近くや。というか、隣のスタジオや」

「隣のスタジオ？」

当たり前やないか、と奥田が言った。

「他にどこに行けばええんや」

「いや、どこと言われても」

奥田が歩き出した。安岡と浅野がその後ろに回った。

「奥田さん、隣のスタジオは使用中です」

浅野が言った。知っとるよ、と奥田が答えた。

「大月さんがオールナイトの二部をやるんやろ」

「そうです。ですから、奥田さんが行っても……」

「そんなら種を明かすわ」廊下に出たところで奥田が言った。「さっき、どこで死ぬかベストスリー、みたいなミニコーナーやったやろ」

「やりましたね」

「あれやりながら、ふっと思ったんや。絶対に時間が足りへんと。少なくとも、問題のクソガキを捕まえるまでは、まだしばらくかかるやろうってな」

「それで？」

「オレ、三位と二位を発表してから、トイレって言うて外へ出たやろ」

そうでしたね、と安岡がうなずいた。その時のことはよく覚えていた。

「あの時、ホンマは隣のスタジオ行っとったんや。大月さんのことはよう知らんけど、大月さんのマネージャーやってる鈴木《すずき》さん、あの人のことは昔から知ってたんや」

「そうだったんですか」

「事情を説明してな、とにかく乱入みたいな形でええから、オレも第二部に参加させてくれと頼んだんや。その代わり言うたら何やけど、大月さんの舞台がある時は必ずオレのオールナイトで告知するからって。そこまで言われたら、鈴木さんも断れへんやろ。むしろ向こうの方からお願いします言うてきたわ」

「奥田さん、何でそれをぼくたちに話してくれなかったんですか」

安岡が立ち止まった。奥田も足を止めた。

「いや、そんなん言われても、何しろ時間がなかったやろ。オレはオレで番組こなさなアカンかったし、スタッフはみんなあのクソガキ捜しで必死やしな、事後承諾《しようだく》でええやろ思うとった。アカンかったか？」

「いや、いいとか悪いとか言ってるんじゃないんです。そうじゃありません。というか、そんなこと考えてたんだったら、ひと言ぐらい言ってくれてもよかったじゃないですかって言ってるんです」

「そりゃそうやけど」奥田がうつむいた。「何しろ、時間がなかったんや」

「なるほどね、奥田雅志のオールナイトはまだ終わってないっていうのは、そういう意味だったんですか」

浅野が言った。今頃気づいたんか、という目で奥田が浅野を見た。

「そういうことや」

あと二時間稼げる、と奥田が安岡の肩を叩いた。だが、逆に言えばもうそれ以上は時間の引き延ばしようがないという意味でもあった。行きましょう、と安岡がうなずいた。

8

「大月健吾と」

「奥田雅志の」

「オールナイト・ジャパーン！」

午前三時の時報と共に、二人のパーソナリティが自己紹介を始めた。お互いにそれぞれのことをよく知っているわけではなかったが、舞台俳優の大月とお笑い芸人の奥田には共通項があった。アドリブに強いということだ。大月の方から奥田に質問をする形で、番組は始まっていた。

「なんか、どうもすいませんねえ、わざわざ二部まで出ていただいて」

「いや、ええんです。ちょっと喋り足りないような気がして、お邪魔してしまいました」

「どうも、大月健吾です」大月が改めて言った。「えー、今日はですね、スペシャルなゲストと言いますか、皆さんもご存じの奥田雅志さんがゲストとして番組に出演してくれることになりました。正直言って、ワタシも驚いてます」

「どうも、奥田です。第一部に引き続き、二部にまで乱入してきました」

「あのですね、奥田さんに今回ゲストとしていらしていただいたのには、理由があるんですよ。もうね、だいたい第一部から、つまり奥田さんの〝オールナイト・ジャパン〟を聴いてた人がほとんどだと思いますんで、詳しくは説明しないですけど、何かとんでもないことになっているようで」

「とんでもないゆうかね」奥田が軽く笑った。「ていうか、ちょっと生意気なクソガキがおりまして、こいつを何とかせなアカン、そう思いまして、ちょっと大月さんの番組をお借りしたいというか、そういう感じで」

「具体的に何があったのか、知りたいところなんですけど、それはコマーシャルを挟んでからお伝えします」

アナウンサーによるスポンサー名の告知が始まった。番組はそこから一旦コマーシャルへ行く。それが明けてからが、二人の時間だった。

安岡は大月健吾の〝オールナイト・ジャパン〟のディレクター、藤井《ふじい》のところへ行き、済まない、と頭を下げた。藤井は安岡の二年後輩だった。

「いや、そんな。止めてくださいよ。頭下げるなんて」

「迷惑かけてるからな」

安岡が言った。とんでもない、と藤井が首を振った。

「こっちとしても、ハプニングは大歓迎ですよ。何しろ深夜三時からの番組ですからね。よほど暇な奴じゃないと、番組を聴いちゃくれません。一部からのお客さんがそのままこっちへ流れてくるんだから、むしろありがたい話ですよ」

「そう言ってもらえると助かる」安岡が言った。「状況はわかっているのか？」

そりゃもちろん、と藤井がうなずいた。

「ぼくだって、ずっと局舎の中にいたんですよ。いやでもオールナイト一部の放送は聴こえてきます。何があったのか、だいたいのことはわかってるつもりです」

「そうか。奥田が言ってる、生意気なクソガキっていうのは東京のどこかにいる。そして奥田の番組が終わったら自殺すると言っている。何とかして止めなきゃならん」

「わかってますって。だからこそ、奥田さんを二部に出演させてるわけじゃないですか。奥田さんがトークを続けている間は、少なくともそのクソガキは自殺することはできないわけですからね」

「ですが、捜すと言ってもどうするつもりですか？　東京にいるのはいいとして、どこにいるのか見当はついてるんですか？」

「いや。さっぱりだ」

「それでどうやって捜すつもりなんですか」

「それをこれから考えなきゃならない。幸い、おれの番組は終わった。今までは番組を進行させることで手一杯だったが、これからは考える時間もできる」

「時間って言っても」藤井が時計を見た。「あと二時間しかないんですよ」

「わかってる。だが、その間に何としてでも奴を見つけださなければならない」

「どうやって？」

「リスナーの協力が必要だ。おれたちだけではとても手が足りない。必要なのは人数だ」

「リスナーの協力？」

いいから、そこは任せてくれ、と安岡が言った。

「お前に頼みたいのは、いかにうまく二人のトークを例のクソガキを刺激する方向に持っていくかだ。本当にうまくはまれば、もう一度電話をかけてくるかもしれない。電話は無理でも、メールを送ってくるぐらいのことはしてもおかしくない。そうすれば何かの手掛かりが得られる可能性も生まれてくる」

「そういうことだ」

「紙より薄い可能性ですね」

「わかってる。だから決して当てにしているわけじゃない。だが、何もしないよりはましだろう」

「そりゃそうです」

「じゃあ、後のことはよろしく頼んだ。おれはクソガキ捜しに専念するよ」

コマーシャルが明けるぞ、と安岡が言った。藤井がうなずいて、ブースに向き直った。

二人のパーソナリティがキューを待っていた。

9

なるほど、と岡谷光《おかやひかる》はつぶやいた。

「そんな手がありましたか」

岡谷は高校一年生だった。自室にはパセリセロリのポスターが貼られている。典型的な奥田の大ファンだった。当然、奥田のラジオを聴くのは、岡谷にとって義務でさえあった。

今日のオールナイトはいつもと違う、と岡谷は考えていた。五周年ということもあるのだろうが、やはり自殺予告のメールを送ってきた者がいる、という事実が大きかったはずだ。

番組は異常なまでのテンションを帯び、いつものオールナイトとはすべてが違っていた。すべては自殺予告メールがあったためだ。

番組が進行していくにつれ、予告メールを送ってきた人間は、奥田のオールナイトが終わり次第、自殺を決行することが一般のリスナーにもわかってきた。いったいどうするつもりなのか。時間の経過と共に、不安を覚えたリスナーも少なくないはずだ。三時を迎えた時点で、その不安はピークに達していた。

だが、そこは天才奥田雅志だ、と岡谷は思った。〝オールナイト・ジャパン〟の第二部に乱入するという形で、奥田がオールナイトを続けるというのは予想外だったが、天才的なアドリブ能力だ、と岡谷は考えていた。

(だけど、それでも)

岡谷は壁のポスターを見た。そこでは奥田が不敵な笑みを浮かべている。だが、笑ってる余裕は、少なくとも今の奥田にはないはずだった。

なぜならば、〝オールナイト・ジャパン〟の第二部は朝五時までと決まっていたからだ。そこから何の番組が始まるのかは知らないが、そのくらいの知識は岡谷にもあった。午前五時、〝オールナイト・ジャパン〟は終わる。

そのタイムリミットが来るまでの間に、奥田は問題のメールを送ってきた人物を見つけることができるのだろうか。できるはずがない、と岡谷は思った。

「できっこないですよね」

ポスターに向かって岡谷はつぶやいた。ポスターの奥田は何も答えない。ただ笑みを浮かべているだけだ。いったいどうするつもりなのだろう、と岡谷は首をひねった。

（警察の介入？）

そんな考えが頭の端をよぎった。おそらく、奥田というよりラジオ・ジャパンは、警察にメールが来たことを報告し、どうすればよいのか指示を仰いでいるだろう。だが、それでも事態が好転するのは難しいと思われた。

今、自殺をしようとしている者がいる。仮に二十三区内にいるとしても、それを発見することはほとんど不可能だ、と岡谷は思った。警察が総力を挙げているのならともかく、数名の警察官を配置したところで、見つかるわけがないのだ。

では、どうするつもりなのだろうか、と岡谷は腕を組んだ。ポスターの奥田雅志はただシニカルな笑みを浮かべているだけだった。

10

安岡がまずしたのは、星川を呼んだことだった。

「何ですか？」

「構成作家たちを全員集めてくれ。これは仕事じゃない。ある意味ではボランティアだ。だが、協力してほしい」

「安岡さんに頭下げて頼まれたんじゃ、断りきれませんね」星川が苦笑した。「それで、いったい何をさせようって言うんですか？」

「番組宛にメールが来てただろ？」

安岡が聞いた。山のようにね、と星川が答えた。

「いつもの比じゃありません。倍、下手すると三倍近くあったんじゃないですかね」

「数で言うとどれぐらいだ？」

「一万五、六千通じゃないですか？ ちゃんと集計したわけじゃないですけど、それぐらいだと思いますよ」

「そいつらに一斉にメールを返せ。午前三時三十分までに、ラジオ・ジャパン局舎に集まれってな」

「安岡さん、大丈夫ですか？ 何を言ってるのか、自分でわかってます？」

「わかってるつもりだけどな」

星川が時計を突き出した。

「もう夜中の三時なんですよ。この時間からそんな呼びかけしたって、誰も来るわけないじゃないですか」

「ただ来いと書いて送るわけじゃない。例の自殺しようとしているクソガキを捜すために集まってほしいと頼むんだ」

「無駄ですよ、そんな……繰り返しますけど、夜中の三時ですよ。電車も走ってない時間です。どうやって有楽町のラジオ・ジャパンまで来させようって言うんですか」

「車でもいい。バイクでもいい。タクシーで乗りつけて来たっていい。星川、これはおれの経験上言えることだが、ラジオのリスナーってのは何か騒ぎがあればそこへ来るという特性を持っているんだ。これは間違いない。必ず誰かがやって来る。何人になるか、そこまではおれも計算できないがね」

「来たとしたって、数人ってところでしょう」

「いや、そうでもないと思う。お前の言う通り、一万五、六千人からメールが送られてきているとすれば、そのうち一パーセントだと考えても百五十人はいることになる。その全員が来るとまではおれも言わない。だが半分ぐらい来てもおかしくはない。そう思わないか」

「思いませんね。ぼくならベッドに入って、すやすや眠ってますよ」

「そんな奴が多いのは確かだ。だが、騒ぎに乗っかってやろうと考える奴も必ずいる。それも確かだ」

「それにしたって……いいでしょう。百人集まってきたとしましょう、そいつらをいくつかのグループに分けて、その指揮を構成作家たちに執《と》らせるつもりですね？」

「さすがは星川先生だ。話が早い」

「そこまではいいとしましょう。でも、実際問題としてどこを捜すっていうんですか？　そのクソガキが目黒近辺にいたところまではわかっていますが、そのあとの足取りはわかっていません。どっちへ行ったのかさえ不明なままです。それをどうやって捜すつもりなんですか」

「それはおれが指示する。とにかくお前はメールの文章を考えろ。五分以内にだ。そしてそのメールを一万五千人に返してやれ。必ず何かが起きる」

「五分以内って」

　ぶつぶつ言いながら、星川がノートパソコンを立ち上げた。五分以内だぞ、と念を押してから安岡が立ち上がった。

11

　つい十分ほど前まで奥田雅志がいたスタジオに、森刑事が座っていた。その姿を見つけた安岡が、森さん、と声をかけた。

「ああ、安岡さん。もう何が何だか」森が苦笑した。「あまりにも目まぐるしいことばかりで、わたしにはついていけませんよ」

「ついてきていただかないと困ります。率直にお尋ねしますが、今、あなたが動かせる警察官の数は何人ほどですか？」

「メールの送り主を捜すために、という意味ですか？」

そうです、と安岡がうなずいた。しばらく考えていた森が、五、六人というところですかな、と答えた。

「正確ではありませんが、それぐらいはいると思います。丸の内署にも当直の者がおりますし、この近辺には交番もある。最低でも五人は確保できると思いますが」

「では、その人たちをこのラジオ・ジャパン局舎に集めてもらえますか」

「待ってください。安岡さん、いったい何をしたいんです？」

「例の少年を捜したいんです」

気持ちはわかりますが、と森が空咳をした。

「それは無理でしょう。五人や六人の警察官だけでその少年を捜すことは現実的に考えて不可能です」

「今、ぼくはスタッフに指示を出しました。番組を聴いていたリスナーに、問題の少年を捜すため、ラジオ・ジャパン局舎に集まってもらうようにと。人数は増えるはずです」

「どれぐらい増えるんですか？」

「数十人は」

とても無理です、と森が頭を振った。

「安岡さん、問題の人物の現在位置は不明です。それなのに、いったいどうやって見つけ出せというのですか。優秀な警察官が百人単位で集まっても難しいことです」

「ぼくは、奴がどこにいるのかわかっているつもりです」

安岡が言った。森が煙草をくわえた。

「いったい、どこにいると？」

「この有楽町付近です」

安岡が言い切った。なぜです、と森が尋ねた。

「なぜ、そこまで断言できるのですか」

「簡単な話です。まず、奴は新宿にいた。そこから最初のメールを番組宛に打っています。その後、おそらく山手線で渋谷へ移動、そこの漫画喫茶から二通目のメールを打ってきた。ここまで、間違いないですね？」

「間違いありませんな」

先を聞きましょう、と言いながら森が煙草に火をつけた。安岡が口を開いた。

「その後、奴はこれもおそらくですが、タクシーを使うか最終の山手線で目黒まで出た。

そこから電話をかけてきたことを我々は知っている。そうですね?」

「その通りです。わたし自身が確認しています」

つまり、と安岡が指で円を描いた。

「奴は、山手線の駅を順番にたどって、有楽町を目指していたんです」

「新宿、渋谷、目黒。なるほど、その通りですな。しかし、何のために?」

「有楽町で死にたかったからです。もっとはっきり言えば、奥田雅志がパーソナリティを務めていた〝オールナイト・ジャパン〟を放送していたラジオ・ジャパンのある有楽町で、自殺しようと考えていたからです」

安岡さん、と森が顔をしかめた。

「それは飛躍のし過ぎです。そうとは限らない」

「しかし、それ以外に本人が移動していた理由が考えられますか?」

「死に場所を探していたのかもしれない。よくあることです」

「最初はそうだったのかもしれません。ですが、移動を続けているうちに、自分が死ぬべき場所として有楽町が最もふさわしいと考えるようになったのだとぼくは思っています。最初のメールにこうありましたよね。奥田の番組だけが心の支えだったと。番組を聴くことだけが唯一の楽しみだったと。それだけ奥田に依存していた人間です。奥田がいる有楽町で死にたいと考えるのは、決して不自然なことではないでしょう」

「証拠がなさ過ぎます」

「では、他のどこで死ぬと森さんは思いますか?」

それはわかりません、と森が首を振った。

「自殺する当の本人でなければ、それはわからんでしょう。何か思い出深い場所とかがあるかもしれない」

「それです」安岡が指を鳴らした「奴にとって、もっとも思い入れの深い場所、それがラジオ・ジャパンのある有楽町だったんです」

「それは……いや、何とも言えませんな」

「しかし、可能性としては十分に考えられる。そうでしょう?」

森が肩をすくめた。そうかもしれない、という意味だった。

「奥田は番組を続けています。奥田の放送を聴き終えたら死ぬ、と奴はメールに書いていますす。そうである以上、今、奴は動くに動けない状態でしょう。死にたいのかもしれないが、死ぬことはできない。なぜか。奥田が番組を続けているからです。〝オールナイト・ジャパン〟第二部が終わるまで、あと二時間弱あります。その間に奴を見つけ、自殺を止めさせることができれば」

「それができれば問題はなくなる、ということですな。しかしですね、安岡さん。有楽町とひと口であなたは言うが、決して狭い範囲ではありません。五人や十人の警察官が巡回を続けたところで、彼を見つけることはできないとわたしは思いますよ」

「最初から諦めていたんじゃ、話になりません」安岡が言った。「さっきも言いましたが、奴を捜すための人間は今、ぼくたちが準備しているところです。彼らの手助けがあれば、捜し出すことは決して不可能ではないとぼくは信じています。それに、捜す場所の見当もついています」

「どこです？」

「ぼくだったら、ラジオ・ジャパン局舎が見えるところで死にたいと考えるでしょう」

「ということは？」

「ここからそう遠くはない場所だということです。せいぜい、ここから半径数百メートルぐらいではないでしょうか。だとすれば、多少人数が少なくても、十分に奴を捜すことは可能だと思われます」

「どうもね」森が薄笑いを浮かべた。「話を聞いていると、わたしよりあなたの方がよほど刑事に向いているような気がしてきましたよ」

「リスナーのことですから。リスナーのことについては、警察の人より少しはわかっているつもりです」

「とにかく、警察官の手配をしましょう」森がポケットから携帯電話を取り出した。「まず、人数を確保しなければ話になりませんからな」

スタジオの扉が開いた。入ってきたのは星川だった。

「ああ、安岡さん」捜したんですよ、と星川が言った。「メールの文章、三パターン考えました。確認お願いします」

プリントアウトされた紙を一枚差し出した。じっと文面を読んでいた安岡が、二番目の文章に丸をつけた。

「これで行こう。これをメールを送ってきたリスナーに送り返すんだ」

わかりました、と星川がうなずいた。時間は三時十分を回っていた。

part 8

捜索

AM03：15

1

十五分で来いなんて、と言いながら星川が河田にプリントアウトした紙を一枚渡した。

そこにはこう記されていた。

『自殺クソガキを捜せ！　午前三時三十分までに、ラジオ・ジャパン正面入口に集合せよ!!』

「一斉メールで送信するんだ」安岡が命じた。「ただし、クソガキ本人から来たメールは外せよ。こっちが何をしているかバレたんじゃ、身も蓋《ふた》もない」

わかってます、と答えて河田がスタジオを出ていった。十五分なんて、と星川が繰り返した。

「不可能ですよ。夜中の三時なんですよ？」

「夜中の三時だから可能なんだ。道は空いている」

安岡が言った。リスナーは高校生が中心です、と星川が首を振った。

「車で来れるはずがないじゃないですか」

「バイクなら来れる」

「そりゃそうですがね。ですが安岡さん、ぼくが親なら、子供が夜中の三時に家を出ようとしたら止めますよ」

「常識的にはな。しかし、更に常識的に言えば、普通の親は寝ている時間だ。こっそり家を抜け出すのに、これ以上の時間はないだろう」

「安岡さん、そんなにリスナーを信じてるんですか?」

「信じてる。リスナーはみんな仲間だ。その仲間の一人が死のうとしている。それを止めることができるのは自分たち以外いないとみんなが思っているはずだ。奴らは必ずやって来る」

「そんな、夢みたいなことばかり言って」

星川がつぶやいた。夢じゃない、と安岡が言った。

「どっちにせよ、少なくとも十人は来る。必ずだ。星川、出待ちがいるのをお前は忘れてる」

そうか、と星川が指を鳴らした。出待ちって何です、と森刑事が尋ねた。

「ラジオの深夜放送には、出待ちってのがいるんです」星川が説明した。「要するに、番組を終えたパーソナリティが出てくるのを待っているファン連中のことです。有名なのはジャニーズとかの追っかけの子ですね。もちろん、奥田さんぐらいの大物になると、やっぱり固定ファンというか、出待ちの人間がいます。ひと目会って、握手してもらおうってことでしょう」

「出待ちの連中は、番組を聴きながら奥田が出てくるのを待っている」安岡が言った。「その中の数人が、番組に宛てて携帯電話からメールを送ったとは思わないか？　どうせ奴らは始発が出るまでは帰ることもできない。その辺でうろうろしてるだけだろう。そこに返信メールが番組からあったとしたら？　奴らは当然戻ってくるはずだ」

「冴えてますね、安岡さん。最初から考えてたんですか？」

「いや、正直なところ今になって思い出した」安岡が苦笑した。「確かに十五分でここまで来られるリスナーは少ないだろう。だけど、最初からここにいたとすれば、十五分は必要ないということに気付いた」

「見てきましょう」星川が腰を上げた。「もう、来てるかもしれません」

「確認してきてくれ」

安岡が言った。星川がスタジオから出ていった。

「あの人はなかなか優秀ですな」森が言った。「フットワークが軽いと言うんでしょうか」

「あなたにもそうあっていただきたいものです」安岡が煙草に火をつけた。「警察官はどれぐらい集められそうですか？」

「十分以内に六人が来ます」森が答えた。「それ以上は何とも言えませんな。それが限界かもしれません」

「いや、十分でしょう。何しろ警察官です。あの制服は目立ちますからね。それを見ただけで、当人が逃げてしまうかもしれない」

「まったくですな」

おい、と安岡がスタジオの隅にいた河田を呼んだ。

「どっかから地図持ってこい。この辺一帯がわかるような地図だ」

了解しました、と指で丸を作りながら河田がスタジオを出ていった。

2

〈自殺クソガキを捜せ！　午前三時三十分までに、ラジオ・ジャパン正面入口に集合せよ!!〉

いきなり何の前置きもなしに、目の前の携帯が鳴った。慌ててメールの文章を確認すると、午前三時半までにラジオ・ジャパン局舎まで来ること、というのがその内容だった。

(行けるわけないだろうが)

岬山俊彦《みさきやまとしひこ》は唇を噛んだ。岬山が住んでいるのは芝浦《しばうら》だ。距離的にはラジオ・ジャパン局舎のある有楽町まで、それほど遠いとは言えない。

だから、ここで岬山が考えているのは距離的な意味合いではない。時間的なものだった。

(もう真夜中過ぎだぜ、奥田さん)

ベッドに潜《もぐ》り込んだまま携帯を手元に引き寄せた岬山が首をひねった。おそらく番組スタッフがこのメールを作成し、岬山を含めた多数のリスナーに向けて発信したに違いないと思われた。

番組で奥田も言っていたが、専用の機械が壊れるほど多くのファクスが来ていたようだ。もちろん、メールも山のように来ていただろう。その数が万単位でもおかしくない、と岬山は思った。

(やっぱりマジなんだ)

本当に番組宛に自殺予告のメールがあったのだろう。そして、その人物を捜すだけのマンパワーがないことも岬山にはわかった。

だからこそ、リスナーに対して禁じ手ともいうべき救済を求めるメールを送ってきたのだ。だが、どれだけの者が現場に向かうだろうか。

番組のリスナーの中でも、ヘビーリスナーと言えるのは中高校生だ。自分のような大学生ならともかく、中高校生ではよほどラジオ・ジャパンの近くに住んでいるとか、何らかの理由がない限り家を出ることすら難しいだろう。

では、大学生や社会人のヘビーリスナーがどれぐらいいるかといえば、割合にして二割程度ではないか。今どき、AMラジオを聴く者など、変人扱いされてもおかしくはない。逆に言えば、だからこそ特別であるという意識を強く持っているのだが、いずれにせよその絶対数が少ないのは確かだった。

（行かない）

ラジオを聴きながら考えた。行く必要はない。行く意味もない。行ったところで問題の自殺クソガキを捜すことなどできるはずもない。

わかりきったことだ。岬山はラジオを見つめた。

（行ったって仕方がない）

そうつぶやきながら、腕が動き始めていた。外へ出るための着替えを探すためだった。

行くもんか。そうつぶやきながら、岬山は着ていたジャージを脱ぎ始めていた。理由は自分でもわからなかった。

行ってもどうにもならないことがわかっていながら、なぜ自分は行くのだろうか。何度自問自答しても、その答えはわからないままだった。

3

安岡の予想はいい意味で外れていた。奥田雅志の〝オールナイト・ジャパン〟の出待ちをしている人数は十人どころではなかった。数えてみると二十六人いた、と星川から報告があがっていた。

「まだこれからも人数は増えるでしょう」安岡が言った。「それを含めて、人数を割り振っていかなければなりません」

その通りですな、と森が言った。二十六人のリスナーを、ただ勘だけで動かしていたのでは仕方がない。組織的な動きを取ることが重要だった。

「先ほども言いましたが、ぼくは少年がラジオ・ジャパン局舎を見ることができる場所で自殺するだろうと考えています」

安岡が煙を吐いた。森がうなずいた。

「いいでしょう。続けてください」

「この時間です。いくら何でも一キロ以上離れてしまえば、どれがどの建物なのかさえわからなくなるはずです。せいぜい半径五百メートル以内、もっと言えば二、三百メートル以内の範囲にいるのではないでしょうか」

でしょうな、と森がまたうなずいた。安岡が口を開いた。

「ぼくとしては、人数をなるべく北側に配置したいと思っています。ご覧の通り」安岡が河田が用意した地図を指した。「北側は外堀《そとぼり》通りで、こちら側からだと障害物は何もありません。逆に南側はオフィスビルが林立しているため、ストレートにラジオ・ジャパン局舎を見ることのできる場所はほとんどと言っていいほどないんです。ですから、北側に人数を厚くした方がいいと思うのですが、どうでしょう」

「いや、安岡さんのおっしゃる通りですな。そうしましょう」

「二十六人を六つの隊に分けます。警察官の方々は、その隊ひとつずつに一人ついてください。うちからもアルバイトを含めて構成作家を一人ずつつけます。そのうち三隊を北側に送り込みましょう」

「残りの三隊は？」

「東、西、南の三方向に派遣しようと思います。可能性は低いですが、まったくないとも言い切れない以上、これはやむを得ないでしょう」

「異論ありませんな」

「それでは、そういうことで」

「いや、待ってください」森が手を上げた。「どうやって少年を捜すつもりですか？」

「新宿の漫画喫茶で撮影された画像がありましたね。あれをカラーコピーして、二十六人に渡せばいいでしょう。もし似たような人物を見かけたら、いきなり声をかけたりせず、とにかくぼくに連絡してもらうようにしたいと思っています」

「あの画像は不鮮明ですよ」

「しかし、何もないよりはましでしょう」

まあ、それはその通りですな、と森がつぶやいた。

「ひとつだけ問題があります。あなたの電話にはまだこれからも連絡が入ってくるでしょう。そして、その中に例の少年がかけてくる電話がある可能性は否定できません。そうでしょう?」

その通りです、と安岡がうなずいた。それでは、と森が言った。

「それらしい人物を見かけたら、その隊にいる警察官に必ず伝えるよう徹底してください。警察官にはわたしの携帯の番号を伝えておきます。そうすれば少年からの電話を取り損ねる可能性は低くなりますからな」

「そうしてもらえれば助かります」

「安岡さん、これはあなたのための処置ではありません。昨今、未成年者の自殺が非常に問題になっていることは言うまでもないでしょう。我々としても、それを放置しておくわけにはいかんのです。可能な限り、未成年者の自殺は防がなければなりません。そうでしょう?」

「あなたの息子さんの話は、さっき浅野さんから伺いました」森が安岡の肩に手をかけた。「大変、辛い出来事だったと思います。軽々しく口にしてしまうのは良くないことかもしれませんが、同情もしています。ですが、だからこそ、今回の少年の自殺は何としてでも止めなければならない。もし我々にできるのであればですが、最善を尽くすしかないでしょう。違いますか」

「そうですね」

「……その通りです」

「ここからはあなたの仕事です」森が静かな声で言った。「あなたが、あなたの責任において、その二十六人を六隊に分け、少年を捜さなければならない。それを命令できるのは、安岡さん、あなたしかおらんのです」

わかっています、と答えた安岡が立ち上がった。外へ行くためだった。

4

〝オールナイト・ジャパン〟第二部は奇妙な盛り上がりを見せていた。一種の化学反応のようなもので、お笑いと舞台俳優というまったく違うジャンルにいる二人がぶつかり合ったことから、異様な熱気が番組を支配するようになっていた。

「いや、ホンマにね、こんなこと言うたら失礼なんはよくわかってますけど、ぼく、大月さんってちょっと怖いイメージあったんですよ」

「そうですか？」

「そりゃそうですよ。ぼくらお笑いから見たらね、同じ舞台に立つ言うたかて、いろんな意味で違うところあるじゃないですか」

「どんなところが？」

二人の会話がラジオ・ジャパン局舎に流れている。それを聴きながら、安岡は森と共にエレベーターで一階正面入り口まで下りていった。

「どうも、奥田さんは今までより多弁になっているようですな」

森が言った。そうみたいですね、と安岡がうなずいた。

「なぜなんでしょう」

「やはり、自分の番組については自己責任がありますから。特に、今日は例の自殺予告メールがあったため、発言にバイアスをかけていたんだと思います。今、奥田は別の番組のいわばゲストという扱いで出演しています。そのため、いろんな意味で解放感があるんじゃないでしょうか」

「だから、余計におしゃべりになっていると？」

「そう考えるのが自然だと思います」

安岡がIDカードを見せた。黙ったまま警備員が一歩退《ひ》いた。星川が戻ってくるのが見えた。

「人数、増えてます。ちょうど三十人になりました」

星川が報告した。わかった、と安岡がうなずいた。

「警察官は？」

「来てます」

「よし、彼らを六つに分けろ。そのうち三隊を外堀通り側の捜索に当てる」

だと思ってました、と星川が言った。残りの三隊は東、西、南側の捜索だ、と安岡が言った。

「それから、今後返信メールを見てやって来る連中はますます増えるだろう。星川、お前には悪いが、その連中の面倒を見てやってくれ。おれの意見としては、外堀通りが怪しいと思う。外堀通り側から、ラジオ・ジャパン局舎の見える範囲内に人数を増やせ。必ずとは言えないが、例のガキを見つける可能性は高まるはずだ」

写真は、と星川が言った。安岡がカラーコピーの束を渡した。中村良美にコピーさせたものだった。

「安岡さんはどこに」

「おれは局舎に残る。この時間だ。外堀通り辺りを一人でうろうろしている奴など、絶対と言っていいほどいない。いれば必ず目立つはずだ。見つけたらそれぞれの隊の警察官に伝えるように徹底させろ。警察官の方から森刑事の方に連絡が入る。入り次第、おれたちも動く。そういう段取りだ」

わかりました、と星川が言った。その三十人のリスナーはどこにいる、と安岡が尋ねた。

あそこです、と星川が通用口の方を指さした。わかった、と安岡が前に出た。

5

「〝オールナイト・ジャパン〟のディレクターの安岡です」

安岡が三十人の男たちの前で頭を下げた。無言のまま、男たちも同じように頭を下げた。その中には常連とも言うべき、安岡が顔を知っている者もいたし、初めて見る顔もあった。

男しかいないのは、深夜ラジオを聴いているリスナー、ましてやお笑いタレントである奥田雅志の番組を聴いている者の大半は男性だからだ。

「こんなに遅い時間に申し訳ないと思っています。ですが、番組のリスナーが自殺しようとしている。それは事実です。何としても止めなければならない」

わかっています、と男たちが口々にうなずいた。それで、と安岡が声を大きくした。

「具体的には、皆さんに自殺予告メールを送ってきた人物を捜してもらいたいと思っています。おそらくその人物は中学生から高校生の少年です。我々は、少年がラジオ・ジャパン局舎が見えるところにいると想定しています。もちろん、どこ、と正確に言えるわけではありません。ですが、きっとこの近くにいる。それだけは間違いないと思っています」

「見つけたら」一番前に立っていた若い男が尋ねた。「どうします？　捕まえて、ここまで引っ張ってきますか？」

「それもいいかもしれませんが」安岡が苦笑した。「見つけた場合、同行している警察の人もしくは構成作家に伝えるようにしてください。安易《あんい》に話しかけたり、説得しようとしないように。何かの間違いがあった場合、その人の責任になってしまいます。それは避けた方がいいでしょう。繰り返しになりますが、不審人物を発見した場合、必ず同行している警察官及び構成作家に伝えるようにしてください。リスナーのことはディレクターのぼくに責任があります。ぼくが説得して、自殺を止めます」

その間に星川が三十人の男たちに一枚ずつカラーコピーを配っていた。新宿の漫画喫茶で撮影された画像だ。顔こそ映っていないものの、体格などはそれを見ればわかった。

「とにかく、皆さんにお願いしたいのは、その少年を発見することです。発見次第、隊に同行している構成作家、もしくは警察官にそれを伝えてください。まだ〝オールナイト・

ジャパン〟はあと一時間半放送時間が残っています。その間に問題の少年を見つけることは絶対に可能だとぼくは考えています。ぼくの方からは以上ですが、何か質問は？」

「どこを捜せばいいんですか」

夜なのにサングラスをかけている男がぽつりと言った。星川、と安岡が言った。

「三十人を六隊に分けろ。あとはさっき言った通りだ」

星川が前に出て、人数を数え出した。五人ずつ数えては、それをひとつの隊として、警察官と構成作家を一人ずつつけていった。

「どこにいると思いますか」

子供のような顔をした少年が尋ねた。中学生ぐらいかと思ったが、あえて安岡は追及しようとはしなかった。

「わからない。それがわかればこんなに苦労はしないよ。ただ、今みんなに渡したカラーコピーからもわかるように、奴は大きな手荷物を持っていない。そうやって消去法で考えていくと、どうやら奴は、自殺の方法として、衝動的に道路に飛び出す可能性が最も高いように思われる。つまり、道路だ。道を一人でふらふら歩いているような人間を見つけたら、必ず我々に知らせてほしい」

「安岡さんの電話に直接かけちゃダメすか」

メモしちゃいました、と男たちの一人が言った。それは駄目だ、と安岡が首を振った。

「今もぼくの携帯にはいろんなところから電話が入ってきている。もちろん、そのすべてがある種のいたずらだったり、あるいは励ましの電話であることは言うまでもない。だが、これはまだオープンにしていない情報だが、本人と思われる人物から一度だけ電話がかかってきた」

そうなんですか、と男が言った。安岡が話を続けた。

「問題の少年は奥田のオールナイトが終わったら自殺すると予告してきた。今、みんなもラジオで聴いていたように、奥田はオールナイトの二部に乱入するという形で、放送を続けている。つまり、その間彼は自殺ができないということになる。おそらく、彼はラジオを聴きながら、この辺を歩いているだろう。もしくは、身を隠しているかもしれない。いずれにせよ、この辺りにいることは確かだ。オールナイト二部が終わる五時までに彼を捜すことが必要なんだ。そのためには、できる限り電話をオープンにしておく必要がある。みんなが誰か不審な人物を見つけて、それをぼくの電話にかけている間に、彼からぼくの電話に連絡があった場合、話し中ということになってしまうだろ？　それでは意味がない。わかるか？　ぼくの言ってることが」

わかりました、と数人の男たちが答えた。近づいてきた星川が、隊編成、終わりました、と報告した。

「安岡さんが言った通り、三隊は外堀通り側、つまり北側の捜索に当たるようにしています。残りの三隊はそれぞれ東、西、南方向に向かわせます」

オーケー、と安岡が手を叩いた。

「みんな、こんな夜遅くに大変だとは思うが、例の少年を捜し出し、自殺を止めるにはこれしか方法がないんだ。関係ない奴のために、何でこんなことをしなきゃならないのかと思っている人もいるだろう。だが、彼もまた番組のリスナーだ。君たちと同じように、毎週奥田雅志の〝オールナイト・ジャパン〟を聴いているリスナーなんだ。顔を知らなくても、名前さえわからなくても、同じ時間を共有してきたリスナーであることに変わりはない。頼む。何とかして少年を捜してほしい。この通りだ」

安岡が深く頭《こうべ》を垂れた。安岡さん、とサングラスの男が声をかけた。

「安岡さんの言いたいことはよくわかりました。ここに集まってきてる連中は、みんな同じことを考えてますよ。同じ番組を聴いてるリスナーは仲間だ。仲間を見捨てるわけにはいかない。そういうことです」

ありがとう、と安岡が言った。行きましょう、と警察官の一人が歩き出した。

6

安岡は森と共に局舎の中へ戻った。相変わらず、奥田と大月の〝オールナイト・ジャパン〟第二部が続いていた。

「だらだらしますよね、こんな時間になると」

奥田が言っているのが聞こえた。そうなんですよ、と大月が応えている。

「三時半か」安岡が腕時計に目をやった。「確かに、だらだらする時間帯だ」

「そんな時間帯に、わたしたちは緊張していなければならないということです」

森が低い声で言った。その通りです、と安岡がうなずいた。

「彼らは……リスナー達は問題の少年を捜し出すことができるでしょうか」

「安岡さん、あなたがそんなことを言っちゃいけませんよ。少年が有楽町近辺、もっとはっきり言えばこのラジオ・ジャパンの局舎の近くまで来ていると言い出したのはあなたですよ。どうしました。急に自信がなくなりましたか？」

「いや、そういうことじゃありません。彼は必ずこの近くにいます」ですが、と安岡が先を続けた。「近く、という曖昧な表現では、彼を捜し出すことはできないんじゃないかと思い始めているところです」

確かにその通りだろう。ラジオ・ジャパンを中心に半径三百メートルの範囲内をくまなく捜し出すためには、三十人では絶対数が足りなかった。しかも、真夜中だ。見落としてしまうことも十分にあり得る。

「いや、そんなことを言ってはいけません。むしろ、真夜中だからこそ、見逃す可能性は低くなるとわたしは思いますね」

「なぜですか？」

「くどいようですが、三時半です。真夜中もいいところの時間ですよ。こんな時間に一人でこの辺りをうろついている人間がいたとすれば、嫌でも目に付くはずです。違いますか？」

森が言った。しかし、と安岡が顔をしかめた。

「もし隠れているとしたら？」

「それは何とも言えません。ですが、わたしは少年は隠れてなどいないと思います」

「なぜです？」

「我々が総動員で彼の行方を捜していることを、彼は知らないからです。捜されてもいないのに、わざわざ隠れている必要はないでしょう」

「それはそうですが……」

「安岡さん、あなたが不安に思う気持ちはよくわかります。わたしも似たようなことを考えています。ですが、もうここまで来たら、彼ら、リスナーを信頼するしかないじゃありませんか」

「彼らは……少年を捜し出すことができるでしょうか」

「できるできないではありません」森が腕を組んだ。「必ず捜し当てると信じるしかないのです。わかりますか、安岡さん」

ええ、と安岡がうなずいた。その表情が青ざめていた。

7

船越守《ふなこしまもる》はアクセルを踏み込んだ。四トントラックがその速度を上げた。

(間に合うだろうか)

ハンドルを切りながら、携帯の画面に目をやった。三時半までにラジオ・ジャパンの局舎前に集まれと記されていた。難しいところだ、と船越は思った。

船越守は今年三十歳になるトラック運転手だった。独身、恋人もいない。職場では真面目だが寡黙《かもく》な男で通っていた。

そんな船越が会社のトラックでラジオ・ジャパンを目指してると知れば、同僚たちの多くが驚くだろう。船越自身、自分の取った行動に驚いていた。

(なぜ俺は行くのか)

ハンドルを左に切りながらつぶやいた。なぜも何もない。奥田雅志に呼ばれたから行くのだ、と思った。

十年前から、パセリセロリのファンだった。奥田が〝オールナイト・ジャパン〟を始めたその第一回目から、何があろうともラジオを聴き続けてきた。テレビからではわからない本音が聞けるため、ラジオのヘビーリスナーになった。職場の仲間が聞いたら、呆れたかもしれない。それほどまでに船越は奥田雅志の大ファンだった。

今夜だけのことではない。毎週、奥田の番組を聴きながら、自分の携帯で番組アドレスにメールを送る。それが毎週の習慣だった。

だが、今日驚くべきことが起きた。番組からメールが返ってきたのだ。

〈自殺クソガキを捜せ！　午前三時三十分までに、ラジオ・ジャパン正面入口に集合せよ‼〉

一方的な命令メールだったが、船越はその指示に従った。従うしかなかった。奥田がリスナーに助けを求めている、と悟っていた。こんな時のために自分は運送会社に勤めていたのだと思った。

道路は空いていた。真夜中の三時過ぎに混んでる道などあるはずもない。外堀通りを船越は制限速度の倍近いスピードで走っていた。

間に合うだろうか。間に合ってくれればいいのだが。船越はアクセルを踏み込んだ。

今夜のオールナイトはすべて聴いていた。奥田が言うところのクソガキのおかげで、五周年というくくりは無意味なものになっていたが、それならそれでいいと思った。

いや、むしろこの方がいいかもしれない、と思った。奥田のために何かできることがあるのだとしたら、その方がよほどいい。

熱狂的なファン心理と言ってしまえばそれまでだが、それ以上のある意味宗教的と言っていいほどの使命感を胸に抱きながら、船越は車を走らせた。最後のカーブを曲がる時、ラジオ・ジャパンの局舎が見えた。

どれだけの人間が集まっているだろう。何もわからないまま、強くアクセルを踏んだ。

8

安岡と森は連れだって五階のスタジオへ向かった。そこで奥田と大月が放送を続けていたためだ。

「中村」安岡が廊下に立っていた中村良美を呼んだ。「何かあったか?」

「電話があまり鳴らなくなりました」良美が安岡の携帯を見せた。「変わったことと言えばそれぐらいです」

そうか、とうなずいた安岡がスタジオに入った。ディレクターの藤井が、どうも、とだけ言った。

「どうなんだ、番組の方は」

「まあ、聴いててくださいよ」

藤井が笑ってブースの中を指さした。奥田と大月が大声で話し合っていた。

「しかし、確かにいろんなことがあるんですね」大月が言った。「ネット上ならともかくラジオの深夜放送に向かって、自殺予告をするなんて、考えられませんよ」

「いや、ぼくもそう思うんですけどね。でも、確かなんですよ。さっきから言うてるように、メールとかね、そんなんも来てますし」

「いったい今の若者は何を考えているんですかね」

「いや、ホンマに。まあ、ぼくらもリスナーの表の部分っていうかね、番組に参加してくれるリスナーのことばっかり考えてたじゃないですか。ところがね、やっぱり表があれば裏もあるっていうか。表面だけ見てたらわからんこともいっぱいあんのやなと思いましたね」

「彼はどこにいるんですかね」

「さあ、全然見当もつきませんね。とりあえず、都内にいるのは確実やと思うんですけど」

「都内ねえ……都内って言っても、広いですからね。その中から捜すって言っても、これは正直なところ無理でしょうね」

「無理ですね」

「何か手掛かりとかはないんですか？」

「そのガキがね、ぼくはクソガキ言うてるんですけど、そいつが最後に番組に対して連絡を取ってきたのは夜中の二時ぐらいやったと思うんですけど」

「二時ねえ……もう電車も走ってない時間ですよね」

「せやから、そこからの足取りが摑めんのですわ。まあ、おそらくタクシーを使って移動してると思うんですけどね」

「移動ですか。どこへです？」

「さあ、それがさっぱりわからへんのですわ」

二人が顔を見合わせて笑った。不謹慎ではあるが、会話の流れから言えばやむを得ないものだった。

「まあ、捜すっちゅうてもね、限界がありますし」ひとしきり笑ってから奥田が言った。

「ちょっとどうにもならんなと。打つ手がないなと」

「だからこそ奥田さんがこの〝オールナイト・ジャパン〟第二部に出演してくれてるわけなんですけどね」

「だからこそって言いますかね、ここまで来ると、どんなふうに決着がつくのか、ぼく自身が見たいっていう野次馬根性みたいなもんですね」

「野次馬根性ねえ……まあ、それだけじゃないと思いますけど」

「いや、案外そんなもんですよ。ただねえ、大月さん、ぼくは今回の件で、パーソナリティの無力さみたいなものを痛感しましたね」

「パーソナリティの無力さ？」

「ほら、このスタジオの中だけのことやったら、ぼくら何でもできるわけじゃないですか。せやけど、一歩外に出たら、パーソナリティや、言うても何もでけへん。それがわかりました」

「まあ、何となくわかる気がしますよ」

「でしょ？　番組の中ではね、そりゃぼくらが主役ですわ。何やかんや言うてもね。せやけど、番組が終わってしまえば、もうそれきりです。リスナーの行方を捜すこともでけへん。そんなもんですわ」

「えー、ずいぶんと悲観的な話になってしまいましたけど、とりあえずこの辺で曲に行きましょう。YUIの〝SUMMER SONG〟」

ヘッドホンを外した奥田がブースの外にいきなり出てきた。

「どないやねん、安岡さん」

「何もありません」安岡が答えた。「とりあえず、三十人の人間が集まりました。彼ら全員で問題の少年を捜しています」

「難しいところやな」奥田が手で顔を拭った。「この時間や。確かに一人でいる奴は目立つやろうけどな」

「隠れてたらどうすることもできません」

せやな、と奥田が言った。顔に脂《あぶら》が浮いていた。

「どうでしょう、ちょっと引っかけてみたら」

安岡が言った。どういう意味や、と奥田が聞いた。

「彼は、まだラジオを聴いているはずです。奥田さんと大月さんのやり取りをね。ですから、そこをうまくついて、隠れさせないようにするってことです」

「そんなん、口で言うのは簡単やけど、どうやったらええのか、オレにはわからんわ」

「いや、難しく考える必要はないんです。要するに、彼の行方を追いかけるのは諦めたとか、そんなことでいいんですよ」

「それ、さっきもちょっと言うたけどな」

「それです。それをもっと強調してみてはどうですか。彼がタクシーを使って移動していること、これは想像がつきます。ですが、それを調べた結果、何も出てきていないと言えば」

「クソガキが穴から出てくる可能性もあるっちゅうことやな」

奥田が言った。それはなかなかうまいやり方かもしれませんな、と森がうなずいた。

「とにかく、今必要なのは少年の所在を明らかにすることです。そのためだったら、多少真実をねじ曲げても構わんでしょう」

「藤井、その方向でいいな」

安岡が確認のために聞いた。〝オールナイト・ジャパン〟第二部のディレクターはあくまでも藤井だ。藤井が全体をコントロールしていかなければどうにもならない。

「結構です」

藤井が小さくうなずいた。それではその方向で、と安岡が言った。

9

曲が流れている数分間のうちに、ラジオ・ジャパンのスタッフはその方向性を決めた。アドリブに強いのはラジオならではのことだった。

とにかく、何にせよ少年は生きているはずだ。なぜなら、奥田雅志がまだ〝オールナイト・ジャパン〟の放送に参加しているからだ。

少年はメールで、奥田さんの番組が終わったら自殺する、と記していた。まだ奥田の番組は終わっていない。

生きていることを前提に考えていけば、まず最も重要なのは少年の発見と保護だ。そのために奥田と大月は藤井ディレクターの指揮のもと、ゆっくりとではあるが少年についての話題を暗い予想のものとして語ることにした。

「まあねえ、大月さん、これはね、こんなこと言いたくないんですけど、例のクソガキは、結局クソガキのままやったなあ、と」

「どういう意味ですか」

「死ぬ、死ぬ言うてね、番組を強引に自分のものにしてきたわけですけど、まあもう飽きたんちゃいます？　おそらく今頃は本当に」

「縁起でもないことを言わないでくださいよ」

「いや、マジで。何でかって言うたらね、これだけオレらが呼びかけて、何か言ってこいよと何度も強調しとるのに、何も言うてこないっていうのはね、やっぱりおかしいと思うんですよ」

「それはまあ、確かにその通りですね」

「ね？　おかしいでしょう？　そりゃまあ、警察が動いているわけでもないですし、オレらのスタッフがそのクソガキのこと捜して歩いてるわけじゃないですから、はっきりしたことは言えませんけど、まあオレは相当の確率でちょっとヤバい方向へ行ったんやないかと思いますよ」

「ヤバい方向っていうのは？」

「いや、それはね、それはラジオやから、そこまでは言えへんけど、まあどっちにしても危ない方向へ行ってるのは間違いないと思いますね」

「不吉なことを言うんですね」

「まあ、オレの不吉な予感ってけっこう当たるんですよ」

「またそういうことを言う」大月が笑った。「そういうの、止めませんか」

「止めたいですよ、ていうか、いつでも止めますけどね。ただ問題のクソガキが、これだけオレらがいろいろ言うてるのに何も返事をしてこないのはおかしい言うとるんですわ」

「えー、リスナーの皆様には見えないと思いますが、今、奥田さんのこめかみの血管がぴくぴく動いております」

「もう血管がぴくぴくいいますかね。こんだけ時間取ってね、こんだけエネルギー注いでるのに、何も返ってこないっていうんじゃ、ちょっとやってられへんでしょう。まあぶっちゃけた話、クソガキは自分で自分の発言の責任を取ったんと違いますか？」

「いやあ、どうでしょうね。この段階でそれを決めつけるには、まだ早過ぎると思うんですよ」

奥田と大月の会話は際限なく続いた。もう少年は死んだのではないかと暗に示唆する奥田と、現段階でそれを決めつけるのはまだ早いとする大月。いずれも芝居《しばい》だった。

少年は生きている。それは安岡をはじめ全スタッフ、そして奥田、大月が持っている信念だった。まだ彼は生きている。

安岡が藤井を通じ、奥田と大月に演じさせているのは、警察が動いていないこと、誰も少年の行方を捜していないことを強調するための演技だった。

誰も少年のことを捜していないということを理解すれば、表へ出てくるだろう。自殺するのにふさわしい場所を選ぶようになるかもしれない。そしてその結果として表に出てくれば、捜索隊が少年を発見するのも不可能とは言えない。

それが安岡の判断であり、森もそれに同意していた。とにかく今のままでは袋小路《ふくろこうじ》だ。何としてでも、少年を保護するためには手掛かりが必要だった。

だが、相変わらず少年からの連絡はなかった。午前四時になっていた。

10

森さん、と安岡が森刑事をスタジオの外に呼んだ。

「何でしょう」

「これだけ捜し回っていても、手掛かりの手の字も見つけられていません」

三時半以降もリスナーは集まり続けていた。オートバイで乗りつけた者、車で来た者、タクシーでやって来た者、その他を含めて今では捜索隊の総数は百人を超えていた。

人数が集まるたび星川がカラーコピーなど捜索に必要な資料を渡し、ラジオ・ジャパンの北側を中心に二十以上の隊が動いていたが、それでも何も見つけられないのが現状だった。

「ぼくは……間違っていたのでしょうか」

「間違ってなどおりませんよ」森が安岡の肩に手をかけた。「あなたは最善と思われる手段を選び、あらゆる妨害を振り切り、実際に少年を捜している。並の人間ならとっくに諦めているところです。安岡さん、自信を持ってください。あなたは間違っていない」

「ぼくは……自分の息子を最悪の形、つまり自殺によって亡くしています。もう二度と間違いは許されないんです」

「聞いています」森が重い口を開いた。「だが、それにしたってあなたの責任ではない。少なくともわたしの聞いた範囲ではね。息子さんが自殺したのは、不運だったとしか言いようがありません。あえて言うなら、同情もしています。しかし、息子さんの自殺と今回の事件を一緒に考えてはならないと思います。それはそれ、これはこれです。そうではありませんか」

「おっしゃる通りです。ですが……ですが、どうしてもぼくには、切り離して考えることができないんです」

「無理もありません。気持ちもわかります」森が安岡の肩を二回軽く叩いた。「ですが、きっと少年はこの有楽町近辺、もっと正確に言えばラジオ・ジャパンの見える場所にいるはずです。それがどこなのかは、まだはっきりとしていませんがね。そこで彼はラジオを聴いている。奥田さんの〝オールナイト・ジャパン〟をね。いや、正確には大月さんと奥田さんのオールナイトということになるのでしょうが、彼の耳には奥田さんの声しか聴こえていないはずです。遅かれ早かれ、彼は必ず今いるところから出てきます。出てきさえすれば、それを発見することも難しい話ではないでしょう」

「もう四時を回った！」

大声で叫んだ安岡が壁を平手で叩いた。不安そうな目で中村良美がそれを見ていた。

「四時を回ってしまったんです」一転して安岡の声が低くなった。「どうなるとしても、五時になれば〝オールナイト・ジャパン〟は終わってしまう。あと一時間で少年を見つけられると森さんは本気で思っているんですか？」

「思っています」

重い声で森が言った。根拠は、と言った安岡に、理由はあります、と答えた。

「必ず少年は見つかります。朝の五時までにはね」

「気休めですか」

「気休めではありません。少年が見つかると言いましたが、少年の遺体が見つかる可能性もあるとわたしは考えています。それが気休めではない何よりの証拠です」

「森さん、あなたはいったい……」

「わたしが見つめているのは事実だけです」森が小さくうなずいた。「それ以外ではありません。少年が生きている可能性は、この四時という時間においてかなり高いでしょう。これもまた、気休めではありません。何しろメールを書いてきた本人が、奥田さんのオールナイトが終わったところで自殺すると書いているんですからね。形は多少変わってしまいましたが、まだ番組は終わっておりません。従って少年が生きていると考える方が理屈に合っています」

「では、なぜ見つからないんですか。報告によれば、今では百人以上の人間が彼を捜すために有楽町一帯を歩いています。百人は決して少ない数ではありません」

「よほど巧妙に隠れているんでしょうな」落ち着き払った態度で森が答えた。「もっとも、人間一人が隠れようと思えば、どんなところにでも隠れることができます。確かにあなたのおっしゃる通り、百人というのは大きな人数ですが、十分とは言えません。しかも警察官がついているのは最初の六隊だけです。リーダーがいないまま、同じところを何度も捜しているということも十分に考えられますな」

「では、いったいどうしたら」

「待つんです」

「待つ？」

「今、奥田さんと大月さんがやっているのは、一種のボディブローです。すぐにノックアウトというわけにはいかない。ですが、いずれは効いてくる。少年も疲れてきます。必ず顔を出します。待つことだけが我々にできる唯一の……」

その時、森の携帯電話が鳴った。安岡は反射的に腕時計を見た。四時五分になっていた。

11

「森です」

森の重い声が響いた。そちらは、という問いに返事があったらしく、二度うなずいた。

「丸の内署の川合《かわい》巡査です」

「見つかったのか?」

森が低い声で言った。安岡はその森の携帯電話に耳を押し当てて、何のために電話をしてきたのかを確認することにした。不恰好《ぶかっこう》この上ないが、それ以外できることはなかった。

「不審人物を一名発見」川合巡査の声がした。「身長百七十センチ前後、体型はやや肥満気味、服装は……例のカラーコピーの時のものとは明らかに違います。ジャケットのようなものを着ていますね」

「どういうことだ」

「わかりません。指示、願います」

指示と言われても、と森が苦笑した。安岡がその手から携帯電話を奪い取った。

「川合さん、ラジオ・ジャパンの安岡です。すみませんが、ひとつだけ確認させてください。その男はイヤホン、もしくはヘッドホンをしていますか？」

「しています。ヘッドホンのようです」

ラジオを聴いてるんだ、と安岡がつぶやいた。そうかもしれないし、そうではないかもしれませんな、と森が言った。

「川合巡査、現在位置は」

「日比谷《ひびや》公園近くです。現在、日比谷公園近くを不審人物が歩いています。現在追尾中」

「すぐに指示する。それまで待て」そう言った森が、電話の保留ボタンを押した。「安岡さん、あなたはどう思いますか」

「いや、それは何とも……」

「問題の人物かどうかについて、どう考えてますか」

「怪しいとは思います。ですが、服が違っているのはともかくとして、体格が違うというのはちょっと……」

「体格？」

「我々が見た漫画喫茶のビデオ画像は、確かに荒れていました。顔の識別さえできないほどにです。それでも、体格はわかっています。ビデオに映っていた人物は、明らかに痩せ型でした」

そうでしたな、と森が顎に手をかけた。

「川合巡査もビデオの画像は見ているはずですよね。その時の印象とあまりにも違うため、ぼくたちのところへとりあえず連絡を取ってきたというところではないでしょうか」

「わかりますよ。ですが、不審人物であることは間違いない。安岡さん、わたしが行ってきます。川合巡査によれば、その人物は日比谷公園付近を歩いているということです。ここからならそれこそ目と鼻の先だ。本人かどうかを確認し、本人であれば、すみやかに保護したいと考えていますが」

「すみません、お願いします」

「限りなく怪しいと思ったら、あなたのスタッフの……星川さんの携帯に電話を入れます。その時はあなたも来てください」

「わかりました」

では、とひと言だけ言い残して森がその場を去った。一人残された安岡は、大きなため息を吐いてから、新しい煙草に火をつけた。

12

渡瀬次郎《わたせじろう》は出待ちの少年たちの一人だった。熱狂的な奥田ファンで、大学生になった去年からラジオ・ジャパン局舎の周りを取り囲む出待ちの一人としてデビューした。

友達はいない。いないというより、必要としていなかった。薄っぺらい付き合いなら、ない方がよかった。

今夜も奥田雅志が出てくるのを待ち構えていた。ひと目会って、握手のひとつもできればいい。そのつもりだった。

ところが、番組から自分の携帯に返信メールがあった。奥田が今日番組でさんざん話していた問題のクソガキを捜せというメールだ。

否応もなく、その列に並ぶことになった。断ることもできたはずだが、奥田の指示と思えばそれもできなかった。

番組のディレクターである安岡という男が現われたのはついさっきのことだ。同じく番組の作家であるという、名前もわからない男によって、出待ちの人間の中に数え入れられた。

顔は見知っているものの、話したことなど一度もない出待ちの人間と五人で組まされ、捜しているクソガキの写真を受け取った。

どこを捜せという強い命令ではなく、だいたいこの辺りをという緩い指示のもと、外堀通りを北へ上がった。怪しい、あるいは不審と見なされる人間がいたら、すぐに連絡してほしいと、そこだけ強い命令が下っていた。

「捜せると思うかよ」

前を歩いていた男が誰にともなくそう言った。確かに、外堀通りより北側を捜せというだけでは、捜せるものではなかった。この人数では無理だろう。だが渡瀬は首を振った。

「捜さないと」

「何でだ」

「捜せって、奥田さんが言ってる」

そう答えると、胸のつかえが取れたような気がした。そうだ、すべては奥田さんのためにやっていることだ。奥田の指示に従えばそれでいい。

それに、とつぶやきが漏れた。

「自殺メールを送ってきた奴の気持ちも、わからなくはないから……」

「それもそうか」

前を進んでいた男がうなずいた。初めて話す者たちばかりだったが、ラジオというニッチな世界に足を踏み入れた者として、シンパシーはあった。

同じ番組を聴いてきたであろう当の少年は、今、どんな気持ちでいるのだろう。捜そう、と全員が歩き始めた。

13

それから十分後の四時十分、星川がスタジオに戻ってきた。

「安岡さん」星川が携帯をかざした。「例の森という刑事さんから連絡です」

「よこせ」

安岡が奪い取るようにして電話に出た。もしもし、とどこかのんびりした森の声が聞こえた。

「安岡です」

「ああ、安岡さん。結論から先に述べましょう。日比谷公園脇を歩いていた人物は、今回の事件とまったく関係がありません」

そうですか、と安岡が力のない声で言った。

「その人物はですね、徳山秀久《とくやまひでひさ》と言って、二十四歳のフリーターでした。新橋で友人と酒を飲んでいる間に深夜になってしまい、歩いて帰ることにしたそうです。自動車の運転免許証でも確認しましたが、本人の自宅は港《みなと》区西新橋《にししんばし》で、新橋から歩いて帰るには最短ルートを歩いていたことになります」

「なるほど、しかし、こんな真夜中になぜ歩いて家に帰ろうとしたんですか？　たとえ現金がなかったとしても、今どきの二十四歳なら、クレジットカードの一枚や二枚、持っていてもおかしくはないでしょう。カードを使ってタクシーに乗って帰るということは考えていなかったのですか？　あるいは、キャッシュカードでコンビニのＡＴＭから現金を下ろしてもいい。そのどちらも考えなかったと？」

「考えなかったんでしょうね」森が言った。「とにかく本人がかなり泥酔《でいすい》しておりましてですね、これだけの情報を聞き出すだけで精一杯だったんです」

「やはり体格は違いますか」

「違いますね。着ているものも、ビデオに映っていたものとは明らかに違います」

「そうだ」安岡が指を鳴らした。「ならば、なぜその徳山という男は、ヘッドホンをしていたのですか？」

「ｉＰｏｄですよ。ラジオを聴くためにヘッドホンをつけていたわけではありません。あくまでも音楽を聴くために、徳山はヘッドホンをつけていたのです」

「ということは」

そうです、と森が言った。

「残念ながら、徳山は我々が捜している少年ではありません」

しばらく沈黙が続いた後、今からそちらへ戻ります、と森が言った。わかりました、と安岡が答え、それで会話は終わった。

（いったいどこにいるのだろう）

期待をかけていた分、見つかった不審人物がまったく関係がなかったことについて安岡の落胆《らくたん》は大きかった。ただ、今それを言っても始まらないのは自分でもよくわかっていた。それにしてもどこをどう捜せばいいのか、いくら考えても安岡にはわからなかった。

スタジオに目をやると、ブースの中で奥田が煙草をふかしながら、何かを喋っていた。

「さて、ほんならラストチャンスを例のクソガキに与えることにしましょう。大月さん、よろしいですね？」

「わたしは結構ですけど、ラストチャンスって何ですか？」

「今、午前四時十分です。今から十分以内にクソガキが電話をしてきたら、ぼくと直接話ができる特典を与えたいと思います」

「それ、チャンスですか？」

大月が真面目な表情で尋ねた。チャンスでしょう、と奥田が答えた。

「だってね、どう考えたって今回の事件を引き起こしたのは業界人じゃありませんよ。要するに普通の学生だと思いますね。その普通のガキがね、自慢じゃないですけど、お笑い界のトップ集団を走っているこのぼくとサシで話ができるんですよ。これ、特典になりませんかね？」

「ああ、そういう意味でね」大月が手を叩いた。「確かにその通りです。一般人が奥田さんと話せる機会ってのはめったにないでしょうからね。これは貴重な特典ですよ」

「番号は今までと同じ、安岡さんの携帯にかけてほしい。それで、ひとつだけ頼みがあるんや。そりゃ、みんなもオレと話したいやろ。せやけど、もうそんな時間はないんや。今までみたいに冷やかしの電話とか、悪戯電話とかをかけてくるのだけは止めてほしい。リスナーであるお前らを信じてる。そんなアホな真似はせんと信じている。頼むから、例のクソガキからかかって来た電話を、ちゃんとこっちが受けられる状態にしてほしいんや。わかったか。わかったら、それでええ」

ディレクターの藤井が合図をした。コマーシャルに入るサインだ。

「では、コマーシャルを挟んで、またトークを展開していきましょう」

大月が言った。騒がしい音楽と共に、最近新しく発売された健康ドリンク〝モナ〟のコマーシャルが始まった。

安岡が視線を良美に向けた。右手にしっかりと携帯電話が握りしめられている。はたして本当に少年から電話はかかってくるのだろうか。

（望みは薄い）

安岡がつぶやいた。

part9　リスナー

AM04：15

1

中村良美がやって来て、自分の携帯を差し出した。星川からだという。

「どうした。見つかったか」

電話を受け取った安岡が尋ねた。

「いえ、残念ながら」

星川の声がした。だったらいちいち電話してくるな、と安岡が冷たく言った。

「いや、ちょっと見にきてください」星川が言った。「安岡さん、ラジオの力っていうのも馬鹿にできませんね」

「どういう意味だ」

「下りてくればわかりますよ」

それだけ言って星川が電話を切った。携帯電話を良美に返してから、安岡は森と共にエレベーターに乗り込んだ。

「何かあったんですかね」

森が言った。わかりません、と安岡が首を振った。

「ただ、何かが起きているようです」

「何かとは」

「さあ」

見当もつきませんね、と安岡が言った。エレベーターが一階につき、二人は外へ出た。

そこで彼らが見たのは信じられない光景だった。少なく見積もっても百五十を超す人間がそこにいた。

「星川」安岡が叫んだ。「これは何だ」

「奥田さんの呼びかけによって集まってきた人たちです」人混みの中を掻き分けながら現われた星川が言った。「今のところ、二百人近くいます」

「この時間にか」

「そういうことです」

「信じられない……ある程度の人数は集まると思っていたが、こんなに多いとは思わなかったよ」

「ぼくはもっと悲観的でした」星川が肩をすくめた。「四、五十人集まればいい方だと思ってたぐらいですからね」

これだけの数がいれば、と森が言った。

「問題の少年を捜し出すことも決して不可能ではないでしょうな」

「しかし、逆に言うと収拾がつかないということにもなります」星川が顔の汗を拭った。「今、順次五、六人のグループを作って、ラジオ・ジャパンの北側を中心に捜索を始めさせているところです。ですが、コントロールするこちら側がどうにも動きが取れない状態になっています。早い話、全員がばらばらの状態で少年を捜しているようなものです」

「効率が悪いな」安岡が暗い顔のまま言った。「どうにかならないか？」

「どうにもなりません。とりあえず隊のリーダーを決めて、もし少年らしき人物を見つけたら、森さんの携帯に連絡するように番号を教えました」

「仕方ありませんな」

森が言った。その他、少年の写った画像のカラーコピーなど資料は渡しています、と星川が説明した。

「星川、お前の言う通りだ。自分たちでやってる仕事を、おれたちは卑下《ひげ》していたのかもしれない」安岡がつぶやいた。「それにしても、これだけの数が集まるとは……」

各メディアの中で、ラジオの影響力が低下していることは事実だ。だが、それでも一般のリスナーに対して影響力がまったくなくなったわけではない。その現実を安岡は目の当たりにしていた。

「四時過ぎか」安岡がぽつりと言った。「こいつらどうやってここまで来たんだろう」

「徒歩、タクシー、バイク、自分たちの車」星川が指を折って数えた。「とにかく、彼らは集まってきたんです。たった一人の、名前さえ知らない少年を捜すために」

「何のためにだ」

「決まってます。仲間だからです」

「仲間、か」

確かにその通りだろう、と安岡は思った。同じラジオを聴くリスナーという仲間意識以外に、これだけの人数が集まった理由を説明できる言葉はなかった。

あえて言えば、奥田の熱意が伝わったためなのだろう。そうでなければ二百人という人間が午前四時過ぎという時間に集まってくるはずがなかった。

2

当初から集まっていた数十名に加え、二百名近くの人数が増えていた。星川のカウントでは、今の段階で二百十七名が捜索に当たっていた。決して組織的な動きとは言えなかったが、二百十七名の人間が必死になって一人の少年を捜してるのは事実だった。

人数に余裕ができたため、当初はラジオ・ジャパンの周辺三百メートルの範囲を捜していたが、今では五百メートルの範囲を捜索することが可能になっていた。二百十七名の捜索隊は、五人ずつ、四十隊以上に分かれてその範囲内での捜索に当たっていた。これは決して少ない数とは言えない。

にもかかわらず、問題の少年を発見したという知らせは入ってこなかった。安岡が不安に思うのも仕方のない状況と言えた。

「森さん、やはりこれは最初の仮説が間違っていたんでしょうか」

五階に戻った安岡が森に声をかけた。最初の仮説というのは、と森が言った。

「問題の少年が、ここ有楽町のラジオ・ジャパン近辺にいるということですね？」

「ええ、そうです。その仮説が間違っていたのかもしれないと」

「そんなことはありませんよ。あなたの立てた仮説は十分に説得力のあるものでした。確かに、その少年が奥田さんの熱狂的なファンであるとするならば、奥田さんが今いるこの有楽町近辺で自殺しようと考えるでしょう」

「ですが、実際に少年が発見されたという知らせは入っていません。二百人以上の人間が、ラジオ・ジャパンを中心として付近を捜索しているんですよ。見つからないはずがない」

「いや、そんなことはありません。人間一人が身を隠そうと思えば、どこにだって隠れられますからね。逆に言うと、二百人以上の捜索隊というのは、多過ぎたのかもしれません」

「多過ぎた？」

「そうです。この界隈《かいわい》を二百人以上の人間がうろうろしていれば、いやでも目につくでしょう。当然、問題の少年も捜索されていることに気付くはずです。彼の目的は自殺することにあるわけですから、見つかったら面倒なことになるのはわかりきった話ですな。二百人以上の捜索隊が多過ぎるというのはそういう意味です」

「しかし、人数がいなければ少年を捜せないのも確かでしょう」

「その通りです。ですから、あなたの取った措置《そち》は間違っておりません。だいたい、ラジオのパーソナリティが直接呼びかけたのならともかく、メールという形でラジオ局から少年の捜索を依頼された場合、これだけの人数が集まるとは誰にも予測できませんでした。わたしだってそうです。せいぜい四、五十人も集まればたいしたものだと思っていました」

「ぼくもです」

「つまりね、安岡さん。失礼な言い方かもしれませんが、あなたはあなたのリスナーたちについて認識不足だったということです。ただ、これは言い訳になりますが、仕方のないことだったかもしれませんがね」

認識不足。言われてみればその通りかもしれなかった。自分がリスナーについて、どれだけのことを知っていたのか、と安岡は思った。何もわかってはいない。それが事実だった。

「ぼくは……何もわからないまま、自分の仕事をやっていたんですね」

「それはあなただけじゃありません」森が首を振った。「誰でも、どんな仕事でも、似たようなものです」

「刑事という職業についてもですか？」

「同じです。時々、自分が何をしているのかわからなくなることがありますよ。自分は何のためにこんなことをしているのだろうか、とね。ですが、そんなことを言っていても始まりません。目の前にある仕事をやるだけです」

「今回のようにですか？」

「そう、今回のようにです」

森が答えた。時計の針が四時十五分を指した。

3

番組はまだ熱気を失っていなかった。その内容は変わらず、奥田と大月の間で掛け合いのような言葉の応酬《おうしゅう》が続いていた。

「言うてもね、自殺するほどの悩みなんてあるんかなと思うんですよ」

奥田が言った。

「それは人それぞれでしょう。奥田さんはそういうことは考えないタイプですか？」

「そうですねえ、あんまり深く考えない性格ですからね。まあ適当に生きて、適当に仕事してね、適当にいろんなことが終わればいいと思うてますよ。大月さんはどないですか」

「奥田さんの言ってる適当というのが、まあどれぐらい適当なのかよくわかりませんが、おっしゃってることはわからなくもありませんよ。適当に、というのはいい加減という意味じゃありませんよね？」

「もちろんそうです。ただね、何事もあんまり真剣に考え過ぎると、息が詰まると言いますか、かえって自分の首をしめることになりかねませんからね。その辺りはバランスですね」

「そう、そういうことです。バランスが大事ですよね」

「だから、例のクソガキもですね、そんなに深刻にならず、番組宛に電話でも何でもしてくればいいんですよ」奥田が言った。「ねえ？　せっかく番号までオープンにして、かけてこい言うてるのに、何で何も言うてこないのか、その方がよほど不思議ですね。別にね、もう本人を説得する気なんかさらさらないですよ。ただね、こんな時間まで喋ってるのはお前のためなんやと。それをわかってくれへんかなと。まったく、困ったクソガキですわ」

二人が同時に笑った。その様子を見ながら、安岡は腕時計に目をやった。四時二十分になっていた。

何か他にできることはないのか、と安岡は考え続けた。今のところ、ラジオ・ジャパン局舎周辺五百メートルの範囲内を、二百人以上の人間が巡回している。そしてラジオでは二人のパーソナリティが、捜していないのだから出てくればいいのに、と何度となく強調している。

これ以上何ができるというのだろう。携帯電話の番号まで伝えているのだ。ただ待つしかないのか。

「これだけ捜しているのに、どうして見つからないのでしょう」

誰に言うともなく、言葉が口をついて出た。よほど慎重に隠れているんでしょうな、と森が答えた。

「わたしはね、安岡さん、こう思うんですよ。本人は非常に不安定な状態にあると。自殺しようとする人間によく見られる心理です。自殺しようと思ってはいるが、なかなか実行には踏み切れない。誰かに止められたなら、すべてがストップしてしまう。問題の少年も同じなのでしょう。誰かに見つかり、制止されることを極端に怖れている。止められれば、自殺することができなくなるからです」

「おっしゃってることはわかります。しかし、どんなにうまく隠れたとしても、二百人の人間の目をかいくぐることは難しいと思いませんか」

「いや、それは考え方次第でしょう。何しろ午前四時二十分過ぎです。照明が行きわたらない場所はやはりあると思いますね。二百人の人間に対し、ついている警察官は六名しかおりません。そしてこの件はまだ、事件として認定されてはおらんのです。つまり、勝手な判断で民家その他に踏み込むことはできないということです。しかし、問題の少年はそれができる。わたしはね、安岡さん。彼は意外と簡単な場所に隠れてると思いますよ」

「例えば？」

「本当に例えばですが、雑居ビルの屋上とか、そんなような場所です。あるいは二十四時間営業の喫茶店とかね。彼はどんなふうにでも隠れることができる。わたしたちにはそれを強引に調べる方法がない。そういうことです」

「それでは、今ぼくたちがやってることは無駄だと？」

「いや、そうは思いませんな」森が小さく咳をした。「何もしないよりはよほどましというものです。それどころか、彼を発見する可能性が格段に高くなっていることも確かです」

「これ以上、何をどうすればいいのか」安岡が煙草をくわえた。「もうぼくにはわかりません」

「正解なんて誰にもわかりませんよ。今、あなたはあなたができる限りの努力をしている。あとはただ待つしかありません」

「しかし」

「いずれにしてもです。本件が悪戯であればそれで構わないし、もし本当に少年が自殺してしまったとしても、それは警察やラジオ局の責任にはなりません。それだけは明確に言えますな」

「責任は……やはりあると思えてなりません」安岡が首を振った。「確かに、警察には何の責任もないでしょう。ですが、我々ラジオ局には、少なくとも道義的な責任があると思います」

「それは考え過ぎですよ。ラジオ局が放送している番組の内容によって、少年は自殺をしようとしているわけではないはずです。むしろ逆ですな。彼はメールにこんなことを書いていたと思います。奥田さんのラジオだけが生きる唯一の支えだったと。つまり、ラジオがなければ彼はもっと早く自殺を選んでいたかもしれないということです」

ですが、と安岡が吸いかけていた煙草を靴の裏でもみ消した。

「もっと何かできたのではないか、と思っています。道義的な責任があると言ったのはそういう意味です」

「できることはしましたよ」慰《なぐさ》めるように森が言った。「あなたは十分によくやった。わたしが認めます」

「あなたにそんなことを言われても」安岡が苦笑した。「ちっとも嬉しくはありませんね」

「わたしも、別にあなたを喜ばせようと思って言ったんじゃありません」

しばらく沈黙が続いた。ゆっくりと手を伸ばした安岡が、新しい煙草に火をつけた。

「よく吸いますな」

感心したように森が言った。これぐらいしかやることがないので、と安岡が答えた。その時、スタジオに中村良美が飛び込んできた。

「どうした」

「捜索隊から、電話が入ってます」良美が言った。「それらしい人物を見つけたと。どうすればいいのか、指示を仰いでいます」

貸せ、と安岡が電話に手を伸ばした。

4

「もしもし、安岡です」

「野口《のぐち》と言います」若い男の声がした。「日比谷駅のところで、若い男を見かけました。一人です。スイングトップを着て、かなりの痩せ型です。耳にイヤホンをしているのも確認しました。渡されたカラーコピーに写っている人物とかなり似ています」

「待ってくれ。君たちのグループに、警官はいないのか？」

「いません。ぼくたちはかなり後発組で、安岡さんの電話番号しか教えられていませんでした」

　星川の奴、と安岡がつぶやいた。本来、安岡の携帯については、問題の少年がかけてくることを考慮《こうりょ》に入れ、捜索隊に対しては森の携帯番号を教えることになっていた。その手配は星川がしていたはずだが、あまりの人数の多さに混乱してしまい、安岡の電話番号を教えてしまったと思われた。

「その少年は何をしている？」

　安岡が尋ねた。歩いています、という答えが返ってきた。

「どんな様子だ？」

「いや、別に……それほどおかしなところはありません」

「隠れているとか、怪しいそぶりは？」

「ありません。むしろ堂々と歩いているように見えます」

「今、正確にどこにいる？」

「日比谷の駅から、外堀通りの方へ向かっています。正確な場所と言われてもちょっと……」

当然だろう。住所がわかるはずもない。わかったとしても移動を続けている以上、正確な位置を伝えることはできないはずだった。

「わかった。とにかくおれたちもそっちへ行く。君たちはその少年を追ってくれ。見失わないようにしてくれよ」

幸いなことにと言うべきか、ラジオ・ジャパン局舎と日比谷駅は目と鼻の先だった。外堀通りへ向かうルートは何本かあるが、見つけるのもそう難しくはない、と安岡は判断した。

「君の電話番号はかけてきたこの番号でいいんだな」

「ええ、そうです」

安岡が言った。

「一度切るぞ」そう言った安岡が携帯電話を良美に渡した。「まだその少年が本人とは断定できない。当人から電話がかかってくることも十分に有り得る。もしかかってきたら、森さんの携帯に連絡しろ」

「はい」

「中村、お前の電話を貸せ」

有無を言わさず安岡が良美の携帯を取り上げ、今自分の携帯に電話をかけてきた野口という男の電話番号を打ちこんだ。

「電話料金はバイト代に上乗せして払ってやるよ」

「そんな……いいです」

良美が首を振った。行きましょう、と安岡が森に声をかけた。既に森は立ち上がっていた。

5

「もしもし野口くんか」

「はい」

「安岡だ。今、局を出たところだ。君たちはどこにいる?」

「そう言われても」苦笑交じりの声がした。「ラジオ・ジャパンの前にまっすぐの太い道がありますよね」

「あるな」

「そのまま、外堀通りの方へ向かってください。突きあたりのところに、派手なアロハを着た男が立っているはずです。そいつはおれたち捜索隊の一人です」

「なるほど」

「そいつがおれたちの行った方向をだいたいわかってるはずなんで、そいつの道案内に従ってください」

「わかった。電話はこのまま切らないでくれ。いいな」

了解、と声がした。安岡と森は先を争うようにして道を歩いた。外堀通りが見えたところで、黄色いアロハシャツを着た男が立っているのがわかった。

「名前を聞くのを忘れてた」安岡が舌打ちした。「野口くん、そのアロハの彼は何と言う名前だ？」

「内藤《ないとう》です」

「わかった」

携帯電話を握りしめたまま、安岡がアロハの男に近づいた。安岡さんですか、と男の方から話しかけてきた。

「そうだ。君は内藤くんだね？」

そうです、と男が答えた。野口くんたちはどっちへ向かった、と安岡が尋ねた。

「こっちです」

内藤が急ぎ足で歩き出した。安岡と森も彼に従った。

それほど長く歩く必要はなかった。しばらく進んだところで、ジーパンにTシャツという軽装の男が立っていた。

「君が野口くんか？」

「いえ、オレは沢井《さわい》と言います。野口さんはすぐそこの角を曲がったところにいるはずです」

「つまり、君たちが見つけた少年もその辺りにいるということだな」

そうです、と沢井がうなずいた。行きましょう、と森が言った。四人の男たちが素早い足取りで先へ進んだ。角を曲がると、三人の男がゆっくり歩いているのが目に入った。

「あれが野口くんか」

「そうです」

「少年は？」

あそこです、と沢井が指差した。野口たち三人が歩いている数十メートルほど先を、レンガ色のブルゾンを着た男がぶらぶら歩いているのがわかった。

「どう思いますか」

声を殺して安岡が尋ねた。似てますな、と同じように低い声で森が答えた。

「例の画像に映っていた人物と、確かによく似ております。体格、服の色も誤差《ごさ》の範囲内でしょう。ただ、ちょっと気になることがあります」

「何ですか」

「身長です」森が言った。「写真で見る限り、問題の少年の背の高さはせいぜい百七十センチというところでした。ところがあの男は百八十近い。そこのところに違和感があります。もうひとつ、新宿の漫画喫茶で着ていた服はヨットパーカーでした。ブルゾンではありません。それを考えると……」

「しかし、似ていなくはない」

「その通りですな」

よし、とうなずいた安岡が内藤と沢井に命令を下した。

「二人共、向こうの三人と合流してくれ、それから、あの男を取り囲むようにして歩いてほしい。逃がすなよ」

わかりました、と二人の男が前へ進んだ。背の高い男と何か話している。あれが野口なのだろう、と安岡は思った。

見ているうちに、五人の男がばらばらになった。それぞれ歩く速度を変えている。そして五人の男たちが問題の男を取り囲む形になった。

「森さん、ここからはあなたの出番です。警察官はあなたしかいません」

わかっています、と森がうなずいた。男は、野口たち五人に周りを囲まれていることに気づいたようだった。足取りが極端に遅くなっている。そこへ森が早足で駆け込んでいった。

「すいません。警察の者です」森が警察手帳を見せた。「お伺いしたいことがあります。ちょっといいですか」

「何ですか」

狼狽《ろうばい》したように男が片耳のイヤホンを外した。今、聴いているのは何ですか、と森が尋ねた。

「音楽です」

「音楽？」

「イギリスのオアシスというバンドのアルバムです。それが何か？」

「間違いありませんか？　ラジオを聴いているのではありませんか？」

「ラジオ？」

男がイヤホンを引っ張った。その先についていたのはｉＰｏｄだった。

「見ての通りで、ラジオを聴いていたわけじゃないですよ」

いったい何なんですか、と男が強い調子で聞いた。職務質問です、と顔色ひとつ変えずに森が言った。

「何か身分を証明するものを持っていますか」

男が財布から免許証を取り出した。矢口三郎《やぐちさぶろう》、という名前がそこに記されていた。

「職業は?」

「大学生です」

「なぜこんな時間に外を歩いていたのですか?」

「ゼミの論文をまとめなきゃならなかったんですが、どうにも頭がよく回らなくて、気分転換のために外へ出たんです。いけませんか?」

「いけないとは言っていません。免許証によると、現住所は宝町《たからちょう》となっていますが、ずいぶん歩いたもんですね」

「そう言われたら、そうですねと答えるしかありませんけど」矢口が言った。「ただ、何となく気分で歩いていたので、そんなに長くは感じませんでした」

「矢口さん」安岡が前に出た。「あなたは今日、ラジオを聴いてはいませんでしたか?」

「ラジオ?　いや、ラジオは聴いていません」

「間違いありませんか?」

「聴いてないです」

実は、と安岡が説明を始めた。

「私はラジオ・ジャパンでディレクターを務めている安岡というものです。今日、番組宛に不審なメールが届きましてね」

「不審なメール？」

「私が担当しているのはお笑いタレントの奥田雅志の番組なのですが、その番組を聴き終わり次第、自殺するという一種の予告メールでした」

「つまり、それがぼくだと？」

「可能性がないとは言えません」

「いや、そんな」矢口が笑った。「冗談じゃありません。自殺なんて……ぼくにとっては、ありえない話です」

「ありえない話、ですか」

「そうです。自殺なんて、考えたこともありません」

そのようですな、と森がつぶやいた。目の前の矢口という青年は、自殺とは最も縁遠《えんどお》い表情をしていた。

「まあ、しかし時間も時間です。確かに、深夜出歩いてはいけないという法律はありませんが、あまりうろうろする時間帯でもないでしょう。それはわかりますね」

「はあ」

矢口が笑った。そろそろ帰った方がいい、と森が言った。そうします、と矢口がうなずいた。

6

捜索を続けるように、と野口に命じてから、安岡と森はラジオ・ジャパンにとって返した。くそ、というつぶやきが安岡の口から漏れた。

「どうしました」

「いや、とんだ無駄足だったなと思いまして」

「安岡さん、ラジオの仕事について、わたしは何も知りません。ですが、警察という仕事についてはよく知っているつもりです。警察官の仕事のうち、その九割が無駄足だということもね」

「それは……そうなんでしょう」安岡が言った。「ですが、ぼくが気にしているのはそれだけじゃないんです」

「と言いますと？」

時間です、と安岡が答えた。

「もう四時半になってしまいました。番組の放送時間は残り三十分です。なのに、ぼくたちは問題の少年を捜し当てられないままでいる」

「今のところは、です」慰めるように森が安岡の肩を叩いた。「まだわかりません。まだ見つけ出す可能性は十分にあります」

「三十分でですか?」

「肝心なことがひとつだけあります。最後まで諦めてはならないということです。諦めなければ、必ずチャンスは生まれますよ」

「あなたは当事者じゃないからそんなことが言えるんです」

「いや、わたしも立派な当事者ですよ。何度も話したと思いますが、青少年の自殺が問題になっている昨今、それを止めるのはわたしたち警察官にとっても重要な職務です。しかも、予告されてそれが実行されたんじゃ、警察の面目は丸つぶれだ」

畜生、と安岡が首を鳴らした。

「いったいどこに隠れていやがるんだ」

「焦りは禁物ですよ、安岡さん」また森が安岡の肩を叩いた。「最後の瞬間まで、焦ってはなりません」

「しかし……」

「とにかく、五階へ戻りましょう。何か新しい情報が入っているかもしれない」

「それはその通りですが、望みは薄いでしょうね」

まあ、そう言わずに、と森が安岡をエレベーターに押し込んだ。

7

その後も問題の少年を捜すために集まってきた人数は増えていた。その数、およそ百人。今では五人ずつの隊が六十以上あることになる。

ラジオ・ジャパン局舎を中心に、三百名以上の人間が巡回しているということだ。これで見つからなければ、どんな手段を使っても見つかることはないだろう。

一番最後の方にやって来た者の中に、倉科《くらしな》という少年がいた。倉科の自宅は中野《なかの》にある。中野からバイクを飛ばして有楽町までやって来たのだ。

倉科は星川に命じられるまま、田渕《たぶち》という大学生が率《ひき》いる隊に入った。捜索範囲はかなり大ざっぱで、ラジオ・ジャパンの北側を捜せ、というものだった。

（そんなことでいいのだろうか）

捜索にたずさわる人数がかなり大きなものになっているのは、見ていればすぐにわかった。もっと組織的に動かすべきではないかと思ったが、それも難しいだろう、ということも理解できた。

「君たちが捜すところが重なっても構わない」すっかり嗄れた声で星川が言った。「それはやむを得ないことだ。それよりも重要なのは、捜すべき場所を見逃さないようにすることだ。そのためにはビル、マンション、民家、その他いろいろな場所に踏み込む必要が出てくるかもしれない。結果として、警察に通報されるようなことも起こり得るかもしれない。だが、それについてはラジオ・ジャパンが責任を持って対処する。君たちは捜すべきだと判断される場所があれば、迷わずにそこに踏み込んでいってほしい」

その言葉を聞きながら、倉科はラジオ・ジャパンが真剣に自殺予告をしてきた人間を捜していることを理解した。これはラジオの企画や、やらせの類ではない。本当に自殺予告メールを出した人間がいるのだ。

そうであるのなら、その人物を捜さなければならないだろう。だが、田渕に率いられる形でラジオ・ジャパンから外堀通りに出てみて、それがいかに困難なのかを倉科は悟っていた。その辺りには人が大勢いた。

彼らが自分たちと同じ、自殺予告メールを送ってきた人間を捜すためにその辺りを歩いていることはすぐにわかった。これでは蟻《あり》のはい出る隙間もない。どこに隠れているのかはわからないが、自殺しようとしている人間は動きがとれなくなっているのではないかと倉科は思った。

(どうすれば見つけることができるだろう)

午前四時半という時間帯にもかかわらず、通りには人があふれていた。だが、そんなことをしていても無駄だ、と倉科は思った。

（でも）

どうすればいいのか、それは倉科にもわからなかった。やむを得ず、田渕についていくしかなかったが、これでいいのだろうかという思いはいつまでも倉科の心中に残ったままだった。

8

「いやあ、何だかんだ言って、時間が経つのは早いですね。もう四時半を回りましたよ」

「ホンマや」

〝オールナイト・ジャパン〟第二部が始まってから、一時間半が経過していた。大月と奥田の二人のパーソナリティは、ゴールに向かって最後の力を振り絞っていた。

「ホンマにねえ、何が何やらわからんうちに、もう四時半ですか」

「何か、あっと言う間でしたね」

「まあ今日はね、いつもと違って例のクソガキというテーマがありましたからね。せやけど大月さん、ぼくねえ、やっぱりこれは悪戯やないかと思うようになってきたんですよ」

「なぜですか」

「いや、ホンマに自殺する気があるんやったら、もうちょっとこっちにコンタクト取ってきてもいいと思うんですよね。せやけど、メールが二通来たのと、電話が一本かかってきただけでしょ？　これねえ、マジやったらそんなことありえへんと思うんですよ」

奥田が煙草に火をつけた。そうですねえ、と大月がうなずいた。

「本気で自殺するつもりだとしても、絶対心は揺れてるはずですもんね。止めてほしいという気持ちがあってもおかしくないはずです。そうでしょ？」

「そうなんですよ。マジで死ぬ気でもね、最後まで迷うのが人間ってものでしょ？　せやのに、何も言うてこんちゅうのは、これはやっぱし悪戯やったと、ぼく、そう思うんですわ」

「確かにその通りですね」

もちろん、奥田も大月もその本心は違う。問題の少年が有楽町近辺にいて、自殺する可能性が高いと思っていた。悪戯だと奥田が一方的に言い出したのは、あくまでも牽制《けんせい》という意味だった。

つまり、悪戯と見なすことによって、自分たちが少年のことを捜していない、と思わせるのが奥田の狙いだ。捜されていないとわかれば、少年が表へ出てくる可能性は高くなると読んだ上での発言だったが、それがうまくいくかどうかはわからなかった。

「正直言うたら、これだけ呼びかけても何も言うてこないっちゅうのはね、こっちも興味がなくなるというか」

「そうですね」

これもまた、少年に対するひとつの引っかけだった。興味がない、とまで言えば、意地になって連絡をしてくる可能性もないとは言えない。ただし、この餌《えさ》に引っかかってくれるかどうかは不明だった。

いずれにしても、今、最も重要なのは、少年の現在位置を探ることだ。それさえわかれば保護が可能になる。そのために、二人のパーソナリティは必死になって知恵を振り絞っていた。

9

巡回している各隊から、時間の経過と共に森の携帯電話に連絡が入るようになっていた。ただし、そのどれもが少年の所在は不明、という内容だった。

「これだけ徹底的に捜索して、なぜ」

安岡が首を振った。まったくですな、と森が答えた。

「まったく、わけがわかりません。よほど巧く隠れているのか」

「それともやはり有楽町近辺にはいないということなのか」

安岡がため息をついた。どうでしょうね、と森が言った。

「しかしさっきも言いましたが、少年が奥田さんのいるこのラジオ・ジャパンを見ることのできる場所で死のうとするだろうというあなたの意見は正しいと思っています。いや、それ以外の場所で自殺することは考えられませんな」

「では、なぜ見つからないんですか？　極端な話、今、ラジオ・ジャパンを中心に半径約五百メートルの円が作られています。その中に投入された人員は全部で三百名以上、それこそ蟻のはい出る隙間もない状態です。にもかかわらず、なぜ見つからないのですか」

森が黙り込んだ。安岡の問いに対して、答えを持っていなかったためだ。

実際問題として、安岡たちが作った捜索網は目の細かいものだった。警察の容認により、彼らはどんな場所にでも足を踏み入れることができる。捜そうと思えばどこでも捜せるということだ。

もちろん、夜間であるため、入れないビルなども多かったが、これは問題の少年にとっても同じことだ。捜索隊の入れない場所は少年も入れない。当然のことだった。

「まさかとは思いますが」安岡が言った。「捜索隊の中に紛れ込んでいるんじゃないでしょうね」

「木を隠すなら森の中ということですか。なかなか面白い考えだとは思いますが、それはありえないでしょう」

森が言った。

「なぜです?」

「わたしたちは今回の事件に関し、一般人の協力を仰ぐため、送られてきたメールに対してラジオ・ジャパンに集結せよ、という返信をしています。ですが、少年から来たメールには、そんな返信はしていません。当たり前のことですが。つまり、少年には自分を捜している三百人以上の人間がいることを知る機会がないということです。従って、少年が捜索隊の中に紛れ込んでいるということはありえませんな」

「では……どこにいると?」

「それがわかれば苦労はしません……ああ、四時四十五分になりましたね」

安岡も自分の腕時計を見た。番組が終わるまであと十五分を残すのみとなっていた。畜生、と安岡がスタジオの中を歩き回り始めた。

「どこからここを見ているんだ?」

「安岡さん、くどいようですが、それがわかれば苦労はしませんよ」

「間違いなく、少年はラジオ・ジャパンの見える場所にいるはずだ。そうでしょう?」

安岡は歩くのを止めなかった。そうですな、と森がうなずいた。

「わたしたちの立てた仮説が正しいとすれば、いや、わたしは正しいと思っていますが、少年は必ずこの有楽町近辺におります。そしてこのラジオ・ジャパン局舎が見えるところにいます」

「なぜだ」安岡がつぶやいた。「仮説は合ってる。それに対する手当ても正しい手段を取っている。それなのになぜ見つからない」

「ラジオ・ジャパン局舎の中にいる、なんてことはないでしょうね」

「局内に入るためにはICカードが必要です。警備員もいます。入り込むことは不可能です」

「それでは、逆に極端に遠い場所から見ているということはありえませんか？」

「極端に遠い場所？」

安岡が足を止めた。そうです、と森が言った。

「これは極端過ぎるかもしれませんが、東京タワーの展望台から、ラジオ・ジャパン局舎を見ることも可能でしょう。もっとも、この時間です。東京タワーに入り込むことはそれこそ不可能ですが」

なるほど、と安岡が煙草をくわえて火をつけた。

「今、ぼくたちは半径五百メートルの円内を捜索しています。ですが、あなたの説に従えば、それより遠い可能性もあるということですね？」

「そういうことになります。もちろん、可能性の問題ですが」

「どこからなら見えるだろう」再び安岡が歩き始めた。「いったい、どこからなら」

「さて、どうでしょう」

森が首をひねった。安岡の口から白い煙が吐き出された。

「森さん。ラジオ・ジャパンを見ることのできる場所というのは、逆に言えばラジオ・ジャパンから見える場所ということになりますよね」

「それは……その通りですな」

一緒に来てください、と安岡がスタジオの外へ飛び出した。どこへ行くつもりですか、と森が尋ねた。

「屋上です」

安岡が答えた。

10

ラジオ・ジャパンは十一階建てのビルだ。屋上は基本的に出入りできないが、緊急事態であれば出ることもできた。安岡が非常ボタンを押すと、屋上に通じるドアが開いた。

「真っ暗ですな」

森がつぶやいた。まだ夜明けまでは一時間ほどあるだろう。

見下ろすと、そこにはたくさんのビルが立ち並んでいた。それらの建物の中には明かりのついている窓もあった。まだこんな時間になっても働いている人たちがいるのだ、と安岡は思った。

「安岡さん、いったい何のために屋上へ」

「ぼくたちがしていたのは、効率の悪い方法でした。つまり、とにかく行き当たりばったりに問題の少年を捜すというやり方です。だが、それでは無駄が多過ぎる。もっとこちらの方から、強く指示をするべきでした」

「指示？」

そうです、と安岡がうなずいた。

「ラジオ・ジャパン局舎を見ることができる場所は限られています。これだけ多くのビルが立ち並んでいるのだから、それは当然のことです」

「なるほど」

「向こうから見える場所は、こちらからも見えるはずです。屋上に来たのはそのためです。ここからなら、すべてを見渡すことができる」

どっちだ、とつぶやきながら安岡が左右を見た。森も同じように動いた。

「やはり、北側の方が建物が少ない分、見晴らしはいいようですな」

「そうですね」

二人はどちらからともなく北側に寄った。屋上はすべて高さ四メートルほどの金網で囲われている。

下界には建物が立ち並んでいたが、そのどれもがラジオ・ジャパン局舎よりも低かった。こちら側からなら、問題の少年がどこにいたとしても、ラジオ・ジャパン局舎を眺めることができるだろう。

「どこだ、どこにいる」

安岡が視線を左右にやった。その時、森が小さな声で言った。

「安岡さん、かなり遠いですが、あそこに歩道橋があるのがわかりますか」

「歩道橋？」

安岡が森の指さす方向を見つめた。数百メートルほど離れたそこに、確かに歩道橋があった。

「その中央に一人立っている者がいます、さっきから見ているのですが、まったく動こうとしていません」

安岡がじっと森の言う人影を見つめた。あいつか、というつぶやきが漏れた。

「森さん、携帯を貸してください」

言葉と同時に安岡が手を伸ばした。その手に森が自分の携帯電話を載せた。

「もしもし、中村か。おれだ。安岡だ。星川に伝えてくれ。捜索隊の何隊かを、外堀通りの歩道橋へ向かわせろと。いや、おれも現場に行く。捜索隊に余計な手出しはさせるな。歩道橋の中央に怪しい奴がいる。いいな、星川に伝えるんだ。歩道橋を挟みこむように人員を配置させるように、わかったな」

安岡が電話を切って森に返した。

「行きましょう、森さん」

「わかりました」

森がうなずいた。二人はエレベーターホールへ向かった。

part10 真実

AM04：50

1

歩道橋までの距離は、屋上から見た感じよりも遠かった。屋上からでは目と鼻の先にあったが、いざ歩いてみると遥か遠くに見えた。

「急ぎましょう。森さん」

「わかってます」

安岡と森は互いを励ますようにしながら早足で歩道橋を目指した。もしも間違っていたら、とは安岡も森も考えていなかった。

この線を外せば、もう自殺しようとする少年の行方を捜すことはできないだろう。少なくとも、番組が終わる時間に間に合わないのは確かだった。

「いや、間違いありません」あれが本命ですな、と森が言った。「古い刑事の勘ですが、まださびついてはいません。あれが問題の少年です」

「どちらにしても、行けばわかることです」

足を休めることなく安岡は歩き続けた。ようやく歩道橋にたどり着いたのは、四時五十分のことだった。

階段の下に五人の男たちがいた。顔も名前も知らないが、番組を聴いてきたリスナーたちから成る捜索隊の一隊なのだろう。安岡だ、と名乗ると、背の高いリーダー格の男が、土井《どい》です、と言った。

「星川さん……でしたっけ。あの人に言われて、こっちへ回ってきたんですけど」

向こう側にも人がいます、と土井が顎で指した。確かに、通りを挟んだ反対側にも五人の男たちがたむろしていた。

「ですが、安岡さん……引いたのはスカみたいですよ」

土井が言った。なぜわかる、と安岡が尋ねた。女ですから、と土井が答えた。

「女？」

「確かめたんですか」

森が聞いた。ええ、と土井がうなずいた。

「歩道橋を渡るふりをして、おれたち全員で立っている奴のことを見たんです。明らかに女でした。二十歳ぐらいじゃないですかね」

女。一瞬安岡は混乱した。自分たちが今まで捜していたのは少年ではなかったのか。漫画喫茶のビデオに映っていた画像を思い出した。

確かに性別は不明だったが、間違いなく少年に見えた。それは先入観なのだろうか。

「確かめてみるしかなさそうですな」森が言った。「職務質問をしてみましょう」

「職務質問?」

「こう見えても刑事です。不審者がいれば尋問するのも刑事の仕事のうちです」

森が歩道橋の階段を素早く上がっていった。安岡がそれに続いた。

2

失礼、と森が呼びかけた。返事はなかった。よく見ると、歩道橋の中央に立っていた女はイヤホンをしていた。何を聴いていたのだろうか。

「失礼しますよ」

森が少し大きな声で言いながら女の肩をつついた。驚いたように振り向いたその顔は、化粧っ気こそなかったが明らかに女だった。ヘアスタイルはショートボブだ。

「警察の者です」森が警察手帳を見せた。「いったいこんな時間にこんな場所で、あなたは何をしているんですか?」

「……別に」女が首を振った。「ただ、ぼんやりしていただけです」

「気を悪くされたら申し訳ありませんがね、これも一応仕事のうちなので」森が言った。

「不審者を尋問するのも我々の仕事なのですよ」

「不審者？」

「そう、不審者です。少なくともわたしにはそう見えた。だから声をかけた。そういうことです」

「あたし、何もしていません」

女が手を振った。その拍子に耳からイヤホンが外れた。

「何を聴いていたんですか？」

「……音楽です」

「どんな種類の？」

「そんなこと、いちいち説明する必要ないと思います。それに、アーチスト名を言っても、オジサンにわかるとは思えません」

「確かに。確かにそうです。わたしはあなたの倍以上年を取っている。言われてもわかるとは思えませんな」

その間、安岡は女の姿を見つめ続けていた。頭の中でビデオの画像と重ね合わせてみる。確かに、似ていることは事実だ。

痩せ型の体をジーンズとヨットパーカーで覆っていた。ただ、決定的な違いがあった。ヨットパーカーの色だ。

ビデオで見る限り、新宿の漫画喫茶で映し出された人影は赤のヨットパーカーを着ていた。だが、今目の前にいる女が着ているのは黒のヨットパーカーだ。いくらビデオの画像が粗いとはいえ、赤と黒を混同するとは思えなかった。

「もう一度伺います。こんな時間にこんな場所で何をされていたんですか？」

「眠れなくて……ただ歩いていたらここに出てました」

「免許証とか、身分を証明できるものはありますか」

女が持っていた小さなバッグの中から運転免許証を出した。大西圭子《おおにしけいこ》二十歳、と森が読み上げた。

「現住所は……中野となっていますね。間違いありませんか？」

「間違いないです」

「ご実家ですか？」

「はい」

「中野に住んでいる方が、こんな時刻に有楽町近辺を歩いているというのは、どうも合点が行きませんな」

「新宿の……居酒屋みたいな店で飲んでいたんです」

「誰と？」

「一人で、です」

「それから？」

「ずいぶん、酔っ払ってしまったような気がします。気がついたら、山手線の終電に乗っていました」

「山手線？ 実家が中野にあるのに、なぜ山手線に？」

「わからないです。酔っていたもので……」

「まあいいでしょう。それから？」

「電車の中で寝てたんです」女が言った。「不意に目が覚めて、とりあえず降りてしまいました。気分が悪かったせいもあります」

「それで？」

「その先はよく覚えていません……ずっと歩いていたように思います。気がついたらここに立っていました」

「なるほど……着衣に乱れもないし、事件に巻き込まれたというようなこともなかったようですな」森が安岡の方を見た。「何かありますか？」

女が口に手を当てたまま、安岡のことを見つめていた。卵型の輪郭《りんかく》の顔。化粧っ気はない。どちらかといえば美人の部類に入るだろう。はっきりした形の目、整《ととの》った口元、どれを取っても人並み以上のものがあった。

「何を……仕事は何をしているんですか」

安岡が言った。学生です、と女が答えた。

「女子大生？」

「そうです」

それ以上質問できることはなかった。というより、何を聞けばいいのかわからなかった。

「こんな時間に外を歩いていたら危ないよ」

「そうですね」

「ご両親も不安に思うだろう」

「はい」

「始発が出る時間になったら、すぐに帰った方がいい」

「わかりました」

安岡が一歩引き下がった。もう質問することはない、という意思表示だ。失礼しました、と森が言った。

「しかし、今こちらの人が言った通りです。女性が一人で歩くような時間ではない。気をつけて帰るように」

「はい」

戻りましょう、と森が諦めたように言った。その時、かすかな物音がした。

安岡は音のした方向に目をやった。歩道橋のアスファルトの上に、アポロキャップが落ちていた。女の足元だ。

安岡はその場から動こうとはしなかった。引っかかるものがあった。あの漫画喫茶の映像。

安岡の表情が変わった。すべてが安岡の中で繋がった瞬間だった。

「……君だね?」

はい? と女が尋ねた。君なんだね、と安岡が言った。

「安岡さん」

森が言ったが、安岡は迷うことなく首を振った。

「番組に自殺予告のメールを送ってきたのも、電話をかけてきたのも、君なんだね?」

「何のことですか?」

女が抗議するように言った。安岡さん、と森が首を振った。だが、安岡は譲らなかった。

「間違いありません。少年だと思っていたから、女性だとははなから考えていなかった。やむを得ないことです。ですが、そのアポロキャップがすべてを物語っています。その形は例の漫画喫茶で撮影された画像のものと同じです」

「しかし、服の色が」

森が言った。確かに、と安岡がうなずいた。

「着ていたヨットパーカーの色が違えば、ますます当人とは思わなくなる。ですが、奥田も番組で言っていたように、表もあれば裏もある。つまり、こんなふうに」

つかつかと女の前に歩みよった安岡が、いきなりヨットパーカーの前ファスナーを開いた。

「何をするんですか！」

「こういうことです」

女の着ていたヨットパーカーの裏地は真赤だった。いや、裏地ではない。もともとリバーシブルにできていた服だった。

「新宿の漫画喫茶からメールを送ってきた時は赤の方を表にして着ていたのでしょう。その後、理由は不明ですが夜が深まるにつれ、ヨットパーカーを裏返しにして黒の方を表にして着るようになった。そうだね」

女の目に涙が浮かんだ。安岡がその肩に手を置いた。

「よく生きていてくれた」

安岡が言った。

3

後の処置を森に任せて、安岡は急ぎ足で局へと戻った。番組はエンディングのトークに入っていた。

「すいませんでしたねえ、大月さん。いきなり乱入してしまいまして」

「いや、そんなことないですよ。むしろ大歓迎です。いつでも来てください」

「そう言ってもらえると助かりますけど、まあこんなこと二度とあらへんでしょう」

「それもそうですね」

二人が声を揃えて笑った。あとは大月がスポンサー名を読み上げるだけの時間しかない。奥田がヘッドホンをむしり取るようにしてスタジオの外に出てきた。

「どないやった」

「見つかりました」

奥田がまばたきを二度繰り返してから、小さく息を吐いた。

「よう見つかったな」

「偶然です」

「なんであんな……メール送ってきたりしたんかな」

「今、警察の森っていう刑事さんがその辺の事情を詳しく聞いています」

「そうか」

「そうです」

二人はそれ以上言葉をかわそうとはしなかった。疲れたなあ、と奥田が大きく伸びをした。

「いや、本当に」

安岡がため息をついた。なあ、と奥田が言った。

「煙草、あるか？」

「煙草？」

「全部、吸いきってもうて」奥田が空になったマルボロのパッケージを握りつぶした。

「残ってへんねん」

「よかったら、どうぞ」

安岡がポケットに入っていた煙草をパッケージごと奥田に渡した。すまんの、と奥田が言いながら煙草に火をつけた。

一本だけ返してもらっていいですか、と言いながら安岡が奥田の手から煙草を一本抜き取り、同じように火をつけた。二人の吐く紫煙が宙でからみ合った。

「なあ、安岡さん」

「もう、次はないで。二度とこんなことにオレを巻き込まんでくれや」

「何ですか」

「こんなこと、もう二度とありませんよ」

それもそうか、とつぶやいた奥田が煙草を灰皿でもみ消した。ちょうど大月によるスポンサー名の読み上げが終わったところだった。

「そんなら、オレ、帰るわ」

「はい。気をつけて。いつもと違う時間帯ですからね」

「大月さんによろしく言うといてくれるか」

「奥田さん」わかりましたとうなずきながら安岡が言った。「ありがとうございました」

「礼なんかいらん」

「しかし」

「それに、礼ならもうもらっとる」奥田が煙草のパッケージを振った。「これで貸し借りはチャラや。そうやろ？」

「それは……」

「そういうことなんや」

ほんならな、と言って奥田がエレベーターホールへ向かった。どこにいたのか、マネージャーの小山がその後ろに従った。

「安岡さんも気いつけて帰りや。詳しいことはまた今度教えてくれ。とにかく今日は疲れた。あんまり話しとうない」

わかりました、とうなずいた安岡の耳に、エレベーターが到着したチャイム音が聞こえた。奥田がエレベーターに乗り込んだ。ドアが閉まり、奥田と小山が下りていくのがわかった。

「お疲れさまでした」

安岡が口の中でつぶやいた。奥田に向けて言ったのか、それとも自分を含めて今日の出来事にかかわったすべての人間に言っているのか、自分でもわからなかった。

4

保護された大西圭子は丸の内署に移送され、そこで詳しく事情聴取された。番組宛に二通の自殺予告メール、そして一本の電話を入れたことを彼女は告白した。

「自殺しようと思っていたのは本当でした」

圭子は取調官を務めていた森刑事に語った。その理由はと問われて、家庭内暴力が原因だと言った。

「それはどういう意味で？」

「兄がいるんですが……兄の暴力が止まらなくなって……」

詳しく聞いてみると、事情はこうだった。大西圭子には博之《ひろゆき》という四歳違いの兄がいた。博之は七、八年前、高校二年生ぐらいの時から不登校を始め、いわゆる引きこもりになっていた。

両親共に博之を社会復帰させることについては半ば諦めかけていた部分もあったが、そのためなのかどうか、この数年博之の家庭内暴力は激しくなる一方だった。父親、母親はもちろん、圭子自身も兄の暴力のため骨折したことがあった。

特にその暴力は弱い者へと向き、だんだんターゲットは圭子に絞られていった。殴る、蹴るはもちろん、髪の毛を掴んで振り回されたり、投げ飛ばされたりするのはほぼ毎日だった。

当然、圭子は両親に自らの保護を求めた。だが、両親は何もしようとしてはくれなかった。一番ショックを受けたのはそれだ、と圭子は言った。

「ショックと言うのは？」

「つまり……親ならばあたしのことを守ってくれると信じていたのに、それが裏切られたというか……」

父と母は息子の暴力に対して、あまりにも無力だった。どんなきっかけで暴れ出すかわからない息子に対して、下僕《げぼく》のように仕《つか》えている母親。毎朝早くに出かけ、終電まで帰ってこない父親。

圭子にも逃げるという選択肢はあった。彼女は大学受験に合格し、大学生になっていた。家を出てしまうこともできたが、父母を見捨てることはできなかった。自分がいなくなれば兄の暴力は父母へと向かうだろう。

言ってみれば、今まで三方向に分散されていた力が、二方向にのみ向かうことになる。それを考えると、責任感の強い圭子には逃げ出すことなどできなかった。

大西圭子の両親は、どこかで決断するべきだった。しかるべき施設や警察に相談するなり、博之をカウンセラーに診せるなり病院へ連れて行くなりするべきだった。

だが、両親は古いタイプの人間であり、身内の恥は隠すべきだと信じていた。そのために何ら有効な手を打つことができないまま、約七年が過ぎていた。明らかに判断ミスと言えただろう。

だが、その判断ミスを認めないまま、時だけが過ぎていった。そして、決定的な事件が起きた。兄の博之は実妹である圭子を犯《おか》そうとしたのだ。

5

二週間ほど前のある夜のことだった、と大西圭子は語った。

「すごく蒸《む》して、嫌な感じのする日でした。大学から帰ってきたあたしは、いつものように自分の部屋に入りました。もう毎日が嫌で嫌でたまりませんでした。特に家にいると辛くて、兄がいつまた暴力をふるうのかと思うと、生きてる心地がしないほどでした。ふと気づくと、家の中はすごく静かでした。父がいないのはいつものことでしたからそれほど不思議に思いませんでしたが、母と兄がいないことはめったにないので、なぜだろうと思いました。後でわかったことですが、母は買い物に出ていたんです。でも、兄はいたんです。兄はあたしの帰りを待っていたんです」

苦しげに言葉を途切らせながら、圭子は語り続けた。

「あたしの部屋には鍵がつけてありました。帰ってきてからしばらくすると、ノックの音がしました。母なら呼びかけてくるはずなので、兄しかあり得ないと思いました。ノックの音がどんどん大きくなっていき、しまいにドアごと蹴飛ばすようになって……あたしは鍵が壊《こわ》れるのが嫌で、部屋の扉を開けてしまったんです。そうしたら、そこに兄が……全裸の兄が立っていたんです」

部屋に入ってきた兄によって、ベッドに押し倒された。抵抗すると思い切り顔を殴《なぐ》られて意識が遠のいた。気がつくと、兄が自分の服を脱がせようとしていた、と圭子は言った。

「悲鳴を上げて助けを呼ぼうと思ったんですけど、恥ずかしくてそんなこともできないし、かと言って実の兄に犯されるなんてあり得ないし、どうすればいいのか、対処に困っていた時、バタつかせていた自分の足が偶然兄の顔面に当たって、鼻血が出て……それで兄はとりあえず諦めたようでした。無言のまま顔を押さえてあたしの部屋を出ていく兄の表情を、一生忘れることはないと思います。あれは人間の顔ではありませんでした。理性のかけらもない、本能だけで生きている獣《けだもの》のような感じでした」

「そのことをご両親に話しましたか？」

話しました、と圭子がうなずいた。

「でも、父も母も信じてくれませんでした。まさか血の繋がった実の兄が妹を乱暴しようとするなんて、そんなこと信じられないという気持ちはわかります。でも、それもあたしにとってはショックでした。どうして兄のことを信じて、あたしのことは信じてくれないのか。本当に怖かった。あの恐怖を忘れることはできません。その前からうっすら感じていたことでしたが、具体的に自殺を考えるようになったのはそれがきっかけです」

自殺しよう。逃げ場はそこしかない。そう思い込むようになったのは、その事件があったからだという。

「もう思い残すことはほとんどありませんでした。家を見ていただければわかります。表側こそきちんとしていますが、中に一歩足を踏み入れれば、そこが人間の住む場所でないことはすぐわかるはずです。冷蔵庫以外の電化製品はすべて兄によって叩き壊されています。着替えるための下着は浴室で自分で洗うしかないんです。あんなの家じゃありません。牢獄《ろうごく》です」

父、母、娘がすべて兄を怖れていた。兄の暴力に脅《おび》えていた。確かに、そこはある意味牢獄だったのだろう。鍵を握っているのは兄だった。

「死んでしまえば楽になれる。毎日そう思うようになりました。あれ以来、兄が襲ってくるようなことはありませんでしたが、またいつそんな時が来るかわかりません。そうしたら今度は本当に逃げられないかもしれない。だったら、死んだ方がましだと思うようになって……」

大西圭子は話しながら、泣いていた。よほど脅えていたのだろう、と森は思った。

「そんな中、唯一の救いが奥田さんのラジオでした。テレビは壊されていて見ることができなくなっていましたけど、ラジオだけは無事でした。こんなちっぽけなポータブルラジオでしたけど、それだけが救いだったんです。ラジオを聴いている限り、どんなに辛いことがあってもそれを忘れることができました。そしたら、奥田さんの〝オールナイト・ジャパン〟が五周年を迎えるという話が出てきました。わかった、とあたしは思いました。たぶん、それが何かのきっかけになるのだろうと。偶然かもしれないけれど、必然かもしれないと」

「それで、五周年の日を選んで自殺しようと思った？」

そうです、と圭子がうなずいた。

「なぜ、番組宛に自殺予告のメールを送ったのですか？」

「なぜかは、自分でもわかりません。ただ、こういうリスナーもいるんだと、それを伝えたかっただけなのかもしれません」

「番組に電話をしたのは？」

「思っていたより騒ぎが大きくなっているような気がして……そんなつもりじゃなかったと言いたかったんですけど、怖くて……」

「怖くて電話を切った？」

「そうです」

「混乱させるつもりはなかった？」

「ありませんでした」

「結果として、あなたの家に警察が入る可能性があります。民事不介入は警察の大原則ですが、今回のようなケースは別です。ただし、正式な訴えがあればの話ですが」

「警察に入ってもらいたいと今は考えています」

「よくわかりました。後は我々の仕事です」

森が言った。

6

その日の午後、安岡のもとに森から連絡が入った。詳しい事情は言えないが、大西圭子に自殺するための直接的な原因があったこと、奥田の番組を最後に聴いてから自殺しようと考えていたことを森は伝えた。

「そうですか」安岡が言った。「まだ本人は自殺を考えているんでしょうか」

「いや、そんなことはないと思います。我々警察が問題の抜本的な解決に取り組みますので」

「それは……いいことなんでしょうね」

「少なくとも、彼女にとって悪いことではないと思います」

「とにかく、死ななくてよかった」

「まったくですね。安岡さん、あなたはどうなんですか？　あなたは処分されたりとかするんですか？」

「されるでしょう」淡々《たんたん》とした口調で安岡が答えた。「されなければおかしい。ぼくがしたのはそういうことです」

「ひとつだけ言っておきましょう。安岡さん、昨夜のあなたの行動は立派だった。我々警察官にできない判断をしたことだけは確かです。重い処分でないことを祈ってますよ」

「いや、警察と民間企業は違います」安岡が苦笑交じりに言った。「ぼくは最悪のことも想定していますよ」

「最悪のことというのは……例えば」

森が尋ねた。要するにクビということです、と安岡が答えた。

「ぼくが……ぼくと奥田さんのやったことは、ラジオという枠からはみ出す行為でした。本来、あってはならないことです。もちろん、緊急事態だという考えは頭の中にありました。しかし、緊急だからこそもっと冷静に対処するべきだったのかもしれません」

「正解はどれかなど、誰にも決められませんよ」

「いや、そうでもないんです。少なくとも、ラジオ業界ではね。要は偉い人が決めることです」

「幸運を祈ってますよ」

「彼女のことをよろしくお願いします」安岡が真剣な声で言った。「一度は本気で自殺を考えたほど思い詰める性格の人間です。また何かあった時、同じことをされたんじゃ何のためにルール破りをしたかわからなくなってしまう」

「彼女、大西圭子さんのことは我々に任せておいてください。悪いようにはしません」

「信じていますよ。それじゃ、縁があったらまた会いましょう」

「そうですな」

二人は同時に通話を切った。

7

安岡が佐伯局長に呼び出されたのは、その日の夕方のことだった。予想していたことであり、安岡に脅えはなかった。

局長室とプレートのかかっている部屋に入ると、佐伯が待っていた。座りたまえ、と佐伯が言った。

「失礼します」

そう言って、安岡はソファに座った。革張りの上等なソファだった。

「疲れただろう」

佐伯が向かい側に腰を下ろした。いえ、と安岡は首を振った。無理をするな、と佐伯が苦笑した。

「正直、私も疲れている。あの騒ぎだ。疲れない方がどうかしている……最終的に、リスナーは何人集まったんだ?」

「正確な数字はぼくたちも把握しきれていませんが、三百人を超す人数が集まったという報告が上がっています」

「あの時間にか」

「そうです」

「夜中の三時過ぎにそれだけの人数を集められるというのは、ラジオというものもあながち馬鹿にはできないな」

「そうですね」

しばらく沈黙が続いた。佐伯が煙草をポケットから取り出して口にくわえた。

「本来ならここも禁煙なんだがね。知っての通り、私はヘビースモーカーだ。まあ、これでも一応は局長だからな」局長特権と考えてもらおう」

煙草に火をつけた。君も吸うか、と佐伯が尋ねた。それでは、と安岡も自分の煙草を取り出した。二人がそれぞれ一本の煙草を灰にした。

「率直に言うが」佐伯が煙草を灰皿に押しつけて消した。「君を処分しなければならない」

「わかっています」

安岡がうなずいた。そういうことだ、と佐伯が言った。

「君は事実かどうかも定かでない自殺予告メールを番組で取り上げ、確認を怠ったまま放送を続けた。ラジオマンとして、番組のディレクターとしてあるまじき行為だ。違うか?」

「異論ありません」

「ひとつ聞きたい」佐伯が二本目の煙草に火をつけた。「なぜあんなにまでしてあのメールにこだわった?」

「自分でもわかりません。無我夢中でした」

「局のホームページや番組のホームページには、脅迫めいたメールがまれに来るとわたしは聞いている。だが、今までそんなメールについて番組で取り上げた例はない。なぜか。本当かどうかの確認が取れないからだ。事実であれば、番組で取り上げる必要が生じる場合もあるだろう。しかし、それはあくまでも事実であればだ。その事実確認ができていない限り、いちいちそんなメールを取り上げていたのでは、ただ騒ぎを引き起こすだけだ。昨日のように……いや、正確には今朝のように、と言うべきかな」

「局長、自分でもなぜあのメールにこだわったのかは、はっきりと理由を言えません。ただ、長くディレクターを続けていれば、リスナーから送られてくる手紙やメールがリアルなものであるかどうか、勘が働くことがあります。自分は昨夜の時点で届いたメールについて、リアルなものだという心証を得ました。理由は言えません。というより、後付けの理由ならいくらでもつけることができますが、あの時点で頼れるものは自分の勘だけでした」

「間違っている可能性については考えなかったのか」

「一応は考えました。番組が始まるまでのわずかな時間の中に、可能な限り事実かどうかの確認をしようとしたことは間違いありません。ですが、時間切れになったまま、番組で取り上げてしまったことも確かです。そして、それはラジオマンとしての許容《きょよう》範囲を超えた行為だったと考えています。処分は当然のことだと思います」

佐伯がひとつため息をついた。

「安岡……確かに今回は君の勘が正しかった。警察から連絡があったが、メールを送ってきた女性は本気で自殺を考えていたという。君と番組スタッフはその女性の命を救ったことになる。だが、それは結果論だ。もしあのメールが悪戯だとしたら、本気で取り上げた君たちが馬鹿を見たということになる。それについては考えなかったのか？」

「考えませんでした」安岡もう一本の煙草に火をつけた。「自分はあのメールが間違いなく自殺の意図を持った人間から送られてきたと信じて疑っていませんでしたので」

「その判断が甘かったと言っている」

「自分はそう思いませんが、局長がそうおっしゃるのであれば甘かったのでしょう。処分は甘んじて受けたいと思っています」

「その通りだ。君には処分の必要がある」

「はい」

「そのためにいくつか聞きたいのだが……」奥田はなぜあのメールを番組で取り上げること

を素直に受け入れたのか」

「それは奥田さんにしかわからないことでしょう。ぼくが言ったのは、こういうメールが来ているけれども、どう思うか、ということだけです。ぼくの方から強制的に番組で例のメールについて取り上げるように命じたつもりはありません。だいたい、ぼくが何を言っても彼はそれを聞くような人ではありません。それぐらいは局長もおわかりでしょう」

わかっている、と佐伯がうなずいた。ですから、と安岡が言った。

「なぜ奥田さんが例のメールを取り上げたのか、そしてオールナイトの第一部が終わっても局に残り、第二部に乱入したのかはぼくにもわかりません」

「それが不思議でならない」佐伯が言った。「なぜあんなにまでしてメールを送ってきた人間とコンタクトを取ろうとしたのか」

「それもパーソナリティとしての勘だったのかもしれません。もうひとつ、これは自分の憶測ですが、奥田さんはあのメールを自分に対してのある種の挑戦だと考えていたのかもしれません」

「挑戦？」

「そうです。自分は今から自殺しようとしている。ラジオのパーソナリティにそれが止められるか、という意味です。そう考えると、少しは奥田さんの気持ちがわかるような気がします」

「挑戦、か……」なるほど、と佐伯が首を振った。「その挑戦を受けて立った、ということかな」

「そういう部分はあったと思います」

「意地になったか?」

「そうですね。かもしれません」

「さっき君は、問題のメールについて、事実であることを信じて疑わなかったと言ったな」

「言いました」

「奥田もそう思っていたのか?」

「だと思います」

「なぜだ? 深夜放送だぞ。どんなメールが送られてくるか、そんなことは想像もつかない。それなのになぜ?」

「さあ」安岡が肩をすくめた。「奥田さんに聞いてもらわなければわかりませんが、奥田さんにも奥田さんなりの勘が働いたんじゃないでしょうか」

「本人に聞いてみた」

佐伯が言った。何ですって、と安岡が顔を上げた。

8

「一時間ほど前、奥田本人から私宛てに電話があった」

「それは……知りませんでした」

「私も驚いたよ」佐伯が苦笑した。「タレントから直接電話をもらうことなど、もうとっくにないと思っていたからな」

「用件は何だったんです？」

「番組を降りたい、ということだった」

佐伯が煙を吐いた。そうですか、と安岡がつぶやいた。

「タレントが直接言うことではないでしょう、と答えておいたがね。我々は奥田雅志と直接契約を交わしているわけではない、事務所と契約をしている。タレントが番組を降りたいと言っても、それだけで済む問題でないのは言うまでもないだろう」

「それはそうです」

「まあしかし、せっかくいただいた電話だったのでね。疑問をぶつけてみた。なぜあのメールを番組で取り上げることにしたのかと」

「何と言ってましたか？」

「お前が言ったのと同じだよ。勘が働いたと奥田は言った。五年間オールナイトのパーソナリティを続けてきたが、その中でも一番リアルに思えたと。最初のうちはどうするべきか迷いもあったようだが、番組内で取り上げることについて一切躊躇《ちゅうちょ》はなかったそうだ。安岡、お前のことも言っていた。安岡さんに命じられたからやったとか、そういうことではないと強調していたよ」

「……そうですか」

「別にお前に恩を着せようとか、そういうつもりではないようだった。私もいい年齢だ。声を聞いていれば大体の様子はわかる。奥田は自身の判断として、あのメールを本物だ、と直感した。だからこそ番組で取り上げることにした。そういうことだ」

「結局、勘ということですね」

「そうだ。ある意味で我々ラジオマンにとって一番重要なのはその勘かもしれないな。昨夜の件はいい教訓になった。それだけは言える。ただし、勘だけに頼ってはならないと思ってはいるがね」

その意味でお前の責任は重い、と佐伯が言った。

「安岡、お前は勘だけに頼り、事実確認を後回しにして、番組を進めていった。その勘に絶対の自信があったというのはいい。だが、それだけでラジオ番組を続けてもらっては困る。勘などというのは丁半博打《ちょうはんばくち》と同じだ。いつかは外れる」

「外れるようになった時が、ディレクターの辞め時だと思っています」

「勝手なことを言うな。みんながみんな、お前と同じような方法論で番組を続けていったらどうなると思う。必ずどこかで事故が起きる。ラジオは生き物だ。機械ではない」

「わかってるつもりです」

「それでは処分を言い渡す。一週間の停職だ」

一週間？　と安岡が目だけで尋ねた。そうだ、と同じように佐伯が目で答えた。

「つまり、来週のオールナイトまで出社してはならないという意味だ」

安岡がこめかみに指を当てた。

「……局長、それはずいぶん軽い処分ではありませんか？」

「もちろん、始末書も書いてもらう」

「それは……書けと言われれば書きますが……」

「どうした。処分に不満か？」

「よくわからないんですが」安岡が耳を掻いた。「つまり、来週のオールナイトにディレクターとして復帰できるということですか？」

「そう言ってるつもりだ」

「なぜですか？　ぼくは局長命令に逆らって番組を続けました。組織論で言えば、明らかな抗命行為です。それに局長もおっしゃっていたと思いますが、来週からぼくはディレクター席から降ろされると思っていましたが」

「そのつもりだった」佐伯が言った。「だが、そういうわけにもいかなくなった」

「なぜです？」

「奥田だよ」佐伯がまた煙草をくわえて火をつけた。「電話をかけてきたと言っただろ？　番組を降りたいとあの男は言った。だが、奥田の番組は他のオールナイトと比較して最も聴取率が高い。つまりオールナイトの看板だ。そう簡単に降りてもらっては困る。もちろん、そんなことは言わなかったがね。すると、奥田の方から交換条件を持ち出してきた。つまりお前の処分だ。お前がオールナイトのディレクターを続けるのなら、自分も番組を続ける、と奥田は言った。決していいことだとは思わないが、局には局の都合がある。今、奥田に降りてもらうわけにはいかない」

「奥田さんを残すために、ぼくを生かすと？」

「そういうことになる」

佐伯が言った。嫌味ではなく、さっぱりとした口調だった。

「それは……何と言ったらいいのか……」

「何も言う必要はない。黙って処分を受け入れろ。話はそれだけだ」

「ぼくは奥田さんに感謝するべきなんでしょうか」

「知らん。そんなことは自分で考えろ」

佐伯が立ち上がった。右手の指の間に煙草があった。

「処分について、話は以上だ。不満があれば組合にでも何にでも訴えろ。ただし、その時は全面戦争だ。こっちも後へ引くつもりはない」

「いえ、自分も不満はありません」

安岡も立ち上がった。これでいいのだろうか。ふとそんな想いが胸をよぎった。いや、これでいいのだ。これですべてが終わったということだ。

「失礼します」

「始末書の提出を忘れるな。来週の今日までだ」

わかりました、と口の中でつぶやきながら安岡は局長室を出た。

（奥田に何と言おう）

いや、何も言う必要はないのかもしれない、と思った。昨夜からこの早朝までの四時間、同じ想いを胸に戦った。それだけでいいのだ、と思った。

（さて、これからどうしよう）

局舎を出るしかないのはわかっていたが、その後のことについては何の考えもなかった。出てしまえば何とかなるだろうと思った。安岡は廊下を進んで、エレベーターに向かった。

（裕一）

息子のことが胸をよぎった。裕一の命を救うことはできなかった。今でも後悔は強く残っている。

だが、今回の事件を通じて、安岡は少しだけ、前に進めた気がしていた。救えなかった息子の代わりに一人のリスナーの命を救うことができた。今はこれでいいことにしよう。

（裕一）

息子の名前をもう一度つぶやいた。安岡はエレベーターに乗り込んだ。狭い箱の中には誰もいなかった。

安岡はボタンを押してから、ゆっくりと腕を組んだ。エレベーターの扉が静かに閉まった。

解 説──ラジオの魅力がつまったダイナミックな作品

ニッポン放送 報道部 記者 早《はや》渕《ふち》大《だい》輔《すけ》

「ラジオって3人ぐらいでやってます」という言葉がある。ラジオを制作する現場は、喋《しゃべ》り手であるパーソナリティ、番組をコントロールするディレクター、それを支えるスタッフの3人ぐらいで番組を作っている、という意味だ。小回りがきくラジオメディアの小ささを自嘲《じちょう》しながらも、それでいて世間に及ぼす影響力は小さくはない、という自負心も重なる。

ラジオとテレビは似て非なるメディアだ。出演するタレントや著名人は同じでも、演出や構成はもとより、番組に対する考え方もまったく違う。ラジオは絵が無いテレビではないのだ。ラジオ局に勤める私が思うに、「面白い人が面白い話を自分だけに聴かせてくれる」というのがラジオの本質のひとつにあると思う。

本作『リミット』の舞台「ラジオ・ジャパン」の看板番組〝オールナイト・ジャパン〟

の人気パーソナリティ・奥田雅志《おくだまさし》こそ、ラジオの本質をとらえた人物だ。そして、その魅力的な人物像をいきいきと描いた著者の五十嵐貴久《いがらしたかひさ》氏は、ラジオの奥深さを実によく理解している。五十嵐氏は、奥田が持つある種の狂気、興味深い話を掘り下げて喋ることができる能力、リスナーに共感する優しさなど、ラジオのパーソナリティが必要とする条件を明快に示している。奥田のような人気タレントは、一様にある種のフラストレーションを抱え込んでいる。テレビという巨大なシステムの中で、彼らは一個の歯車に過ぎないが、ラジオでは番組そのものを自分の思い通りにできる自由さに、ギャラとは違う価値を見つけているのだろう、と指摘する五十嵐氏の慧眼《けいがん》に感服した。

やはり、五十嵐氏の作品の魅力は、一言で言うと、緻密《ちみつ》な取材と構成にグイグイ引き付けられて抜けられなくなる力強さだ。途中でページをストップできない。私は五十嵐氏と出会って20年近くになるが、昔から仕事のアイディアが豊富で、名作『リカ』で作家としてデビューしたことを聞いたときも、彼ならさもありなんと、一人嬉しく納得したことを覚えている。

実際、これまでの五十嵐氏の作品はアイディアの宝庫だ。『1995年のスモーク・オン・ザ・ウォーター』では、平凡な生活をしていた主婦たちのバンドにかける青春を、『TVJ』では経理部にいるOLのダイ・ハード並みのハードボイルドなエンターテイメントを、『交渉人』では冷静に犯人に迫るカッコイイ女性を、『相棒』では有り得ないコンビ・土方《ひじかた》と坂本《さかもと》の活躍と友情を描いたかと思うと、『For You』では胸が切なくなる生涯をかけた純愛に涙させせられてしまう。五十嵐氏の幅広い作品群のなかで、ラジオを舞台にした本作『リミット』も大きな柱になる一冊になったことは間違いない。

ラジオの深夜番組に届いた自殺予告メール。「番組を聴いてから、死のうと思っています」……こんなメールが番組に来たら、これはただごとではない。私自身、深夜放送のディレクターをしていた経験から痛いほどわかるが、本番までとにかく時間がないのだ。放送の開始まで、番組の準備やスタッフとの打ち合わせ、また奥田のような気難しいタレントとの渡り合いなど、やたら忙しいのだ。しかも、本作のようにメールに気づいてから限界まで6時間半しかない状況に直面したとき、自分ならどんな行動をとるだろうか。上司への報告、警察への連絡、いたずらなのか本気なのか……。本作のディレクター・安岡《やすおか》は、一年前にいじめを苦にして自殺した息子を救えなかった過去を持つだけに、パーソナリティの奥田や上司、スタッフに挟まれた中での判断は苦しいものがあったと思う。

そうしたなか、狭《せま》いラジオブースの中で放送しながら、機関銃のような勢いでメールを紹介する奥田。そして、手に汗握りながら同じ時間を共有するリスナーたち。こうした一連のくだりで私が心を打たれた奥田の科白《せりふ》がある。奥田がラジオ・ジャパンの上層部に啖《たん》呵《か》を切るところだ。

「オレの立場をはっきりさせときますわ。オレがオールナイトやってるのは、ラジオ・ジャパンのためやない。オレがオレのために、そしてリスナーのためにやってるんです。局の事情とか都合なんて、一度も考えたことないですよ、申し訳ないですけどね。こんなこと言うたら申し訳ないと思いますけど、マジな話、そうなんやから仕方がない」

奥田の男気なのか、狂気なのか、優しさの裏返しなのか。この一言で、流れは轟々《ごうごう》と音を立てて動いていく。売れっ子芸人として毎日のようにテレビに登場する彼の持ち味は、皮肉屋でちょっと醒《さ》めた笑いだ。しかし、今夜のラジオの放送に限っては、熱を放出したまま焦《あせ》ったように話す姿に、リスナーも重大なシグナルを感じ取り、奥田へのシンパシーを深めたのではないだろうか。

また、私はディレクター・安岡のラジオへの思いにも共感し涙した。

「ラジオってのはな、スタッフだけのものじゃない。パーソナリティだけのものでもない。(中略)パーソナリティ、スタッフ、リスナー、その三つが揃《そろ》って初めて番組として成立する。お前の言う通り、例のメールは九分九厘悪戯《いたずら》だろう。だが、万にひとつでも本物という可能性がないわけじゃない。もしそうだとしたら、このまま放っておけば最悪の場合リスナーの一人が死ぬことになる。いいか、おれたちラジオ屋はな、リスナーを見殺しにするようなことはしない。それだけは覚えておけ。それがわからない奴にラジオ番組を作る資格はない。おれたちとリスナーは、一種の運命共同体なんだ」

五十嵐氏の熱い文章に、まるで「本物のラジオ番組」を聴いているような震えを感じた。ラジオの本質を理解し、ラジオメディアの特性を愛情込めて作品にしてくれた五十嵐氏に、ラジオに関わるひとりとして心から感謝を申し上げたい。

（この作品『リミット』は平成二十二年三月、
小社より四六判で刊行されたものです）

一〇〇字書評

リミット

切り取り線

購買動機（新聞、雑誌名を記入するか、あるいは○をつけてください）

□（　　　　　　　　　　）の広告を見て	
□（　　　　　　　　　　）の書評を見て	
□ 知人のすすめで	□ タイトルに惹かれて
□ カバーが良かったから	□ 内容が面白そうだから
□ 好きな作家だから	□ 好きな分野の本だから

・最近、最も感銘を受けた作品名をお書き下さい

・あなたのお好きな作家名をお書き下さい

・その他、ご要望がありましたらお書き下さい

住所	〒				
氏名		職業		年齢	
Eメール	※携帯には配信できません	新刊情報等のメール配信を 希望する・しない			

この本の感想を、編集部までお寄せいただけたらありがたく存じます。今後の企画の参考にさせていただきます。Eメールでも結構です。

いただいた「一〇〇字書評」は、新聞・雑誌等に紹介させていただくことがあります。その場合はお礼として特製図書カードを差し上げます。

前ページの原稿用紙に書評をお書きの上、切り取り、左記までお送り下さい。宛先の住所は不要です。

なお、ご記入いただいたお名前、ご住所等は、書評紹介の事前了解、謝礼のお届けのためだけに利用し、そのほかの目的のために利用することはありません。

〒一〇一‐八七〇一
祥伝社文庫編集長　坂口芳和
電話　〇三（三二六五）二〇八〇

祥伝社ホームページの「ブックレビュー」からも、書き込めます。
http://www.shodensha.co.jp/bookreview/

祥伝社文庫

リミット

平成25年2月20日　初版第1刷発行

著　者　五十嵐《いがらし》貴久《たかひさ》

発行者　竹内和芳

発行所　祥伝社《しょうでんしゃ》

東京都千代田区神田神保町3-3
〒101-8701
電話　03（3265）2081（販売部）
電話　03（3265）2080（編集部）
電話　03（3265）3622（業務部）
http://www.shodensha.co.jp/

印刷所　錦明印刷

製本所　積信堂

カバーフォーマットデザイン　芥 陽子

 ISBN978-4-396-33812-1 C0193

祥伝社文庫　今月の新刊

法月綸太郎　しらみつぶしの時計
磨きぬかれた宝石のような謎。著者の魅力満載コレクション。

五十嵐貴久　リミット
ラジオリスナーの命を巡る、タイムリミット・サスペンス！

西村京太郎　特急「富士」に乗っていた女
部下が知能犯の罠に落ちた――十津川警部、辞職覚悟の捜査!?

有栖川有栖 他　まほろ市の殺人
同じ街での四季折々の事件！四人の作家が描いた驚愕の謎。

飛鳥井千砂　君は素知らぬ顔で
ある女優の成長を軸に、様々な時代の人々の心を描く傑作。

南　英男　雇われ刑事
脅す、殴る、刺すは当たり前。手段を選ばぬ元刑事の裏捜査！

太田蘭三　歌舞伎町謀殺　顔のない刑事・刺青捜査
さらば香月功――三五〇万部超の大人気シリーズ、最後の事件。

草凪　優　ルームシェアの夜
二組の男女のもつれた欲望と嫉妬が一つ屋根の下で交錯する

夢枕　獏　新・魔獣狩り9　狂龍編
壮大かつ奇想天外、夢枕獏の超伝奇ワールドを体感せよ！

坂岡　真　お任せあれ　のうらく侍御用箱
窓ぎわ与力、白洲で裁けぬ悪党どもを、天に代わって成敗す！